Jörg Fauser, *Die Tournee*

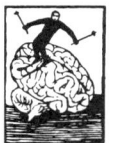

JÖRG-FAUSER-EDITION IX

www.joergfauser.de

Jörg Fauser

DIE TOURNEE
Roman aus dem Nachlaß

Herausgegeben von Jan Bürger und Rainer Weiss

Alexander Verlag Berlin

© by Alexander Verlag Berlin 2007
Alexander Wewerka, Fredericiastr. 8, 14050 Berlin
info@alexander-verlag.com
www.alexander-verlag.com

Umschlaggestaltung Möcker/Schlabe/Wewerka
Alle Rechte vorbehalten. Jede Form der Vervielfältigung, auch auszugsweise, nur mit schriftlicher Genehmigung durch den Verlag.
Druck und Bindung Interpress, Budapest
Printed in Hungary (August) 2007
ISBN 978-3-89581-121-0

Inhalt

Die Tournee 7

Exposés und Entwürfe zu *Die Tournee* 187

Jan Bürger, *Der Roman als Apfelsine –
  Jörg Fausers Arbeit an seinem letzten Buch* 231

Jörg Fauser, *Die Wunde der Komödianten –
  Mit dem Theater auf Tournee* 239

Rainer Weiss, *»Der Rebell zieht weiter«* 262

Jörg Fauser

DIE TOURNEE

Roman

1. Fassung

14. ~~Januar~~ April 1987 –

Deckblatt von Fausers *Tournee*-Typoskript

1. Fassung
14. April 1987 -

Das ist schön bei uns Deutschen;
keiner ist so verrückt, daß er
nicht noch einen Verrückteren
fände, der ihn versteht.

Heinrich Heine, *Harzreise*

1. Teil

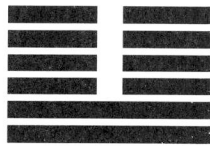

LIN, DIE ANNÄHERUNG

Das Urteil
Die Annäherung hat erhabenes Gelingen.
Fördernd ist Beharrlichkeit.
Kommt der achte Monat, so gibt's Unheil.

Das Bild
Oberhalb des Sees ist die Erde: das Bild der Annäherung.
So ist der Edle in seiner Absicht zu lehren unerschöpflich
und im Ertragen und Schützen des Volkes ohne Grenzen.

I Ging, Das Buch der Wandlungen

1

In der Nacht, als Harry noch einen kurzen Gang zum Bierstübchen
machte, war der Himmel noch ganz klar gewesen, die Luft ein
Frühjahrsversprechen. Aber Freitag mittag hatte es
schon sieben Stunden geregnet, und es sah ganz danach aus, als
werde es weiterregnen, ein kalter preußischer Landregen, der auf das undichte Dach der Veranda prasselte, unter dem
die Amseln im Nassen mißmutig palaverten, und wie eine Wand vor den Beeten
im Garten stand, hinter der die frischen Setzlinge ersoffen.
Regen oder nicht,
Harry machte sich stadtfein. Grauer Kammgarnanzug mit
Weste, marineblaues Baumwoll Hemd mit feinen weißen Streifen, sein Lieblingsbinder, taubengrau mit kräftigen roten Punkten, und dann
band er die frisch gewienerten schwarzen Halbschuhe mit den
breiten, aufgesetzten Kappen zu - 25 Jahre alt, aber Qualität
kam eben nie aus der Mode - und schritt ins Badezimmer,
um einen Rasierschnitt abzupudern, als Ellie aus der Küche kam,
wo sie die Mittage am Radio, am Telefon und an der Kaffeemaschine verbrachte, mit dem Sittich in Reichweite, den Zeitungen und
der Flasche Mampe Eierlikör.

"Was hast du denn vor, Harry?"

Er tupfte eine Spur Eau de Cologne auf die Stelle,
fuhr sich noch mit dem Kamm durch die Haare. Mit knapp 57 hatte
er immer noch genug davon, und grau waren sie auch noch nicht
alle.

"Zweiter Freitag im Monat", sagte er zu ihrem Spiegelbild.
Wenigstens könnte sie mittags die Lockenwickler weghaben, dachte er. Aber laß sie. Sie hat ihren Frieden verdient.

"Ja und, Männe?"

"Na komm, Ellie. Du weißt doch, Abteilungssitzung."

Aus Fausers *Tournee*-Typoskript

1

In der Nacht, als Harry einen kurzen Gang zum Bierstübchen machte, war der Himmel noch ganz klar, die Luft ein Frühjahrsversprechen. Aber Freitag mittag hatte es schon sieben Stunden geregnet, und es sah ganz danach aus, als werde es weiterregnen, ein kalter preußischer Landregen, der auf das undichte Dach der Veranda prasselte, unter dem die Amseln im Nassen mißmutig palaverten, und wie eine Wand vor den Beeten im Garten stand, hinter der die frischen Setzlinge ersoffen.

Regen oder nicht. Harry machte sich stadtfein. Grauer Kammgarnanzug mit Weste, marineblaues Baumwollhemd mit feinen weißen Streifen, sein Lieblingsbinder, taubengrau mit kräftigen roten Punkten, und dann band er die frisch gewienerten schwarzen Halbschuhe mit den breiten, aufgesetzten Kappen zu – 25 Jahre alt, aber Qualität kam eben nie aus der Mode – und schritt ins Badezimmer, um einen Rasierschnitt abzupudern, als Ellie aus der Küche kam, wo sie die Mittage am Radio, am Telefon und an der Kaffeemaschine verbrachte, mit dem Sittich in Reichweite, den Zeitungen und der Flasche Mampe Eierlikör.

»Was hast du denn vor, Harry?«

Er tupfte eine Spur Eau de Cologne auf die Stelle, fuhr sich noch mit dem Kamm durch die Haare. Mit knapp 57 hatte er immer noch genug davon, und grau waren sie auch nicht alle.

»Zweiter Freitag im Monat«, sagte er zu ihrem Spiegelbild. Wenigstens könnte sie mittags die Lockenwickler weghaben, dachte er. Aber laß sie. Sie hat ihren Frieden verdient.

»Ja und, Männe?«

»Na komm, Ellie. Du weißt doch, Abteilungssitzung.«

Seit den Tagen, als er für das Ostbüro der Sozialdemokratischen Partei gearbeitet hatte, besaß Harry Lipschitz das Mitgliedsbuch der SPD, deren Ortsvereine in Berlin Abteilungen genannt werden. Es gab freilich auch eine andere Abteilung, für die Harry bis vor einigen Jahren Aufträge erledigt hatte; aber die hatte nie in öffentlichen Sitzungen getagt. Und weil Harry in jenen schon mythischen Tagen des Ostbüros seinen Hauptberuf in der Gegend der Potsdamer Straße ausgeübt hatte – auf der Potse, wo auch Ellie ihrem Gewerbe nachgegangen war –, war er stur Mitglied der 8. Abteilung der Schöneberger SPD geblieben, obwohl sie beide jetzt schon fünf Jahre in dem Häuschen in Buckow lebten, das Ellie geerbt hatte.

»Du warst doch schon über ein Jahr nicht mehr bei deinen Genossen«, sagte Ellie kopfschüttelnd. »Warum denn ausgerechnet heute?«

Harry hätte das Badezimmer liebend gern verlassen – er war 53 Jahre Junggeselle gewesen und würde sich nie an ein Badezimmer gewöhnen, das einer Frau gehörte –, aber da stand Ellie, die dicke Ellie von der Potse, bei der Gartenarbeit in Buckow aufgeblüht zu Rubensformen, und versperrte den Weg. Er fingerte seine Gitanes aus der Westentasche und machte sich eine an.

»Wir müssen jetzt die Reihen schließen«, sagte er dann.

»Das hättet ihr man machen sollen, bevor sie euch die Hosen ausgezogen haben, mein Süßer.«

Politischen Diskussionen war Lipschitz – außer im engsten Kreis – immer aus dem Weg gegangen. Ein Mann tat, was er für richtig hielt, ob geschäftlich oder politisch, tat es im Stillen und ging seines Weges. Das war die alte SPD gewesen, so hatte sie getickt, jedenfalls da, wo Lipschitz seinen Beitrag geleistet hatte. Aber heute mußte wohl alles ausgelaugt werden im Geschwätz, und dann noch mit Frauen wie Ellie, die nur über's Gemüt funktionierten, was ja ihr Schatz war – aber doch nicht in der Politik! Er hatte Ellie ohnehin im Verdacht, die Alternativen zu wählen – die haben doch recht, wenn ich mir meinen Garten anseh, Harry! – oder die CDU – der Diepgen erinnert mich an einen Freier, der sehr spendabel war, Männe! –, obwohl er sich mit Schaudern an den Abend erinnerte, als hohe Genossen mit Tränen in den Augen vor die Kameras getreten waren: Sieh mal, Harry, bei euerm Verein wird jetzt ja auch Gefühl gezeigt! Und er wütend abdonnern mußte ins Bierstübchen, wo die ganze rechte Laubenpieperblase ihren Triumph begoß: Wehe den Besiegten.

»Außerdem muß ich auch mal wieder unter Leute«, sagte Harry und putzte seine Brille mit dem dicken Ende seines Binders. Dazu mußte er die Zigarette im Mundwinkel behalten, und als er sie rausnahm, spürte er wieder dieses Ziehen in der Schulter, das ihn schon die ganze Woche beunruhigt hatte. »Den ganzen Winter hier in der Bude gehockt, ich fühl mich ja wie eine von deinen rostigen Harken.«

Sie sah, wie er sich die Schulter massierte. Ja, der arme Kerl muß mal raus, dachte sie. Logo. Wenn ich nur nicht immer diesen Kloß im Magen hätte, daß er wieder anfängt mit den alten Geschichten, daß ihn wieder einer ausnützt, nur weil er mal einen Tapetenwechsel braucht, dabei kennt er sich doch gar nicht mehr aus, weder auf dem Kiez noch bei der Abteilung, bei der, die nie in der Zeitung steht.

»Meine Harken sind nicht rostig«, sagte sie, schob sich an ihn heran und legte einen Arm um ihn, ein halber hätte gelangt, so dünn war er. »Und du paß auf, Männe, ich will dich gesund wiederhaben. Laß den Schnaps weg und fahr Droschke. Und rauch nicht soviel, Süßer, du weißt doch, was der Arzt gesagt hat.«

»Seit wann verstehen Ärzte was von Gesundheit? Und tu nicht so, als ob ich einen Job hätte. Ich geh eben zur Abteilungssitzung statt zum Kegeln.«

Aber daß sie sich kümmerte, tat ihm doch gut. Daß sie sich kümmerte, war seine alte SPD gewesen, und jetzt, wo sie am Arsch war, hatte er sich zu kümmern. Er zog Ellie an sich, und obwohl sie schon Lippenstift aufgetragen hatte, gab er ihr einen Kuß.

»Sieht doch wieder ganz passabel aus, die Potse«, meinte der Taxifahrer, der zwar in Harrys Alter war, aber doch aus einer anderen Zeit stammte. Passabel, in der Tat; im Abschnitt vor der Bülowstraße präsentierte sich die Straße der Puffs und Kaschemmen, der Zockerbars und Nobelruinen jetzt als architektonischer Gelsenkirchener Neo-Barock, und zwischen Polsterzentralen und Supermarkt-Filialen klebten noch letzte Relikte aus der alten Zeit – Spelunken, Kebab-Läden, Spielcasinos – wie Schimmelflecken.

Und der Schimmel, dachte Harry, kommt doch immer durch.

In den Kutscherstuben blieb Harry erst mal in der Tür stehen, schüttelte den Regen aus seinem Trenchcoat und dem Pepitahut, den er seit neuestem wieder trug, und machte Bestandsaufnahme. An der Wand vor der Tür, die zum Versammlungsraum führte, und dem Tresen ratterten Spielautomaten, die er nicht erinnerte. Ebensowenig die Palme, die vorn am Tresen stand und fast bis zur Decke reichte, war das nun eine Geste an die Dritte Welt? Die Tische glänzten neu, imitiertes Teak, spießig, aber solide, und jedenfalls gab es noch keine Neonstrahler, keine Alternativnuttchen, die Cocktails servierten, keine Pornofilme und keine Kokainhändler, obwohl die Typen, die an den Automaten herumspielten und am Tresen hockten und würfelten, auch nicht gerade wie gestandene Mitglieder aussahen.

Von denen war nur Erwin da, der alte Erwin, mindestens siebzig mußte er jetzt sein, einer vom alten Schlag, der noch illegal gearbeitet hatte und in der Emigration gewesen war. Erwin saß in seinem alten schwarzen Wintermantel allein in der Kneipe – die Streuner zählten nicht – vor einem Wodka und runzelte die Stirn über seinen buschigen weißen Brauen, als er Lipschitz sah.

»Was führt dich denn her, Harry?«

Lipschitz hängte Mantel und Hut an den Haken, setzte sich und bestellte bei der Bedienung – einer neuen, die ihn nicht kannte – ein Bier und zwei Wodka.

»Abteilungssitzung«, sagte er zu Erwin, »was sonst.«

Der Alte musterte ihn scharf. »Wie lange warst du nicht mehr hier?«

»Ich gehör doch nach Buckow«, verteidigte Harry sich, »aber zu den Kleingärtnern passe ich nicht.«

»Das kann ich mir vorstellen.«

Die Getränke kamen. Sie prosteten sich stumm zu. Laß den Schnaps weg, hörte Harry Ellie sagen und trank den Wodka ex. Nach einem halben Jahr der erste, das mußte so sein. Er zündete sich eine Zigarette an. Erwin rauchte nicht. Kam von den Naturfreunden, erinnerte Harry, war Nichtraucher und Nacktschwimmer.

»Ich habe vor, jetzt wieder öfter vorbeizusehen«, sagte Harry. »Wir müssen aufpassen, daß der Laden weiterläuft.«

»Dann solltest du aber in Zukunft dienstags kommen«, sagte Erwin, »der Termin ist geändert. Dienstag, nicht Freitag. Hast du die Mitteilungen nicht bekommen?«

Harry schüttelte den Kopf. »Hab's wohl übersehen.« Ihm war, als fiele er in ein Loch. Tagelang hatte er diesen Auftritt geplant – da bin ich wieder, Genossen, auf mich könnt ihr zählen, wenn die Reihen geschlossen werden –, hatte sogar noch einmal in ein paar ollen Sachen geblättert, aus der großen Zeit, als er beim Ostbüro die Stalinisten bekämpfte: und dann falscher Termin, die ganze Aufregung umsonst. Er trank sein Bier, spürte sein Herz hämmern, manchmal fehlte ein Schlag, die Pumpe war auch aus dem Takt. Na komm, nu sind wir mal in der Stadt.

»Mach dir nichts draus«, sagte Erwin. »Da sind jetzt die Jungen, die machen das auch ohne uns. Pflanz du nur deine Apfelbäume, draußen in Buckow.«

Aber davon wollte Harry nun wirklich nichts wissen. »Die machen es ohne uns? Bauen aber mächtig Scheiße dabei, Erwin. So katastrophal haben wir noch nie dagestanden, seit ich dabei bin, und das ist schon lange her, weißt du. Ich komm ja aus dem Ostbüro. Da kämpften wir noch hart bandagiert.«

»Vergiß das Ostbüro, Harry.«

»Das paßt wohl nicht in die neue Richtung, wie?«

»Und das seit zwanzig Jahren, Harry. Wenn die Partei so langsam wäre wie du, säßen wir noch immer mit 30 Prozent da.«

»Soweit ich sehe, sind wir wieder auf dem besten Weg dazu.«

»Wir müssen uns eben der neuen Zeit öffnen, Harry. Das kostet Nerven, aber selbst die Russen machen es. Rußland wird sozialdemokratisch, und du kommst noch mit dem Ostbüro an!«

»Ich lebe an der Mauer, Erwin, ich sitze da jeden Tag und seh nach drüben, aber ich seh nicht, daß der Osten sozialdemokratisch wird.«

Sie hatten ihre Stimmen erhoben, saßen da und schrien sich fast an, und die Jungs an den Automaten starrten rüber. Mensch, die kloppen sich gleich!

»Haut mal nicht so auf den Putz, ihr beiden Opas«, mahnte die Bedienung.

»Ich dachte, das ist hier ein Parteilokal«, sagte Harry.

»Dienstagabend nebenan«, sagte die Bedienung.

»Wir nehmen noch zwei Wodka, Gudrun«, sagte Erwin und rieb sich die Hände. »Bei dem Regen müssen Opas Wodka trinken und sich über den Sozialismus streiten, damit die Durchblutung stimmt.«

»Aber nicht so laut«, sagte Gudrun, »ihr vergrault mir sonst meine Gäste.«

»Die könnten ruhig zuhören, statt sich das Hirn mit ihrer Musik wegzupusten.«

»Die haben wenigstens ihren Spaß«, sagte Gudrun zu Harry, »ihr mit eurer Politik, ihr seid doch wie zwei alte Köter, die sich um einen abgenagten Knochen streiten.«

Harry trank auch den nächsten Wodka ex. Abgenagter Knochen? Alter Köter? Jedenfalls war er keiner von den Alten, die sich an die Rockschöße der Jungen hängten, um sich vorzugaukeln, sie nähmen auch noch mal teil am lustigen Lenz.

»Als ich im Ostbüro gearbeitet habe …«

»Du müßtest sagen, Harry: als ich bespitzelt, gestohlen, unterschlagen, gefälscht und gekidnapt habe …«

»… als wir gegen den Kommunismus gekämpft haben …«

»… gegen Spitzel, Diebe, Fälscher, Kidnapper …«

»… wir durften nicht im Rampenlicht stehen, aber wir waren doch eine Art von Held…«

»… für die CIA, den BND, den Secret Service, meinst du? Spione sind keine Helden, Harry. Spione sind nützliche Idioten …«

»… die Partei hat uns damals nicht wie nützliche Idioten behandelt, als wir den Apparat in der Zone am Leben gehalten haben …«

»… im Kalten Krieg war die Partei damals selbst ein nützlicher Idiot …«

»… und später, als wir den freiheitlichen Rechtsstaat vor dem Terrorismus geschützt haben …«

»… ausgerechnet du, Harry, ein Dieb, ein Fälscher, ein Zuhälter, ein kleiner Maxe von der Potse …«

»… jedenfalls war die Partei damals kein nützlicher Idiot für grüne Maulwürfe …«

»… die Partei hat sich geändert, Harry, das ist der Lauf der Geschichte, und du bist stehengeblieben, du stehst immer noch auf dem Potsdamer Platz und läßt dein Pferdchen laufen, und die Dienste lassen dich laufen, und das nenne ich einen nützlichen Idioten, und wenn du nicht zu unbedeutend wärst, zu traurig, zu pathetisch, dann würde dich die Partei heute rausschmeißen …«

»… das träumst du wohl, Erwin, das ist dein Sozialismus, mir den Schauprozeß machen, ihr feigen Opportunisten, ihr steht vor der Geschichte da als diejenigen, die die SPD kaputtgemacht haben, ausverkauft haben an das Pack, das diesen Staat kaputtmachen will …«

»Jetzt reicht es aber, Harry«, sagte Erwin.

»Du wirst dich noch wundern«, sagte Harry und bezahlte. »Ich hab im Ostbüro kämpfen gelernt.«

Er stand auf und ging. Gudrun machte die Discomusik lauter. Der Regen rauschte angenehm, drei Schritte, und man war alles los, bis auf die Stiche in der Brust, das Flimmern im Kopf, den man doch hoch tragen konnte.

Bei Diener hatte sich seit 30 Jahren überhaupt nichts geändert, und Harry bekam sogar seinen Lieblingsplatz, links neben dem Eingang, an der Wand mit den Schauspielerfotos, so daß er den Tresen im Blick hatte und Lilo, die an ihrem

Tisch saß und mit ihren Freundinnen klönte, alle so um die siebzig jetzt, aber die gingen nicht mit der Zeit, wie Erwin, sie waren die Zeit.

»Wie siehst du denn aus, Harry?«

Er zog an seiner Gitane und griente.

»Früher war ja schon nicht viel an dir dran, aber jetzt siehst du aus, als würdest du die Hauptrolle im ›Dünnen Mann‹ spielen.«

»Aids wird er haben«, meinte Andi, der Kellner, dem seine langen Dienstjahre bei Diener das mürrische Gehabe eines Grabwärters eingepflanzt hatten, der unwillkommene Touristen mit Schauergeschichten erschreckt. Er knallte Harry einen Wodka und ein Bier hin und fügte hinzu: »Aber in deinem Alter spielt das ja keine Rolle mehr. Was zu essen, Harry?«

»Bring mir eine Fleischwurst«, sagte Harry, und dann lehnte er sich zurück und hörte mit einem Ohr auf Lilo, die erklärte, warum der FC Bayern diesmal den Europacup holen mußte – Lilo und ihr FC Bayern, meine Güte, wenn sich alle so treu blieben, brauchte die Partei sich nicht den Kopf zu zerbrechen –, und dachte an Ellie. Fast sechs Jahre waren sie jetzt zusammen, seit er sie damals von der Potse weggeholt hatte, wo sie wie festgeklebt vor dem Bierhimmel auf ihre Stammkunden gewartet hatte, den pensionierten Stadtschulrat, den türkischen Gemüsehändler, den Briefträger, der so gut bauchreden konnte – solide Leutchen, sicher; zusammen waren sie fast 200 Jahre alt und brachten soviel Umsatz, daß Ellie gerade ihre Miete bezahlen konnte. Und inzwischen räumten die Bosse mit dem Babystrich und den S/M-Profis ab und gingen ins Immobiliengeschäft, nachdem sie die alten Puffs noch mit Asylantenabsteigen kaputtgemacht hatten. Also hatte Harry Ellie von der Straße geholt – er kannte sie ja noch von Urzeiten her, vom Stutti, beim 6-Tage-Rennen im Sportpalast hatten sie sich zum ersten Mal geknutscht, und dann hatten sie sich 20 Jahre aus den Augen verloren – und mit ihr das Bierstübchen in Buckow aufgemacht von der Abfindung, die er aus der Abteilung rausgepreßt hatte, aber die Kneipe war ihm auch noch zuviel gewesen, das ständige Gequatsche konnte Harry nicht mehr ab. Und so hatte er die letzten zwei, drei Jahre einfach dagesessen, ein bißchen im Garten geharkt, den Vögeln zugehört, an der Mauer gesessen und ins Zwielicht gestarrt.

Das alte Leben holte einen doch unbarmherzig ein.

Magengeschwüre.

Ellies Eltern, drüben am Prenzlauer Berg, beide in einem Jahr.

Ellies Unterleibsoperation, drei Monate lag sie am Tropf.

Und dann kam auch noch die Abteilung, frech wie Oskar, so ein Jungscher, ein Rotzlöffel: Kleines Zubrot, Harry, das alte Netz, einmal noch, echt easy, rein und raus – und geendet hatte es damit, daß sie ihn drei Tage lang in der Normannenstraße grillten. Aber Harry war so oft gegrillt worden, er sprang doch vom Rost.

Er spürte das Ziehen in der Schulter, jetzt lief es durch den linken Arm, und ein Riese drückte auf seine Brust. Luft. Ganz ruhig, Harry. Rein und raus damit. Reicht noch lange für dich. Echt easy.

Andi knallte die Fleischwurst auf den Tisch, verstand Harrys Blick falsch, sagte: »Na, da staunste? Hättste auch gern so einen, was?«

»Nimm's wieder mit«, sagte Harry.

»Was ist denn mit dir los?«

»Bring mir noch einen Wodka.«

»Nimm's weg«, sagte Lilo, die einen geübten Blick hatte, zu

Andi, und der räumte die Fleischwurst ab und brachte einen Wodka.

»Setz dich zu uns«, befahl Lilo, und Harry nahm sein Bier und seinen Wodka und rückte an das Damenkränzchen und hörte zu, wie Lilo von ihrem Lieblingsclub schwärmte, und dann hörte er nur noch ein Summen, ein merkwürdiges Summen im Ohr, wie von einer Hummel, ein dunkler vibrierender Ton, aus dem sich, je länger er zuhörte, eine Melodie ergab, und zu der Melodie Wörter, ein Song, Harry hörte einen Chor, einen Chor im Ohr:

Wenn wir schreiten Seit an Seit
Und die alten Lieder klingen …

Harry hatte nie gesungen. War nie einer von denen gewesen, die mitmachten. Immer unauffällig im Hintergrund, Harry, grau in grau. Brachte ja auch dieses Leben mit sich, was hatte man nicht alles mitmachen müssen, um nicht unterzugehen, man war ja nichts gewesen, ein Kriegswaise in einer kaputten Welt, da hieß es, mitschwimmen oder untergehn. Aber auch später, im Ostbüro und auf dem Kiez, nie war Harry einer von denen gewesen, die die Klappe aufrissen, den Ton angaben, die Richtung bestimmten. Ein Einzelgänger. Schön für sich. Und doch angewiesen auf den Mutterschutz der Menge. Und auf das Wort, das den Weg beschrieb.

Und die alten Wälder widerklingen …

»Bist wohl auch ein Fan von ihr, Harry«, sagte Lilo mit scharfer Stimme, als habe sie es schon dreimal gesagt. Ihre Damen hoben die geblondeten Köpfchen und starrten dahin, wo Harrys Blick hing: das Foto einer Schauspielerin, mit Autogramm, mitten unter der Galerie von Toten und Vergessenen und solchen, die noch hofften.

»Das ist doch die Liebling«, sagte eine der Damen abfällig. »Hab gehört, die soll scheußlich baden gegangen sein.«

»Die Natascha ist eine ganz Große«, sagte Lilo, die keine Kritik an ihrer Welt duldete, »bloß, sie hat keine Disziplin. Schrecklich, ein Talent so wegzuschmeißen. Aber jetzt dreht sie in München. Ein ganz großer Film.«

»Nicht was beim Fernsehen?«

»Die großen Filme sind heute alle Fernsehen, Lotte.«

Harry, der gar nicht gemerkt hatte, wo er hinstarrte, sah sich das Foto pflichtbewußt an – eine dunkelblond gelockte Naive mit einer kessen Nase, na gut – und trank seinen Wodka. Film und Fernsehen war nicht seine Welt, er las lieber und ging gern zum Boxen, und da war es wie mit der alten SPD: es gab keine guten Bücher mehr und es gab keine guten Boxer in Deutschland. Sie müssen erst wieder richtig Kohldampf schieben, dachte er, dann gibt es wieder gute Bücher und gute Boxer, und dann geht es auch der Partei wieder besser – und er hörte den Chor:

Wissen wir, es muß gelingen
Mit uns zieht die neue Zeit …

Aber je länger er dem Chor zuhörte, desto benommener wurde Harry. Irgendetwas wollte raus aus ihm. Er rang nach Luft.

»Ist dir nicht gut, Harry?«

»Willst du einen Kaffee, Harry?«

»Bring ihm mal einen Cognac, Andi!«

»Hättest eben was essen sollen, Harry!«

»Und dann die vielen Glimmstengel.«

»Sieht aus, als kippt er gleich um.«

»Mach lieber mal an die frische Luft, Harry.«

»Kommt nach einem Jahr wieder und fällt um, typisch Harry.«

Aber Harry Lipschitz fiel nicht um, den Gefallen tat er ihnen nicht. Zigarette im Mundwinkel, Hut schief auf dem Kopf, blickte er sich an der Tür noch mal um.

»Ruft mich an, wenn ihr renoviert habt«, sagte er und winkte einer Taxe.

Als er am Stuttgarter Platz ankam, hatte es aufgehört zu regnen. Es war noch hell, ein sanftes, sauberes Licht, als ob es zum Streicheln wäre. Der feuchte Asphalt roch nach der See, der Wind, der über das S-Bahn-Gleis kam, nach Frauen. Die schäbigen Fassaden am alten Kiez prangten im Neonflackern der Bumslokale wie die geschminkten Wangen alter Huren. Auch sie hielten den Kopf noch hoch.

Harry irrte wie durch Watte. Ein bohrender Schmerz grub sich durch seinen Magen. Atemlos tappte er in die nächste Kneipe. Über dem Tresen und der Reihe verstaubter Likörflaschen vergilbten alte Plakate von der Côte d'Azur: Ferien in Monte. Es roch nach hundertjährigem Bier, Rauch und ranzigem Schweiß. Wie durch Spinnweben sah Harry den langen Tisch im Hinterzimmer, den gelben Lichtkegel über dem grünen Filz, die Karten und die Einsätze. Obwohl das Radio irgendeine Schnulze dudelte, herrschte Grabesstille. Der Hüne hinterm Tresen wandte Harry ein eingefallenes, zerkerbtes Gesicht mit einem grauen Seehundbart zu.

»Harry, was treibt dich denn her?«

Harry fand einen Hocker, zog sich hoch.

»Besichtigung«, stieß er hervor, nachdem er saß.

»Das machen doch nur Westler. Trinkst du was?«

»Wodka. Reise in die Vergangenheit, Hermann.«

»Was gibt's da zu sehen?«

»Mach dir auch einen. Mich selbst gibt's zu sehen.«

Hermann stellte ihm einen Wodka hin, brühte sich einen Tee auf.

»Ich trink nicht mehr, Harry. Und was siehste, wenn du dich siehst?«

Harry leerte das Glas in einem Zug. Wodka hatte ihm nie was getan. Zigaretten auch nicht. Er rauchte eine an. Der Schmerz wich zurück. Einer, der gern tänzelt. Man mußte nur zurückschlagen, das war das ganze Geheimnis. Nur nicht in die Seile drängen lassen. Beinarbeit. Luftarbeit.

»Ich kann mich jedenfalls ansehn, Hermann«, sagte er in einer etwas schrillen Tonlage, »ohne kotzen zu müssen. Kennst du noch jemand, der das von sich behaupten kann?«

»Du warst eben schon immer etwas Besonderes«, sagte der Hüne voll schwerer Ironie.

»Ihr habt mich nie für voll genommen«, sagte Harry, noch etwas schriller. »Ihr habt immer gesagt: der arme Harry. Tipp ihn an, und er fällt um.«

»Hat nie einer gesagt, Harry.«

»Klar habt ihr. Alle. Und weißt du was? Ich steh heute noch im Telefonbuch. Unter Klarnamen. Harry Lipschitz, Buckow. Kennst du viele, die heute noch im Telefonbuch stehen, Hermann?«

»Du hast dich prima gehalten«, gab Hermann zu.

»Und weißt du, warum ich mich gehalten hab? Weil ich unbeirrt auf Kurs geblieben bin.«

Der Hüne versuchte zu lachen. Viel Übung hatte er nicht. »Manchmal hast du auch ein bißchen geschummelt«, sagte er und gab Harry noch einen Wodka. Der Wodka war zimmerwarm und schmeckte wie eingelegte Schuhe, aber Harry stürzte ihn herunter, als wäre er am Verdursten.

»Wo hab ich geschummelt? Ich hab nie faule Sachen gemacht.« Harrys Stimme griff immer höher. »Hab ich je einen reingelegt? Hab ich je mehr verlangt als meinen Anteil? Hab ich je gesungen, Hermann? Hab ich kleine Kinder auf Rauschgift gebracht?«

»Laß gut sein, Harry.«

»Hab ich je die Partei verraten?«

»Daß du Kommunist warst, wissen wir doch alle.«

»Ich und Kommunist? Bist du verrückt?«

»Ein kleiner Mitläufer, na und? Hat doch niemand ernst genommen. Und jetzt trink aus, hier wird gezockt und nicht gesoffen. Besichtige deine Vergangenheit lieber bei den Mädels nebenan, da haben die auch noch was davon.«

»Mitläufer?«

Das hätte er nicht sagen sollen, dachte Harry und rutschte langsam vom Hocker, das Wodkaglas noch in der Hand. Der Rest Schnaps kippte aus und auf die feine Hose. Flecken überall. Er fiel durch Flecken, durch Reste, durch Nebelfetzen, durch die Geschichte, er rutschte an den Seilen runter, er ging zu Boden. Der Schmerz riß ihn an sich, preßte ihm die Luft weg. Der Schmerz war alles, was er jetzt noch haben konnte, und er bekam ihn.

Hermann telefonierte. Einen andern hätte er einfach auf die Straße geschleppt, neben die Mülltonnen, damit er da krepierte, aber Harry Lipschitz hatte doch den Notruf verdient. Hatte ja selbst den Notruf gemacht, plötzlich hier reinzuschneien nach soviel Jahren. Wollte wohl im Kiez abgehen. Herrgott, waren die Jungs sentimental. Hermann spürte selbst Druck hinter den Augen.

»Jetzt weiß ich auch, warum er so schnell gesoffen hat«, sagte er zu den Zockern. »Er hat gewußt, daß er nie mehr was kriegt.«

2

Die Galerie lag im Münchner Gärtnerplatzviertel zwischen einem Müsliladen und einer Lederbar. Der griechische Krämer an der Ecke verkaufte schon frische Feigen, und neben dem Szene-Café offerierte ein Surabaya-Stüberl Tropencocktails und Krabben in Chili-Sauce. Bautrupps, Motorradcliquen, Handelsvertreter für Körnerdiäten und Forschungsreisende in Sachen Safer Sex; alte Männer richteten sich in der ersten halbwegs warmen Frühjahrssonne auf den Bänken ein, starrten den Mädchen nach, die schon Bein zeigten, und sahen zu, wie die Bierfässer ausgewechselt wurden. Der italienische Möbelhändler brachte an seinen garantiert echten Renaissancestühlen neue Preisschilder an, die Bardame im Surabaya-Stüberl telefonierte seit einer Stunde mit ihrem Steuerberater, und auch in der Galerie Sylvia Franck – ein großer Raum im Erdgeschoß, rosa Wände, ein Sammelsurium von Möbeln, Bildern, Mappen, Blumenvasen, Bücherkisten, Bauerntruhen, eine Unordnung wie bei einem Umzug – sah man den Fakten des Geschäftslebens ins Auge.

"Ausweislich der Bücher ist überhaupt nicht zu erkennen, wie die Galerie so lange überlebt hat", sagte der Mann im Besuchersessel vor dem Schreibtisch in der Ecke neben der Tür, die in die Wohnung führte. Felix Esterhazy war klein, dick, hatte dichte schwarze Haare und einen grau melierten Bart, melancholische Augen, einen spöttischen Mund. Trotz des warmen Wetters trug er einen Kaninchenfellmantel über seinem Anzug und eine gestreifte Krawatte zum weißen Hemd. Dicke, beringte Finger streichelten eine Elfenbeinfigur. "Aber das dürfte wohl Sylvias Geheimnis bleiben, mein lieber Guido."

Aus Fausers *Tournee*-Typoskript

Die Galerie lag im Münchner Gärtnerplatzviertel zwischen einem Müsliladen und einer Lederbar. Der griechische Krämer an der Ecke verkaufte schon frische Feigen, und neben dem Szene-Café offerierte ein Surabaya-Stüberl Tropencocktails und Krabben in Chili-Sauce. Bautrupps, Motorradcliquen, Handelsvertreter für Körnerdiäten und Forschungsreisende in Sachen Safer Sex; alte Männer richteten sich in der ersten halbwegs warmen Frühjahrssonne auf den Bänken ein, starrten den Mädchen nach, die schon Bein zeigten, und sahen zu, wie die Bierfässer ausgewechselt wurden. Der italienische Möbelhändler brachte an seinen garantiert echten Renaissancestühlen neue Preisschilder an, die Bardame im Surabaya-Stüberl telefonierte seit einer Stunde mit ihrem Steuerberater, und auch in der Galerie Sylvia Franck – ein großer Raum im Erdgeschoß, rosa Wände, ein Sammelsurium von Möbeln, Bildern, Mappen, Blumenvasen, Bücherkisten, Bauerntruhen, eine Unordnung wie bei einem Umzug – sah man den Fakten des Geschäftslebens ins Auge.

»Ausweislich der Bücher ist überhaupt nicht zu erkennen, wie die Galerie so lange überlebt hat«, sagte der Mann im Besuchersessel vor dem Schreibtisch in der Ecke neben der Tür, die in die Wohnung führte. Felix Esterhazy war klein, dick, hatte dichte schwarze Haare und einen grau melierten Bart, melancholische Augen, einen spöttischen Mund. Trotz des warmen Wetters trug er einen Kaninchenfellmantel über seinem Anzug und eine gestreifte Krawatte zum weißen Hemd. Dicke, beringte Finger streichelten eine Elfenbeinfigur.

»Aber das dürfte wohl Sylvias Geheimnis bleiben, mein lieber Guido.«

Guido Franck kippte seinen Stuhl – eine Leihgabe des Möbelhändlers – an die Wand und schwang seine Füße auf den Tisch. Für seine hagere Figur war er etwas groß geraten. Er hatte einen ausgeprägten Eierkopf mit schütterem, sandfarbenem Haar, tiefliegende, nervöse Augen, ein schwaches Kinn und trug einen Schnurrbart, der im Licht rötlich schimmerte. Er rauchte Zigaretten Kette, und seine Nase war aufgedunsen und mit geplatzten Adern übersät. Seine Kleidung sah immer noch teuer, aber ungepflegt aus; auf dem Kragen des Tweed-Sakkos ein Ring von Schuppen.

»Aber die Galerie hat überlebt«, sagte er mit einer rauhen, etwas hohen Stimme, »trotz Sylvia – und ich habe nicht vor, sie jetzt zuzumachen.«

»Dann würde ich dir raten, erst mal Inventur zu machen.«

»Ich bin gerade dabei, wie du siehst.«

»Und was ist der Plunder wert?«

Franck zündete sich eine Reval ohne Filter an, hustete und kratzte sich am Ohr. Seine Hände waren ständig in Bewegung.

»Wenn ich ihn auf dem Trödel verhökere, kann ich froh sein, wenn ich zwei Mille kriege. Wenn ich Liebhaber finde, das Zehnfache, vielleicht Zwanzigfache. Sylvia hat einen ziemlich eklektischen Geschmack.«

»Wenn du mich fragst, habt ihr beide nicht die Bohne künstlerischen Geschmack«, sagte Esterhazy und stellte die Elfenbeinfigur auf den Tisch. »Diesen Schrott, mein Lieber, kriegst du in Afrika an der Tankstelle, wenn sie kein Wechselgeld haben, wie in Italien Kaugummi.«

»Bei mir kostet er 250 Mark.«

»Und wieviel verkaufst du davon? Eine Figur in der Woche? Im Monat? Im Jahr?«

»Die laufen doch nur nebenbei mit, Felix. Ich hab keinen Trödelmarkt, sondern eine Kunstgalerie.«

»Die Galerie Sylvia Franck, ich weiß. Im Verzeichnis der Münchner Kunstgalerien seid ihr freilich nicht mehr zu finden. Kunstpolitische Differenzen, Guido, oder habt ihr die Mitgliedsbeiträge nicht bezahlt?«

»Da mußt du schon Sylvia fragen. Sie hat sich um die Vereinsmeierei gekümmert.«

Esterhazy nahm eine Havanna aus einem Etui, zog sie aus der Zellophanhülle, die er demonstrativ auf den Boden fallen ließ, leckte sorgfältig das Deckblatt ab und steckte sie mit genießerischen Zügen in Brand.

»Wie sagte Kipling so richtig? A woman is a woman, but a good cigar is a smoke.« Er ließ den Rauch zur Decke ziehen und sagte dann: »Mir ist schleierhaft, wie du diesen Laden halten willst, Guido. Als dein geschäftlicher Berater muß ich dir sagen, wenn du nicht eine neue Kapitalquelle auftust, liquidier, was zu liquidieren ist, stoß das Gerümpel ab, das Sylvia dir gnädigerweise dagelassen hat, und mach was Neues auf.«

»Und was soll das sein?«

»Ja mei, verkauf halt Surfbretter oder französischen Landwein. Jemand anderm tät ich ja sogar zu einem Restaurant raten, aber davon gibt's schon zuviel in dieser Gegend, und die Arbeit ist mörderisch. Am besten wäre für dich vielleicht eine Tabaktrafik – Zigaretten, Zeitungen, Schulhefte, an Sylvester ein paar Kracher und zu Fasching Pappnasen. Du hättest ein kleines, sicheres Einkommen und genug Zeit zum Schreiben deiner Artikel.«

Franck kippte den Stuhl nach vorn, stand auf und ging mit langen Schritten auf und ab.

»Ich habe nicht vor, den Laden aufzulösen«, sagte er. »Ich hasse es, zu kapitulieren. Zufälligerweise habe ich nämlich im kleinen Finger mehr Kunstverstand als Sylvia, wenn sie hundert Hände hätte. Ich brauch nur eine Ausstellung, die richtig fetzt, und ich hab den Maler dafür, ein Genie, sag ich dir, reif für den großen Durchbruch. Du wirst sehen, die werden mir noch aus den Fingern fressen, die großen Galerien, der Kunstverein …«

»Nachdem du sie in deiner Kolumne alle beleidigt hast?«

»Das zählt doch nicht, Felix. Was zählt, ist der Erfolg. Und den krieg ich. Weil ich ihn nämlich will. Weil er mir zusteht. Weil ich heiß darauf bin. Alles, was mir fehlt, ist ein bißchen Kapital, um weiterzumachen.«

»Und wieviel wäre das?«

»Ich muß sechs Monate flüssig bleiben.«

»Also dreißig Riesen, mit allem drum und dran.«

»Und nochmal zehn für die erste Ausstellung. Da darf an nichts gespart werden, und hast du eine Ahnung, was allein ein guter Katalog zum Drucken kostet?«

»Ich kann's mir vorstellen. Dein Overhead könntest du schon ein bißl senken.«

»Bitte was?«

»Deine fixen Kosten, Guido.«

»Ich kann nicht anfangen, meine Zigaretten selbst zu drehen.«

»Wer redet denn von Zigaretten? Die Weiber gehn ins Geld.«

»Ich hab keine Weiber.«

Esterhazy erhob sich. »Wie du meinst, Guido. Aber wo willst du 40 000 Mark hernehmen? Ich glaube nicht, daß dir die Bank einen so hohen Kredit einräumt. Und bis du diesen Plunder an Liebhaber verkauft hast, hat dein Malergenie eine andre Galerie gefunden. Du bist nun mal nicht Kahnweiler, mein Lieber.«

Das Telefon klingelte. Franck schnappte sich den Hörer.

»Galerie Franck.«

»Spreche ich mit dem Inhaber?«

Eine Männerstimme. Ausländischer Akzent. Ziemlich nah. Stadtgespräch.

»Ja, worum geht es?«

»Ich hätte gern bei Ihnen vorbeigeschaut.«

»Dienstag bis Freitag, 16 bis 18 Uhr.«

»Heute ist Montag.«

»Das gilt natürlich nur für Publikumsverkehr.«

»Ich könnte mir vorstellen, daß ich auch etwas kaufe«, sagte der Mann. Franck konnte sein Lächeln hören. Er warf einen mißtrauischen Blick auf Esterhazy, der in fachmännischer Pose ein Bild taxierte – eine Kleckserei von Sylvias Schwester, unter Liebhabern auch seine 800 Mark wert, die Frau war mal eine halbwegs bekannte Schauspielerin –, und versuchte, möglichst unverbindlich und cool zu bleiben, der vielbeschäftigte Galerist, der nicht für jeden Zeit hat.

»Nun«, sagte er, »da ich schon mal in der Galerie bin, könnte ich Ihnen eine Viertelstunde einräumen. Sagen wir in einer halben Stunde, Herr – ?«

»Charles Kuhn. Ich bin in einer halben Stunde da.«

Klick.

»Ein Kunde?« Esterhazy sah auf die Uhr. »Ich muß dann auch.«

»Noch eine Anlageberatung?«

»Ehrlich gesagt, Guido, bei dir gibt es nicht allzuviel zu beraten.«

»Du könntest mir raten, wie ich schnell zu 40 000 Mark komme.«

»Wenn du 20 000 riskieren kannst, jederzeit. Der Warenterminmarkt –«

»Ich weiß, Felix. Ich les deinen Rundbrief auch gelegentlich.«

In München schrieb jeder irgendwo irgendwas, Esterhazy gab sogar einen eigenen Rundbrief heraus.

»Aber meinen besten Rat«, sagte Esterhazy an der Tür, »hab ich dir schon umsonst gegeben.«

»Tut mir leid, hab ich noch gar nicht mitgekriegt.«

»Geh aus dem Kunstmarkt raus«, sagte Esterhazy und setzte seinen Borsalino auf. »Da wird heute das große Geld gemacht, Guido, und wo das große Geld gemacht wird, werden die kleinen Leute totgetrampelt.«

Der Mann, der sich Charles Kuhn nannte, sah den Dicken im Pelzmantel aus der Galerie kommen, in einen verbeulten Mercedes 280 steigen und wegfahren. Dann blickte er die Bardame an, und zum ersten Mal, seit er das Surabaya-Stüberl betreten und sich auf den Barhocker mit dem besten Blick über die Straße gepflanzt hatte, lächelte er ihr zu.

»Möchten Sie noch etwas trinken?« fragte Yasmin.

»Was schlagen Sie mir vor?«

»Vielleicht einen Mai-Tai. Der wird sehr gern getrunken.«

»Trinken Sie auch einen?«

»Ich trinke niemals Alkohol.«

»Dann sollten Sie ihn auch nicht empfehlen. Geben Sie mir noch ein Mineralwasser.«

Yasmin zuckte die Achseln und servierte dem Kerl noch ein Mineralwasser mit Eis und Zitrone. Kein Alkohol für ihn, keine Zigarette. Ein Jäger. Sie hatte es sofort an seinen Augen gespürt, großen, braunen, goldgefleckten Augen, denen nichts entging, und an dem Gesicht, das an einen Wolf erinnerte, mit straff gespannter, lederner Haut über hohen Wangenknochen und einem großen, harten, hungrigen Mund. Er trug seine pechschwarzen Haare halblang und glatt über die Ohren fallend, und mit dem dunklen Geschäftsanzug, dem weißen

Hemd, bis zum dritten Knopf geöffnet, so daß der muskulöse Hals und die goldene Kette zu bewundern waren, der Cartier am Handgelenk und dem Attachécase aus Krokodilleder, besonders mit den harten, durchtrainierten Händen und dem Ring mit dem gezackten schwarzen Stein, der sich gut dazu eignete, ein Gesicht zu zerfetzen, gab es für Yasmin keinen Zweifel: das Syndikat der Schutzgeldeintreiber hatte seinen besten Mann vorbeigeschickt.

Und daß ihn die Straße mehr zu interessieren schien als das Surabaya-Stüberl, war nur ein Trick.

Wie es auch ein Trick war, Yasmin und ihrem Bruder Yoyo ein anderes Halbblut auf den Hals zu schicken.

Yasmin und Yoyo waren beide in Düsseldorf geboren, wo ihr Vater, ein Rechtsanwalt chinesischer Abstammung aus Surabaya, sich schon vor den Pogromen von 1966 niedergelassen hatte. Sein Restaurant war allerdings unter nie geklärten Umständen 1971 abgebrannt, und er hatte seine Frau, eine Verwaltungsangestellte beim Düsseldorfer Landtag, mit seinen ältesten Kindern, Yasmin und Yoyo, in der irrigen Annahme verlassen, daß es in Surabaya nunmehr möglich sein werde, seine Praxis wiederaufzunehmen und den Rest der Familie unter respektablen Umständen nach Indonesien zu holen. Statt dessen wurde der Rechtsanwalt schon kurz nach der Einreise verhaftet und verschwand auf Nimmerwiedersehen; Yasmin und Yoyo wuchsen bei entfernten Verwandten in einem Vorort von Surabaya auf, kamen allerdings Anfang der 80er Jahre in die Bundesrepublik zurück, Yasmin als Neuerwerbung eines Landpuffs bei Lüchow-Dannenberg, Yoyo als Koch eines indonesischen Restaurants in Duisburg. Vor zwei Monaten hatten sie mit ihren Ersparnissen das Surabaya-Stüberl aufgemacht.

Aber die Vergangenheit holt einen ja immer ein.

Als der Mann, der sich Charles Kuhn nannte, Yasmin so weit ausgehorcht hatte, schenkte er ihr noch ein Lächeln, bei dem eine Reihe gut gepflegter Jacketkronen zum Vorschein kam.

»Vielleicht habe ich irgendwann Zeit, dir meine Geschichte zu erzählen«, sagte er, »die ist noch viel komplizierter als deine. Nun hör mir gut zu. Ich bin zwar nicht vom Syndikat, aber ich habe gute Verbindungen und kann für dich ein Wort einlegen – es gibt fettere Kühe zu melken als einen Stehausschank.«

Sein Blick machte deutlich, was er meinte – zwei Tische in einer Nische, ein Spielautomat, fünf Barhocker, die Musikbox mit indonesischem Rock, eine Tageskarte mit Nasi Goreng und Sateh, eine Bardame, die keinen Alkohol trank, aber Rosen im Haar trug und Räucherstäbchen in einem Miniaturtempel neben der Asbach-Reklame abbrannte: es roch nicht nur nach Zitronengras und Kokoscreme, sondern auch nach Pleitegeier.

»Danke«, sagte Yasmin und neigte den Kopf.

»Dafür mußt du mir aber auch einen Gefallen tun«, sagte er. »Du kennst dich doch sicher in dieser Straße schon gut aus.«

Was die Männer anging, bestimmt.

Als Guido Franck mit einer Flasche Whisky unter dem Arm aus dem Getränkeladen um die Ecke kam und die Galerie aufsperrte, glitt der Mann, der sich Charles Kuhn nannte, vom Barhocker.

»Du brauchst nichts zu bezahlen«, sagte Yasmin.

»Man muß für alles bezahlen«, sagte er und zauberte ein kleines, privates Lächeln hervor, ein Lächeln über einen Scherz, den nur er verstand. Aber Yasmin verstand ihn auch.

Wenn Guido Franck gerade das richtige Quantum Whisky intus hatte, um sein Leben nüchtern zu betrachten, dann wußte er, daß er jetzt, mit 42, wieder an einer Wasserscheide stand. Er war nämlich 14 gewesen, als sein Vater, ein Verlagsvertreter, auf der Fahrt von der Frankfurter Buchmesse nach Hause in einer Nebelwand im oberhessischen Stadtallendorf mit seinem Borgward auf einen Milchtransporter aufgefahren und – laut Polizeibericht – auf der Stelle tot gewesen war. Francks Mutter, eine Anhängerin des Theosophen Gurdjieffs, zog sich bald nach dem Tod ihres Mannes in eine esoterische Landkommune in Schottland zurück und überließ ihr einziges Kind dem hannoverschen Teil ihrer angeheirateten Familie, einem Clan weißblonder, langbeiniger, schriller Frauen, die, auf mehrere Häuser in Hannover und Umgebung verteilt, teils im Sinn des frühen Wandervogels und des Worpsweder Kreises, teils nach den unverdrossen gepflegten Idealen des BdM lebten, teils mit Männern, teils ohne Männer, teils als Männer. Da der Verlagsvertreter nur 25 000 Mark Schulden und seine Frau auch nur unbezahlte Rechnungen hinterlassen hatten, war Guido Franck der Wohlfahrt der verrückten Weiber überlassen. Er machte alles mit – Sonnwendfeiern, Künstlerbasare, Führers Geburtstag, Nacktbaden, Reformkost, die Vorträge über das nordische Licht in der Malerei Noldes und die Einführung in das Geschlechtsleben, in einem Heuschober im Deister, an einem Sonntagnachmittag im Sommer, als er 21 wurde, unter den harten, aber aufmerksamen Händen von Tante Hildegard –, und als er 28 war, hatte er geerbt, was zu erben war, machte alles zu Bargeld und ging auf Weltreise.

Hager, immer hungrig, schon mit Haarausfall geplagt, entsprach Guido Franck damals den Karikaturen eines ewigen Studenten von der Hornbrille bis zu den Jesuslatschen. Nicht nur vom Bund als untauglich abgeschrieben, studierte er 16 Semester an der Georg-August-Universität zu Göttingen Kunstgeschichte, Germanistik, Theologie, Philosophie, Soziologie, Slawistik, Geschichte, Archäologie, Jura, Wirtschaftswissenschaften und Pharmakologie, ohne je ein Examen abzulegen, schrieb an einem auf 2500 Seiten angelegten, autobiographisch gefärbten Roman mit dem Arbeitstitel »Der Mann mit allen Eigenschaften« und trug sich mit dem Gedanken, es zur Bereicherung seiner existenziellen Erfahrungen mit der Päderastie zu versuchen, als er die letzte Erbschaft machte. Es war die von Tante Hildegard, die mit 54 völlig unerwartet an einem Tumor starb. Guido Franck war erschüttert. Wenn das kein Fingerzeig war! Statt zum Begräbnis zu fahren, trank er drei Tage in seiner Stammkneipe am Göttinger Markt dunkles Bier und Kümmel. Alles in der Welt hing zusammen! Es gab keinen Zufall. Der Mann mit allen Eigenschaften war ein Mann, der niemandem etwas schuldete, schon gar nicht der deutschen Literatur. Franck wartete noch, bis die Erbschaft geregelt war, holte DM 123 495 vom Konto und machte sich auf den Weg nach Indien, an die Quellen der menschlichen Erkenntnis.

Er reiste in kurzen Etappen und kam bis nach Istanbul.

In Istanbul brauchte Guido Franck vier Monate, um sein Geld loszuwerden. Er holte sich zweimal einen Tripper, rauchte zunächst Haschisch, um dann auf Opium umzusteigen, wovon er mehrere Gramm am Tag mit Tee und Schokoplätzchen verzehrte, landete zuletzt als Verdächtiger bei einer Vergewaltigung mit Todesfolge im Gefängnis, wog, als er sich mit Hilfe eines Anwalts und seiner letzten Reiseschecks freigekauft hatte, noch 52 Kilo bei einer Größe von 1,85 Metern, alles mit 28, und damit nicht genug: als er wieder so weit bei Sinnen war, daß er beim deutschen Generalkonsulat vorsprechen und sich eine Rückfahrkarte besorgen konnte – von den Quellen der menschlichen Erkenntnis, fand er, hatte er auch in Istanbul in reichlichem Maße kosten können –, begegnete er im Warteraum einem Geschäftsmann aus Gießen, der mit ihm essen ging und ihn mit einer Einladung in die Stadt an der Lahn an den Zug nach München brachte. Zwei Monate später – Guido Franck war immer noch 28 – machte er der älteren Tochter des Geschäftsmanns einen Heiratsantrag und saß als Kompagnon seines Schwiegervaters in einem Wäscheversand in der Gießener Altstadt.

Es war Guido Francks Premiere im Geschäftsleben.

Und jetzt, mit 42, saß er allein in einer Galerie in München, die immer noch auf den Namen seiner Frau lief, und wartete auf die Scheidung, auf die letzte Chance, auf den Riß durchs Leben, auf eine neue Existenz.

Franck hatte sich gerade einen Whisky eingeschenkt – J & B, bei dem ein doppelter aussah wie ein kleiner mit Wasser –, die Jalousien herabgelassen und das Licht angemacht, als es klingelte. Das war also Charles Kuhn: ein Mann, der aussah wie einer von den Yuppies, die jetzt die schnelle Kohle machten mit Computern, Restaurants oder Mode. Bis auf die Hände und die Augen. Seit Istanbul wußte Franck, worauf er bei einem Fremden zuerst achten mußte.

»Darf ich fragen, woher Sie kommen, Herr Kuhn?«
»Ich bin auf der Durchreise.«
»Ich meinte, was für ein Landsmann Sie sind.«

Kuhn lächelte zurückhaltend, lehnte die Zigarette ab, die Franck ihm anbot, akzeptierte aber einen kleinen Scotch mit Wasser und beantwortete erst dann die Frage, als Franck sich schon für sie entschuldigen wollte.

»Das ist gar nicht so einfach zu beantworten, Herr Franck.

Ich habe nämlich zwei Pässe, einen deutschen und einen amerikanischen, und lebe überwiegend in Südostasien. Ich würde sagen, daß ich ein Kosmopolit bin – ein Bürger der Vereinigten Staaten von American Express und Eurocard.«

»Das hört man gern als Kunsthändler. Sie kaufen für sich selbst oder für andere?«

»Man könnte sagen, daß ich ein Vermittler bin, Herr Franck – von Menschen, Okkasionen, Geschäften. Unter anderem beobachte ich für südostasiatische Kunden den europäischen Kunstmarkt und arrangiere gegebenenfalls auch Verkäufe.«

»Was sind das für Kunden?«

»In erster Linie Hotels, Herr Franck. Sie wissen sicher, Hotels sind das große Geschäft in dieser Region, eine Boomindustrie. Und große Hotels brauchen nicht nur Innenarchitekten, Designer, Ausstatter, sie brauchen auch Möbel, Bilder, Plastiken, Kunstobjekte.«

Er zückte eine prall gefüllte Brieftasche aus Schlangenleder, zog eine Karte aus einem ganzen Set, legte sie auf den Schreibtisch und nippte dann zum ersten Mal an seinem Drink. Kein großer Whiskytrinker, Mr. Kuhn. Aber Bourbon gab es nicht. Franck hatte schon die Brille aufgesetzt und betrachtete die Karte. Auf der Vorderseite in Goldprägung ein stilisiertes S. Auf der Rückseite eine stilisierte Orchidee und der Text:

> The Shangri-La International Hotels
> Kuala Lumpur – Bangkok – Singapore
> Charles Kuhn
> Arts & Leisure Consultant

»Bitte, behalten Sie das Ding. Wenn Sie mal in der Gegend sind, steigen Sie im Shangri-La ab, und Sie bekommen einen Rabatt.«

»Vielen Dank. Klingt nach einem schönen Job. Was bedeutet Leisure in diesem Zusammenhang?«

»Wenn die Dekoration und das Ambiente stimmt, Herr Franck, die Soundanlage in der Disco, das Licht in der Bar, die Bilder in der Lobby, dann soll sich da natürlich auch etwas abspielen – Konzerte, Shows, Entertainment. Ich helfe dabei.«

»Ich verstehe. Sie buchen auch Show-Künstler.«

»Ganz recht, Herr Franck. Bisher vorwiegend amerikanische und australische, aber warum sollten nicht auch mal deutsche Entertainer in Hongkong auftreten oder in Kuala Lumpur?«

»Das ist da, wo man wegen Rauschgift aufgehängt wird?«

Kuhn nippte noch mal an seinem Drink. »Eine etwas extreme pädagogische Maßnahme, ich weiß. Aber Heroin ist dort ein ernstes Problem. Es ist – verglichen mit Europa – ziemlich leicht zu haben und billiger als Alkohol. Und dabei sind die Profite auch dort schon enorm. Die Gesellschaft muß sich wehren. Eine Todesspirale. Leider trifft es immer nur kleine Dealer. Nun, niemand zwingt Sie dazu, in Malaysia Heroin zu kaufen, um sich in Deutschland ein großes Auto leisten zu können.«

»Ich sehe das ganz pragmatisch«, sagte Franck, der sich noch einen großen J & B genehmigte. »Ob man am Rauschgift draufgeht oder an einem Strick – einer verdient immer daran. Der Tod des einen ist das Geschäft des anderen.«

»Eine ziemlich asiatische Einstellung, Herr Franck. Sie haben schon in Asien gelebt?«

»In Istanbul, aber das ist für Sie wahrscheinlich noch Mitteleuropa.«

»Kommt ganz darauf an, was man dort macht. Aber ich halte Sie auf, Herr Franck, und dabei habe ich noch gar nichts von Ihren Beständen gesehen.« Franck zeigte ihm ein paar Bilder.

»Und das da ist ein echter Liebling.«

»Ein bedeutender Künstler?«

»Die Schwester meiner Frau. Eine verluderte Schauspielerin. Sie sehen ja, die reinste Chaos-Kleckserei. Ein kranker Geist. Galt aber mal als chic, einen Liebling zu haben.«

Kuhn sah sich um. »Sie machen gerade Inventur?«

Wenn es eine Anzüglichkeit war, verbarg er sie geschickt hinter einem interessierten Lächeln. Kuhn sprach und bewegte sich so gemessen, als sei er Stammkunde bei Sotheby's.

»Nein, es gab hier personelle Änderungen.« Franck war zu Konfessionen aufgelegt, er hatte das Gefühl, sich schon lange nicht so gut unterhalten zu haben. »Meine Frau ist mit einem Teil des Geschäfts nach Düsseldorf gegangen, oh ja, eine Scheidung auf Galeristenart. Und ich plane jetzt eine völlige Neuorientierung der Galerie. Eine Konzentration auf das Wesentliche. Die konzentrierte Arbeit mit wenigen, starken Talenten. Den Durchbruch.«

»Das hört sich sehr gut an. Aber auch sehr gewagt. Hohe Investitionen, hohes Risiko.«

»Ach wissen Sie, wenn man nichts riskiert, ist man in diesem Geschäft am falschen Platz. In Ihrem sicher auch! Ich mache das ja auch gar nicht mit einem Kunsthändler-Bewußtsein. Ich bin ein Partner des Künstlers, scheitert er, so scheitern wir beide. Man muß ein Spieler sein, sonst ist die Kunst eine Buchhaltung des Bestehenden. Sie trinken gar nichts, Herr Kuhn. Möchten Sie lieber einen Kaffee?«

»Danke, aber ich habe noch nichts gegessen – München hat eine Menge Galerien.«

Das Telefon klingelte. Es war die Redaktion der Zeitschrift, für die Franck gelegentlich eine Kolumne schrieb. Sie wollten den Text ein paar Tage früher.

»Typisch für diese Branche«, sagte Franck, nachdem er aufgelegt hatte, »erst lassen sie einen Monat alles liegen, dann fällt ihnen ein, daß nächste Woche ein Feiertag ist, und husch husch, mein Herr. Noch mal jung müßte man sein und so frech wie die, dann hätte man ein feines Leben.«

»Sie schreiben auch? Jetzt wird mir allmählich klar, was Sie vorhin meinten. Ich muß sagen, einen Galeristen wie Sie habe ich in München noch nicht getroffen.«

»Anderswo? Im Ernst, im Moment schmiere ich nur ein paar Tiraden gegen den Zeitgeist. Ich habe aber auch ein paar saftige Ideen für einen Roman. Der zeitgenössische Roman ist ja auch nur was für Mannequins.« Franck leerte sein Glas, zögerte. Der Abend war doch nicht schon zu Ende? »Jetzt zeige ich Ihnen aber schnell noch ein paar gute Sachen. Und dann lade ich Sie zum Essen ein. Falls Sie nichts Besseres vorhaben.«

Der Mann, der sich Charles Kuhn nannte, hatte durchaus nichts Besseres vor. »Aber wenn jemand einlädt, bin ich das, Herr Franck. Ich arbeite zwar auf Kommissionsbasis, aber Spesen spielen beim Shangri-La keine Rolle.«

Für Guido Franck hatte schon lange eine Woche nicht so gut angefangen.

3

Nur nicht durchdrehen, dachte sie. Zwei Tage mußt du das noch aushalten, dann können sie sich ihre Serie in den Arsch schieben, wenn da noch Platz ist. Zwei Tage noch. Dann kann Herr Alexander Schaland sein Pseudo-Johannes-Heesters-Lächeln eintragen und Herr Knud Cuntze sein Talmi-François-Truffaut-Professionalismus mit dem Lederblouson und dem Lederbinder ablegen. Sie werden sich bestimmt noch oft auf einem Fernsehset finden, Diese Arschlöcher. Ich hab ihnen weiß Gott genug Angebote gemacht, dachte sie und zündete sich noch eine Zigarette an, seriöse Angebote, professionelle Angebote. Aber an diesen Serien gibt's schauspielerisch nur Leck und Gelatine. Mörder & Co. die 967., du liebes Vaterland. Und so was hatte 20 Millionen Zuschauer. Plötzlich merkte sie, daß ihre Hand zitterte. Panik schoß durch ihre Arme in die Schultern. Nur jetzt nicht verkrampfen. Und morgen bringst du dir was mit, einen Tropfen Whisky nur, in der Apfelsaftflasche, sollen sie doch denken was sie wollen.

"Natascha..."

Sie fuhr zusammen, hob aber ihren Kopf und lächelte - das Kleine-Mädchen-Lächeln, das Lächeln für alle Fälle. Im grellen Licht konnte sie nur Cuntze erkennen und zwei dicke Männer, die an Pat und Patachon erinnerten in ihren dunklen Samtanzügen.

"Ich wollte dir Herrn Lohmann vorstellen", sagte Cuntze, ein früh im Dienst ergrauter Dreißigjähriger mit einer sanften Stimme, "das ist der zuständige Redakteur und Produzent. Und Herrn Peffgen, das ist der Autor dieser Folge."

"Und ein Natascha-Liebling-Fan seit Urzeiten", meinte Peffgen

Aus Fausers *Tournee*-Typoskript

3

Nur nicht durchdrehen, dachte sie. Zwei Tage mußt du das noch aushalten, dann können sie sich ihre Serie in den Arsch schieben, wenn da noch Platz ist. Zwei Tage noch. Dann kann Herr Alexander Schaland sein Pseudo-Johannes-Heesters-Lächeln einfrieren und Herr Knud Cuntze seinen Talmi-François-Truffaut-Professionalismus mit dem Lederblouson und dem Lederbinder ablegen. Sie werden sich bestimmt noch oft auf einem Fernsehset finden, diese Arschlöcher. Ich hab ihnen weiß Gott genug Angebote gemacht, dachte sie und zündete sich noch eine Zigarette an, seriöse Angebote, professionelle Angebote. Aber an diesen Serien gibt es schauspielerisch nur Lack und Gelatine. Mord & Co., die 967., du liebes Vaterland. Und so was hatte 20 Millionen Zuschauer. Plötzlich merkte sie, daß ihre Hand zitterte. Panik schoß durch ihre Arme in die Schultern. Nur jetzt nicht verkrampfen. Und morgen bringst du dir was mit, einen Tropfen Whisky nur, in der Apfelsaftflasche, sollen sie doch denken, was sie wollen.

»Natascha …«

Sie fuhr zusammen, hob aber ihren Kopf und lächelte – das Kleine-Mädchen-Lächeln, das Lächeln für alle Fälle. Im grellen Licht konnte sie nur Cuntze erkennen und zwei dicke Männer, die an Pat und Patachon erinnerten in ihren dunklen Samtanzügen.

»Ich wollte dir Herrn Lohmann vorstellen«, sagte Cuntze, ein früh im Dienst ergrauter Dreißigjähriger mit einer sanften Stimme, »das ist der zuständige Redakteur und Produzent. Und Herrn Peffgen, das ist der Autor dieser Folge.«

»Und ein Natascha-Liebling-Fan seit Urzeiten«, meinte Peffgen und hielt ihr eine feuchte Pfote hin. Er hatte eine dicke Brille und ein rotes Gesicht mit einem struppigen schwarzen Schnurrbart und vorstehende Zähne. Sie berührte die Pfote, so gut es ging. Autoren taten ihr leid, Shakespeare hatte doch schon alles Wichtige geschrieben. Sie versuchte nett zu sein.

»Seit Urzeiten? So alt können Sie doch noch gar nicht sein, Herr Peffner, wenn Sie noch so beschwingte Dialoge schreiben.«

Warum waren sie denn jetzt so peinlich berührt, die Herren? Schon wie sie sich um sie aufgebaut hatten, feierlich wie bei einer Beerdigung. Wichtigtuer. Mord & Co., die 991., 20 Millionen Zuschauer, da glaubten sie schon an ihre Unsterblichkeit im Betrieb. Der Autor grinste schon ganz gaga, jetzt mußte noch der Redakteur seinen Senf dazugeben.

»Und Sie fühlen sich recht wohl bei uns, Frau Liebling? Keine Probleme?«

So ein bigottes Arschloch. Die stoppten doch die Sekunden, führten Strichlisten, klemmten jeden kreativen Moment ab, als ob's ihr eigenes Geld wäre. Sie mußte ihre Zigarette ausmachen, fand den Ascher nicht, Rauchen war auch schon verpönt. Mückenberg hielt ihr einen leeren Pappbecher hin. Sie warf den Stummel hinein, Cuntze reichte den Pappbecher seiner Assistentin weiter.

»Wir können dann, Knud.«

»Gleich, Daniela.«

»Ich bin natürlich vom Film her ein zeitaufwendigeres Arbeiten gewohnt«, sagte Natascha und stand auf. Sie brauchte dazu einen Augenblick, in dem langen Kleid mit der Federboa und der lächerlichen Stola, die sie Jahre älter machte, aber als sie stand, konnte sie dem großen Redakteur in die Augen sehen, und der kleine Autor mußte seinen Kopf heben. »Mehr kreative Pausen und intensiveres Üben. Aber ich bin sehr glücklich«, fügte sie dann lächelnd hinzu, und diesmal war es das strenge, das Profi-Lächeln, »über diese neue Erfahrung.« Ihr Lächeln machte die Runde und blieb bei Cuntze. Gott, sah der Ärmste gequält aus. »Und das Team ist wunderbar, Herr Pohmann.«

»Wir machen dann gleich weiter, Natascha«, sagte der Regisseur und lotste Lohmann und Peffgen in eine Ecke, während Natascha gepudert wurde. Was hatte er mit denen zu quatschen? Seit wann läßt der Regisseur seinen Star – seinen Gast-Star, wie es beim Fernsehen hieß – vor der Aufnahme stehen und konferiert mit dem Redakteur und dem Autor? Himmel, war der Junge ängstlich, nur weil man etwas überzogen hatte, die paar Minuten kamen doch wieder rein, wenn man wirklich wußte, wie es zu spielen war ... steckten die Köpfe zusammen wie Lehrer, die sie ja auch waren. Lehrer, Belehrer. Leere Köpfe vollstopfen, das war aus dem Fernsehen geworden, Mord & Co., die 1028.

Was hatte sie da gehört?

Schwierig?

Hatte da einer schwierig gesagt?

Ich bin nicht schwierig, dachte sie und spürte den Zorn hochschießen wie vorhin die Panik – und Panik war auch Zorn, und Zorn war Panik –, hängt mir bloß nicht an, ich sei schwierig, ihr Stümper, ihr Arschkriecher. Sie schob die Maskenbildnerin weg und richtete ihr Gesicht selbst vor dem Spiegel, hier ein Körnchen zuviel, da ein Strich zuwenig, und war auf dem Set, in der großen Ausstellungshalle vor dem Bild des Italieners, einer ganz netten, lockeren Kleckserei mit dem Titel Ragazzo Svedese, Schwedenbengel, wäre ich nur dabeigeblieben, dachte sie neidisch, wenn ihr wissen wollt, was schwierig ist, ihr Proleten, dann versucht mal zu malen.

»Können wir dann, Kinder?«

Cuntze klatschte in die Hände. Und da tauchte auch Alexander Schaland auf, frisch vom Maskenbild, der eitle Schmock, der mit seinen fast sechzig Jahren immer noch die Gigolos spielte, die Stenze, die Don Juans. Im Fernsehen. Und in Wirklichkeit war er ein alternder Raffke, der nach dem Abschminken Terminen mit Steuerprüfern nachjagte, mit Anlageberatern, mit Immobilienhaien. Don Juan zwischen Herzinfarkt und Steuerhinterziehungsprozeß.

»Fertigmachen zum Drehen!«

»Gib mir ein schönes Licht, Charly.«

»Für dich immer mein spezieller Weichzeichner, Natascha.«

»Mach den Neger etwas höher, Heinz.«

»Und vergeßt nicht, fangt außerhalb des Bildes an, sonst kriegt ihr Probleme mit euch.«

»Bitte absolute Ruhe, wir drehen.«

»Mord & Co. 1086, die Erste!«

»Ton ab.«

»Kamera läuft.«

Gab es etwas Schöneres, das zugleich so saublöd war? Sie tat also aus 15 Zentimeter Abstand so, als vertiefte sie sich in diesen Ragazzo Svedese, stieß an die flanellbedeckte Schulter von Schaland, drehte sich um und hauchte, aus mindestens 10 Zentimeter Entfernung:

»Kennen wir uns, mein Herr?«

Und so weiter, und es lief ja auch ganz gut, bis zu diesem vertrackten letzten Satz:

»Eine Freundin hat mir prophezeit, ich würde hier jemand treffen ... einen Mann ...«

Und dabei zuckte Schalands Lid, und weg war der Text. Futsch. Geschmissen.

»Macht nichts«, sagte Cuntze, »bis dahin war es zauberhaft. Wir machen gleich noch eine.«

Aber bei der fing draußen eine Bohrmaschine an, und der Ton brach ab, und bei der dritten verrutschte aus irgendeinem Grund Nataschas Federboa, und bei der vierten stolperte sie über das Wort Moossträußchen, und bei der fünften vergaß sie glatt eine ganze Zeile.

»Das kommt nur davon, daß der Autor hier ist. Seit wann sind Autoren auf dem Set, kann mir das jemand verraten? Ist der Mann Fassbinder, ist er Fellini, ist er der liebe Gott?«

»Herr Peffgen ist längst gegangen«, sagte Cuntze. Sie standen im Nebenraum und versuchten beide, eine Szene zu vermeiden, um die Szene zu retten.

»Gib mir fünf Minuten, Knud-Schatz, ich mach eine Meditationsübung und bin sofort wieder da.«

Meditationsübungen hatte es in Mord & Co. auch schon gegeben, bei der Folge »Mord im Lotussitz«, damals hatte Marianne Hoppe eine Gastrolle gegeben, fabelhaft, die Frau, so etwas an Disziplin.

»Gut«, sagte Cuntze, »fünf Minuten. Wir dürfen heute nicht unter der Zeit bleiben, Natascha, und du schaffst das auch, easy.«

Und dann, statt ihr einen ganz sanften Kuß zu geben oder wenigstens den Arm zu drücken – sie verlangte weiß Gott nicht, daß ein Regisseur an ihrem Ohr knabberte oder in ihren Finger biß –, sah der Idiot auf seine Armbanduhr. Also fünf Minuten, Zimtzicke, und keine Sekunde drüber! Natascha stürzte in die Garderobe.

»Was machen Sie denn, Frau Liebling?« fragte der Maskenbildner, als Natascha die Federboa von ihren Schultern riß.

»Ich schmeiß, das sehen Sie doch.«

»Das würde ich aber nicht machen an Ihrer Stelle«, sagte der Maskenbildner. Ein unrasierter Fiffi mit pickliger Haut, so was ließen sie beim Fernsehen an Natascha Liebling ran.

»Dich hat auch keiner gefragt, Piepmatz«, sagte Natascha und wartete, bis das große Zittern kam.

Wer hatte je behauptet, die Nächte wären am schlimmsten? Keine Ahnung, der Idiot. Am schlimmsten waren der Nachmittag und der frühe Abend, bevor du loslassen konntest – das Glas, an dem du dich festgehalten hattest, den Rest dumpfer Spießerangst, der dich kontrollierte. Haut ab, Muttis.

Nach vier Tagen sah ihr Hotelzimmer aus, als hauste sie schon seit vier Monaten in der Bude, Marmeladeflecken auf der Bibel, Brandlöcher im Teppich, weiß der Himmel, wie der Nagellack auf den Telefonhörer gekommen war. Sie hatte doch immer ganz brav mit den Kollegen in der Bar gesessen und um die Ecke beim Italiener – und wie hatten sie die Ohren gespitzt, wenn Natascha von ihren wilden Jahren in Cinecittà erzählt, ein bißchen preisgegeben hatte von der jungen, unschuldigen kleinen Liebling in den Händen der römischen Filmemacher, man gab doch jetzt gern ein bisserl was preis, nicht von den Titten, von der Seele –, einmal vielleicht eine Tour durch die Stadt, aber nichts Wildes, ein paar Schnäpse hier und da unter diesen Münchner Schickimickis, das gehörte dazu: wenn sie drehte oder auf der Bühne stand, war Natascha Liebling allemal so diszipliniert wie ein Alexander Schaland, der jeden Abend um elf eine Tasse warme Milch trank und sich mit einer Nacht-Gesichtspackung und dem Wirtschaftsteil der FAZ zu Bett begab (wenn man das Zimmer neben ihm hatte, wußte man's besser).

Und daß sie in den letzten Jahren kaum noch gedreht oder auf der Bühne gestanden hatte, lag gewiß nicht daran, daß sie keine Angebote gehabt hatte – glaubte Natascha, in den Stunden, wenn es galt, sich festzuhalten. Aber es war nun mal so, auf dem deutschen Theater wurde die deutsche Kartoffel gepflegt, und der deutsche Film war mal wieder so gut wie tot – und die paar Rollen, die eine Frau wie die Liebling spielen konnte, die immerhin mit 23 in Italien entdeckt worden war, eine Frau in den besten Jahren, eine leidenschaftliche Geliebte, eine wilde Revolutionärin, eine besessene Gottessucherin, Mamma Roma, oder die kühle Komplizin eines Top-Gangsters: man brauchte sich doch nur die jungen Regisseure anzusehen, dann wußte man, man lebte leider zur falschen Zeit im falschen Land.

Und die paar guten Leute waren tot, ins Abseits gedrängt, auf ihrem eigenen solitären Trip, oder saßen mit einem unsichtbaren Preisschild um den Hals im Fernsehen herum: Verkauft.

Sie schenkte sich noch ein Glas ein – noch drei Fläschchen in der Minibar, wenn sie nicht runter wollte, bedeutete das Schlaftabletten – und paßte auf, ob ihre Hand zitterte. Nichts. Völlig normalo. Weswegen sollte sie auch zittern? War was gewesen? Die Szene auf dem Set? Knud Cuntze? Gottchen, was konnten ihr denn solche Fuffies anhaben! Sollten sie doch ihr Fernsehn machen. Gebrauchsware für den Feierabend des deutschen Spießers. Was, zum Teufel, hatte das mit Natascha Liebling zu tun, ihrem Leben, ihrer Kunst?

Kunst?

Sie fiel aufs Bett, machte ein ängstliches Gesicht.

Die Kunst, hatte Mario immer gesagt, verzeiht es dir nie, wenn du sie verrätst. Von Gnade hat die Kunst nie etwas gehört. Sie tötet Verräter – bei lebendigem Leib.

Bei lebendigem Leib.

Ihre Hände glitten an dem Kimono, den sie trug, herab zu ihren Hüften, zu ihrer Scham. Sie drehte sich zur Seite, die Augen halb geschlossen, die Beine eingeknickt, die Füße verschränkt. Das honigfarbene Haar, das sie wieder schulterlang trug – längst vergessen die Zeit, als sie Anpassung betrieben hatte mit einem tizianroten Struwwelkopf –, fiel in weichen Korkenzieherlocken auf das Kissen und das Telefon, das Natascha ungern aus den Augen ließ. »Geliebtes Telefon«: ein Ein-Personen-Stück, dachte sie, am Tag fielen ihr 50 Theaterstücke oder Filme ein. Wenn ich nur schreiben könnte! dachte sie. Ihre Finger lösten sich voneinander, fingen an, mit den Schamhaaren zu sprechen. In Rom hatte sie sich einmal die Scham rasiert. Beim Gedanken an die Zunge auf ihrer rasierten Scham errötete sie. Sie war Jungfrau gewesen, als sie nach Italien engagiert wurde. Eine deutsche Jungfrau. Gretchen. Eine jungfräuliche Partisanin unter Machiavellis und Cäsaren. Ihr kleiner Finger berührte die Klitoris, und sie zuckte zusammen und fing unvermittelt an zu weinen.

Das Telefon klingelte unter ihrem Haar.
Diesmal nicht.
Doch.
Der Fuffie will sich entschuldigen.
Laß ihn warten.
Nein, du bist eisern. Eiserne Disziplin. La Liebling.
»Bitte? Oh Gott Mutti, Scheiße ...«
Nach dem Tod ihres Vaters – sie hatte damals eine kleine Rolle in einem Fassbinder-Film gehabt, eine peinliche, aber unschätzbare Erfahrung, wie sie später gesagt hatte – war ihre Mutter ohne Verzug in die Rolle einer Vertrauten geschlüpft, hatte die Kunst entdeckt, von der nun ein Abglanz auf ihre langen grauen Tage fallen sollte. Als der Abglanz immer länger ausblieb und die Tochter, die ihn versprochen hatte, immer öfter nach Gießen kam und schreckliche Phasen mitmachte – die Tochter in München und ihren Jammerlappen, den Guido, hatte die Alte längst abgeschrieben –, verstockte

sie einfach. Wer je behauptet hatte, im Alter würden die Menschen weise, war über den Kindergarten nie hinausgekommen.

»Mutti, es läuft ganz phantastisch, ganz zauberhaft« – wo hast du das denn her, Natascha? –, »hab ich dir doch ausführlich erklärt, was ich da spiele. Mein Gott, Mutti, ein Genie ist er nicht, wenn er ein Genie wär, wär er kaum beim Fernsehen, aber da ist er wirklich ein As, und Charly – der Kameramann – ist einfach toll, wir haben doch letztes Jahr einen Film von ihm gesehen, ja, der mit dem tollen Licht. Und heute hab ich den Autor kennengelernt – der die Serie schreibt, also einer der Autoren, der wichtigste, verstehst du –, der will mir eine große Rolle schreiben, der liegt mir praktisch zu Füßen, der träumt davon, mir eine eigene Serie zu schreiben. Stell dir das vor, 20 Folgen oder so, wie ich da rauskomme. Wie er heißt? Ist doch unwichtig. Du kennst den Namen doch nicht. Mutti, das ist doch scheißegal, wie die heißen, schreiben sollen sie.«

Sie machte sich eine Zigarette an, nahm einen Schluck Whisky. Lag auf dem Hotelbett und log das Blaue vom Himmel und fühlte sich genau so – so war es das ganze Leben gewesen. Aber das, was es auch noch gab, war es wert gewesen. War es noch. War toll. Wenn man ein kleines, ein ganz klitzekleines bißchen betrunken war dabei, war es den Scheiß noch wert.

Was erzählte die Alte da?

»Mutti, ich denk gar nicht dran, den Scheiß auszumisten, den die Sylvia hier gemacht hat. Sicher hat sie Scheiß gemacht, und sie hat den Kerl nicht geheiratet, weil Papa das wollte, sie flog doch auf den Kerl damals – dachte, damit bumst sie sich auf den Olymp der Intellektuellen, die Sylvia. Nein, ich geh da nicht hin. Sylvia hat sich nie um mich gekümmert, Mutti, nie, da konnte es mir noch so dreckig gehn. Nie auch nur einen Pfifferling, sie war doch die tolle Kunstgaleristin, hat sie auch nur einmal eine Ausstellung gemacht für mich? Nie. Und meine Bilder, die ich ihr geschenkt hab, Mutti, hör mir zu, die verkauft sie heute für 5 000 Mark, ich weiß es ganz genau. Für 5 000 Mark, Mutti. Und ich hatte letztes Jahr kein Geld, um mir auch nur ein neues Kleid zu kaufen, und du weißt, was das heißt für mich. Im abgerissenen Fummel mußte ich rumlaufen, Mutti, das heißt doch nicht, daß ich das Geld von dir will, doch nicht von deiner Winzrente. Aber die Sylvie soll mich mal, Mutti, die kann mich mal. Wenn ich da hingeh, vögel ich mit ihrem Mann, da kannst du Gift drauf nehmen, damit der arme Kerl auch mal was hat von der Familie.«

Und das mach ich auch, dachte sie, ich geh hin und bums mit dem, ich hab ja immer gedacht, daß er schwul ist, so ein verklemmter Schwuler, er ist doch auch mit lauter Weibern aufgewachsen, macht nichts. Besser Guido Franck als Alexander Schaland, aber im Ernst, Leute. Wieso hat Sylvia kein Kind, egal von wem? Wieso hab ich keins? Wir sind doch nicht unfruchtbar, wir können doch, wir ficken doch gern, wir suhlen uns doch gern im Saft, und dreimal hab ich eins weggemacht, drei Kinder hätte ich heute. In Rom oder in Paris oder in Zürich oder in Gießen oder in New York oder – wie heißt das hier? wo bist du hier? egal, in Buxtehude. Drei aus meinem Bauch, drei von meinen Titten, drei mit meiner Milch, drei Gesänge aus Salomons Schwanz. Jetzt bin ich einundvierzig, dachte sie, noch zwei, drei Jahre, dann bin ich trocken, und da lieg ich und telefonier in den Abend, mit der verstockten Alten in Gießen, mit Mutti. »Konversationen mit Mutti«, noch ein Ein-Personen-Stück, aber die Rolle darfst du haben, Mutti.

»Mutti, ich muß aufhören, die Kollegen rufen schon, denk dran, geh zum Doktor mit deinen Beinen, wenn ich abgedreht bin, komm ich kurz vorbei, ich hab in Berlin was, glaub ich, aber vielleicht bleib ich auch erst hier, ich hab genug Geld, Mutti, jetzt hör aber auf, ich muß, tschüs, Mutti, tschüs –«

Die Stimme auf dem Flur kennst du doch. Der Obermime Alex Schaland. Noch eine kleine Anekdote reinwürgen zwischen Lift und Zimmertür, wem auch immer, und wenn's das Stubenmädchen ist – und dann ran an den Immobilienteil.

Ob er doch mal klopft? Tut uns allen so leid, Schätzchen, aber so ist das nun mal bei diesen Serien, Mörderbranche – mach dir nichts draus, morgen klappt's garantiert? Vielleicht sogar ein Drink, ein Abendessen, ein bißchen aufgeräumte Atmosphäre, der Altmeister erzählt?

Aber nichts da. Tür zu, Schlüssel rumdrehn, Badewasser.

Nicht dran denken.

Weglassen.

Sie legte eine Kassette mit John Coltrane in den Recorder – *Equinox*, Musik wie ein Regenbogen – und warf die Münzen. Ohne I Ging zu befragen, das Buch der Wandlungen, verging schon lange kein Tag mehr für Natascha. Die Frage war heute: Was tun? Sie war es ziemlich oft, in letzter Zeit, und Natascha legte das Orakel sehr eigenwillig aus. Durfte sie. I Ging war ein großes Gedicht, ein Welttheater. Lin, die Annäherung. »Die Annäherung hat erhabenes Gelingen. Fördernd ist Beharrlichkeit. Kommt der achte Monat, so gibt's Unheil.« Aber: »Wenn man so dem Übel begegnet, ehe es noch in die Erscheinung getreten ist, ja noch ehe es sich zu regen begonnen hat, so wird man seiner Meister werden.«

Was für ein Buch.

Besser als Shakespeare; so viel tröstlicher.

Sie lag lange auf dem Teppich, hörte schon nicht mehr, wie die Kassette sich ausschaltete, hörte noch, wie der Abend einfiel in Schwabing, hörte dann nur noch ihren Herzschlag.

Träumte von einem goldenen Buddha in einem Tannenwald, träumte, wie der Glanz des Goldes ihr Gesicht färbte.

Dann mußte sie lange durch den Wald laufen.

Sie wachte auf, fand, daß ihre Wangen feucht waren. Fühlte sich zugleich benommen und hellwach – viel zu wach – und auf der Kippe, als sei zwischen ihr und der Welt da draußen nur eine Wand aus Papier.

Sie trank sehr schnell die zwei Fläschchen aus der Minibar, während sie Badewasser einließ.

Sie badete, nahm das Röhrchen mit den Schlaftabletten – nur noch fünf Stück, sie brauchte ein neues Rezept –, überlegte, ohne einen Gedanken zu formulieren. Sie legte das Röhrchen in das Reisenecessaire, betrachtete lange grübelnd ihr Gesicht, fing an sich zu schminken.

Im Fernsehen lief eine Berlin-Feier, schreckliches Gesülze – plötzlich wippte Hildegard Knef in einem abgrundhäßlichen Kleid über die Bühne, das für zwei werdende Mütter noch zu groß war, trällerte, mit Tränen in den Augen, Fetzen von Oldies. Natascha Liebling war zutiefst erschrocken. Was tut sie sich da an. Sie ist doch schon tot. Müssen wir immer wieder sterben? Wer zwingt uns dazu? Sie starrte auf die Gesichter, die die Kameras im Publikum einfingen – Berufsberliner, zahlende Zaungäste, die Honoratioren in der ersten Reihe –, und dachte: Die sind auch alle tot. Tote trugen für Tote vor. Aber ich nicht, sie stellte den Apparat ab, ich nicht!

Als sie fertig geschminkt war, fühlte sie sich vor den Toten sicher und so gut wie allein auf der Welt.

Allein auf der Welt mit der Kugel, die im Kessel sprang: allein auf der Welt mit einem Vorrat Plastikchips, der nicht zu Ende gehen durfte. Allein auf der Bühne mit einer Litanei, die der Autor selbst soufflierte:

»Dreiunddreißig ... Noir ... Impair ... Passe ...«
»Siebzehn ... Noir ... Impair ... Manque ...«
»Orphelin, Madame ...«
»Für die Angestellten ...«
»Rien ne va plus ...«

Und sie gewann. Noch nie, seit sie spielte, hatte Natascha einen solchen Lauf gehabt; was immer sie machte, machte sie richtig, sogar wenn sie verlor: sie verlor niemals auf dem gleichen Feld.

Als sie über 5 000 in Chips vor sich hatte, spielte sie sich in Trance.

300 auf Carré: achtmal der Einsatz zurück.

Sie ließ 100 auf der 34 stehen, die 34 kam: 3 500 zurück.

Sie ließ 1 000 auf dem dritten Dutzend stehen: 2 000 zurück.

Sie spielte Orphelins und gewann in drei Spielen 9 000.

Sie hatte so viele Plastikchips vor sich, daß sie ihre Finger darin baden konnte.

Sie ruhte sich aus und spielte nur noch Rouge, und Rouge fiel achtmal hintereinander, und der Tischchef mußte sie an das Limit erinnern.

Es gab anscheinend ein Limit, wenn man gewann.

Es gab kein Limit, wenn man verlor, da war sie sich ganz sicher.

Es gab kein Limit für Dummheit, Niedertracht, Mord & Co., Einsamkeit, Berufsberliner, Fernsehserien, deutsche Kartoffeln, Kriege, die Mächtigen in jeder Maske, Untreue, das Alter.

Es gab ein Limit für Liebe, gute Rollen, Weisheit, Jugend, schöne Träume, Männer, Fläschchen in der Minibar, 1-Million-Mark-Scheine, die Scheiße, die man aushalten konnte, Victory.

Man bekam mitgeteilt, man habe das Limit einzuhalten, und schon fing man an, zu verlieren.

Und schon ist man nicht mehr allein auf der Welt.

Und schon wird man angestarrt von so einem Schnösel, einem gutaussehenden Mann – alle Schnösel sahen gut aus, die guten Männer hatten alle Defekte – mit einem insolenten Lächeln und den brutalsten Händen, die sie seit dem Fassbinder-Film gesehen hatte. Die hatten alle brutale Hände gehabt.

Aber die Chips sahen gut aus in diesen brutalen Händen, das mußte sie zugeben. Chips und Nippel. Rasierte Haut.

Sie verlor.

Der Kerl macht mich nervös, dachte sie – die Trance war längst zerbrochen –, was gibt ihm das Recht, mich so anzustarren? Auch wenn ich Greta Garbo wäre, im Spielsaal ist jeder inkognito. Dabei sieht er gar nicht gut aus, er sieht gemein aus, das ist einer, der sich an ältere Frauen ranmacht, sie verführt und ausplündert, da kann er noch so schöne Augen machen, der Mund verrät ihn, da hängt eine Wolfszunge drin, und die gemeinen Hände.

Sie versuchte sich zu konzentrieren, aber die Kibitze, die ihren Lauf verfolgt hatten, drifteten weiter, an einen anderen Tisch, wo ein anderer Lauf gelegt wurde, und selbst der Croupier machte eine bedauernde Geste: plus ça change.

Sie stand auf, befahl dem Pagen, ihren Platz freizuhalten, suchte die Toilette auf, erneuerte ihr immer noch perfektes Make-up – unnahbar perfekt, mit frostigen Ornamenten, eisigen Irrlichtern, auf Abschreckung angelegt – und kippte an der Bar einen Cognac.

Ihr Platz war frei.

Der Eindringling hatte sich verzogen. Rien ne va plus? Wäre ja gelacht.

Sie hatte immer noch fast 10 000 Mark, und die setzte sie

jetzt sehr bewußt ein, kalt kalkulierend, abwägend, in einer Haltung, wie sie Shakespeares antike Heldinnen auszeichnete – das Kinn in die linke Hand gestützt, mit der rechten die Plaques aushändigend wie Hostien oder Opfergaben. Wie Liebkosungen für imaginäre Geliebte, wie Diamanten für den Stirnreif von Cäsaren. *O unbegrenzter Mut! Kommst du so lächelnd und frei vom großen Netz der Welt?* Transversale simple, fünffacher Einsatz. *Nichts fühl ich mehr vom Weib in mir: vom Kopf zu Fuß ganz bin ich nun marmorfest; der unbeständge Mond ist mein Planet nicht mehr.* Cheval 17/20, siebzehnfacher Einsatz. *Jetzt schafft mein Mut ein Recht mir zu dem Titel! Ganz Feur und Luft, geb ich dem niedern Leben die andern Elemente.* 6 000 Mark auf Pair nach elfmal Impair: 18, einfacher Einsatz.

»Halten Sie bitte meinen Platz frei, Page.«

»Selbstverständlich, Madame. Vielen Dank, Madame.«

»Pour les employés.«

»Merci beaucoup, Madame.«

»Sie spielen noch weiter?«

Ihre Hand mit dem Cognacschwenker zuckte zusammen. Sie wußte, bevor sie ihren Kopf wandte, wem diese geschliffen klare, jede Silbe formende, arrogante Stimme gehörte. Auch ein Mime. Aber einer, der nicht das Rampenlicht suchte.

»Warum interessiert Sie das?«

»Dann sollten Sie keinen Alkohol mehr trinken.«

»Was für ein guter Ratschlag! Und so billig.«

»Genau, er erspart Ihnen viel Geld.«

»Spielen Sie etwa um Geld?«

Schöne Zähne hatte der Wolfskerl, wenn er lächeln wollte.

»Geld gehört dazu.«

Und sein Anzug hatte auch Geld gekostet, viel davon – feinstes Mohair, dessen Farbnuancen genau zu seinen Augen paßten. Ein Braun, das mit Gelb gefleckt war. Wolfszähne,

Katzenaugen. Und ein viel zu aufdringliches Parfüm, du Schnösel.

»Dann will ich mal sehn, was mein Geld macht«, sagte sie und stellte den Schwenker auf die Bar. Noch nicht ausgetrunken, und wenn er jetzt glaubte, er könne sich damit verzieren – mach dir einen schönen Abend damit, Wolfsblut.

»Hören Sie auf, solange Sie noch im Plus liegen«, meinte der Kerl auch noch – eine Beleidigung, wirklich, ein Skandal, daß eine Liebling sich diesen Obszönitäten aussetzen mußte in einem Casino, das war auch nur in Deutschland möglich –, und sie legte alle ihre Verachtung in den Blick, mit dem sie ihn strafte, bevor sie an den Tisch zurückkehrte.

Um zu verlieren.

Heftig zu verlieren.

Nichts lief mehr.

Von 23 000 auf 6 500 in 18 Minuten, von 6 500 auf 7 200 in 23 Minuten, von 7 200 auf 900 in 12 Minuten, von 900 auf 1 400 in 20 Minuten, von 1 400 auf 25 in fünf Minuten –

»Für die Angestellten.«

»Vielen Dank, Madame.«

Vollkommen allein, endlich und wahrhaftig, frei.

Und der ganze Saal war ihre Bühne, und sie genoß jede Sekunde, La Liebling.

Die Nacht über dem See, vereinzelte Sterne über den Bergen, ein Macbeth-Mond. Merci beaucoup, Freundinnen. Die Annäherung hat erhabenes Gelingen.

»Darf ich Sie in die Stadt bringen?«

Einen Augenblick lang war sie versucht, ihm einfach an die Schulter zu sinken, auf der Treppe des Casinos, vor den Metzgern und ihren Mercedessen.

Was glaubt dieser Affe eigentlich?

»Mein Taxi wartet schon.«

»Man sollte nicht allein sein, wenn man verloren hat.«

»Wer sagt, daß ich verloren habe?«

»Nehmen Sie meine Karte. Ich bin sicher, wir sehen uns bald wieder, Frau Liebling.«

Und ließ sie da stehen, mit der Karte in der Hand, vor den Metzgern und ihren Mercedessen, verschwand einfach in der Nacht. Als sie im Taxi saß, fing sie an, 23 000 Mark zu vergessen.

Und an der Hotelbar hockten Schaland und seine Knappen, seine Kumpane, seine Stichwortlieferanten.

Ein Nightcap, Natascha. Auf den 1. Mai, Frau Liebling, heute ist der 1. Mai. Auf die Verdammten dieser Erde, Natascha, auf uns, auf die Ketten, mögen sie noch lange rasseln. Mit irgendwem muß ich doch ins Bett gehn, dachte Natascha, plötzlich hilflos, einen Trostpreis brauch ich doch, einen, der mich satt und alle macht.

»Nicht so stürmisch, mein Liebes«, verlangte Schaland, als sie im Lift waren, »da fällt mir die Geschichte mit Will Quadflieg ein, als wir in Zürich gastierten«, fiel ihm an der Zimmertür ein, »was hast du denn da in der Hand, Natascha«, fragte er, als er ihr Kleid aufmachte, und sie starrten beide auf das Stück weißen Karton, feucht auf Nataschas zitternden Fingern:

The New Moon Film Company
Charles Kuhn
Promotion Manager
Estrada do Repouso
Macao

»Macao?« Schaland schnalzte mit der Zunge. »In Asien wollte ich immer schon mal drehen, seit ich mit dem Traumschiff da war. Aber aufpassen mit der Gage, Liebes, diese Chinesen sind erbarmungslose Gauner, durch die Bank.«

»Er sah gar nicht wie ein Chinese aus«, sagte Natascha und zerriß die Karte und verstreute die Fetzen – »Natascha, ich bitte dich!« – und verließ den Serienhelden, als er sich bückte und die weißen Tupfer vom Teppichboden pflückte.

4

"München ist ein Dorf", sagte Esterhazy, als sie in die Baaderstraße einbogen. "Wenn du hier anfängst mit Heroin zu handeln, weiß es am selben Abend jeder Fuffi bei Ludwig's."

"Wer sagt denn, daß ich mit dem Zeug handeln will." Guido Franck warf seine Zigarettenkippe in eine Pfütze. "Ich sehe das so. Ich investiere 30 Riesen und komme mit einem Nettogewinn von mindestens 70 Riesen raus. Du bist doch der Prophet der Warentermingeschäfte, wenn man deinem Rundbrief glauben will. Aber Heroin bringt entschieden mehr ein als Kansasweizen oder Sojakeime."

"Warentermine sind genauso spekulativ wie die Meteorologie", meinte Esterhazy, blieb an der Ecke Buttermelcherstraße stehen und schaute durch seine dunklen Gläser zum Himmel hoch. Zwischen zwei Wolkenfeldern war die Sonne hervorgekrochen, ein rares Ereignis in diesem Frühjahr, in dem statt der Biergärten die Bräunungsstudios Kasse machten.

"Aber ich tät lieber auf die indonesische Reisernte spekulieren als auf die burmesische Opiumernte. Ich meine, die Gefängnispritschen dürften immer noch so hart sein wie in unserer Jugend." Er setzte sich gemächlich in Bewegung, ein kleiner Mann mit Mantel, Regenschirm und Zigarre, der gut auf sich aufpaßte.

"Herrgott Felix, siehst du denn nicht, daß das meine ganz große Chance ist?"

Guido Franck zappelte um Esterhazy wie ein aufgeputschter Gaul, der immer nur unter ferner liefen eingekommen ist. Er trug nur Jeans und ein dünnes abgewetztes Leinensakko, es ging auf halb sechs zu, und das Thermometer zeigte noch neun

Aus Fausers *Tournee*-Typoskript

4

»München ist ein Dorf«, sagte Esterhazy, als sie in die Baaderstraße einbogen. »Wenn du hier anfängst mit Heroin zu handeln, weiß es am selben Abend jeder Fuffi bei Ludwig's.«

»Wer sagt denn, daß ich mit dem Zeug handeln will.« Guido Franck warf seine Zigarettenkippe in eine Pfütze. »Ich sehe das so. Ich investiere 30 Riesen und komme mit einem Nettogewinn von mindestens 70 Riesen raus. Du bist doch der Prophet der Warentermingeschäfte, wenn man deinem Rundbrief glauben will. Aber Heroin bringt entschieden mehr ein als Kansasweizen oder Sojakeime.«

»Warentermine sind genauso spekulativ wie die Meteorologie«, meinte Esterhazy, blieb an der Ecke Buttermelcherstraße stehen und schaute durch seine dunklen Gläser zum Himmel. Zwischen zwei Wolkenfeldern war die Sonne hervorgekrochen, ein rares Ereignis in diesem Frühjahr, in dem statt der Biergärten die Bräunungsstudios Kasse machten.

»Aber ich tät lieber auf die indonesische Reisernte spekulieren als auf die burmesische Opiumernte. Ich meine, die Gefängnispritschen dürften immer noch so hart sein wie in unserer Jugend.« Er setzte sich gemächlich in Bewegung, ein kleiner Mann mit Mantel, Regenschirm und Zigarre, der gut auf sich aufpaßte.

»Herrgott Felix, siehst du denn nicht, daß das meine ganz große Chance ist?«

Guido Franck zappelte um Esterhazy wie ein aufgeputschter Gaul, der immer nur unter ferner liefen eingekommen ist. Er trug nur Jeans und ein dünnes abgewetztes Leinensakko, es ging auf halb sechs zu, und das Thermometer zeigte noch neun Grad. Außerdem hatte er Spaziergänge seit den Tagen mit Tante Hildegard eingestellt.

»Der Mann bringt den Stoff für schlappe 30 Mille nach München. Erstklassige Hongkong-Ware, Number Four. Wir machen aus einem Pfund ein Kilo und verkaufen es für hundert Riesen, das sind immer noch 50 Prozent unter dem Listenpreis, und der Stoff ist erheblich stärker als alles, was hier auf den Markt kommt. Ein Deal, wie er nur alle Jubeljahre zustandekommt, rein, raus, easy.«

»Ich muß sagen, sprachlich hast du dich diesem Milieu ja schon glänzend angepaßt. Und an wen willst du weiterverkaufen?«

»Für den Preis finde ich sofort einen Abnehmer.«

»Du hast also keinen. Na servus, Guido. Ich laß dir mal einen Freßkorb nach Stadelheim schicken.«

»Felix, ich kenne mich aus. Ich war lange genug in Istanbul.«

»Jeder war lange genug in Istanbul. Fragt sich nur, was er daraus gelernt hat.«

»Wenn du das Geschäft nicht mitnehmen willst«, sagte Franck und zündete sich an der Tankstelle eine Zigarette an, »seh ich mich nach einem anderen Investor um.«

Esterhazy blieb neben einem Baukran stehen und lachte. Leute drehten sich nach ihm um und hätten gern mitgelacht. Ein Schäferhund schnüffelte an seinem Kaninchenpelz. Eine junge Frau mit einem Kinderwagen mußte einen Bogen um ihn machen und stieß mit einem Fahrradfahrer zusammen. Flüche, Gebrüll, der Schäferhund, der zu dem Fahrradfahrer gehörte, sprang den Kinderwagen an. Zwei Tamilen sahen interessiert zu. Guido Franck flüchtete. An der Ecke Rumfordstraße, wo Autos und Straßenbahnen heillos ineinander verkeilt waren unter hysterischem Hupen und Klingeln, holte Esterhazy ihn mühelos und raumgreifend ein. Er lachte nicht mehr.

»Mit dir kann man nicht spazierengehen«, beschwerte er sich.

»Was tun wir denn?«

»Spazierengehen heißt beschaulich flanieren. Spazierengehen ist ein ästhetischer Genuß, wie Zigarre rauchen oder Baudelaire lesen, der auch ein großer Flaneur war. Aber du liest ja lieber Nietzsche, Augen zu und Ahoi. So lange mit dem Kopf durch die Wand, bis der Wahnsinn durchbricht. Gräßlich, ihr Deutschen.«

»Du meinst wohl, weil du dich Esterhazy nennst, hast du die K.-u.-k.-Monarchie im Blut.«

»Zumindest ihre urbanen Umgangsformen. Und außerdem nenne ich mich nicht Esterhazy, ich habe Dokumente, die beweisen, daß ich ein Esterhazy bin.«

»Wir wissen doch beide, Felix, wie man zu solchen Dokumenten kommt. Und was sie wert sind.«

»Für mich mehr als ein guter Name. Eine Identität. Ein Weltbild. Ein Programm. Die Kunst des Lebens. Schau dich um. Was siehst du?«

Sie standen vor dem Pelzgeschäft am Isartorplatz, vor ihnen der Altstadtring und seine Zubringer, die geschwollenen Adern der Stadt, ein Blutkreislauf aus Blech und Benzin. Ein Taubenschwarm auf dem Isarturm, Menschenschwärme im Tal. Die Wolkenfelder schoben sich zusammen, die Biertrinker, die vor Hein Essers Fischstube ausgeharrt hatten, verzogen sich endgültig in den Backfischdunst. Frauen, die noch kühler aussahen als die mit Pelzen behangenen Schaufensterpuppen, warteten vor Rieger auf ihren Chauffeur, den Geliebten, die Antwort auf die alte Frage: Was tun?

»Was ich sehe?« Franck brauchte gar nicht den Kopf zu drehen. »Einen Haufen Scheiße.«

»Das wäre mir zu wenig«, sagte Esterhazy. »Ich sehe eine

Zusammenballung von Widersprüchen. Wie bei einem Geschäft, das droht, außer Kontrolle zu geraten. Säße ich jetzt in meinem Auto da an der Kreuzung, wäre ich ein Gefangener. Statt dessen gehe ich zu Fuß ganz gemächlich daran vorbei. Die Widersprüche lösen sich auf. Das Geschäft ist entweder ein Flop oder ein Coup, aber wenn ich's mache, mach ich's nicht als Gefangener des Systems, sondern als Genießer. Laß uns die Unterführung nehmen.«

Sie stiegen die Treppe hinunter. Am Kiosk standen drei Penner, zwei Männer und eine Frau, und ließen eine Flasche kreisen. Passanten eilten vorbei und gaben sich Mühe, ihnen nicht in den Weg zu kommen. Ihre lauten Stimmen hallten zwischen den gekachelten Wänden, ein dumpfes Lallen. Die Frau winkte Esterhazy mit der Flasche zu, und er lächelte zurück. Franck wartete, bis sie im Freien waren, auf dem Ring, und sagte:

»Mir ist das zu abstrakt, Felix. Du weißt, worum es geht. Meine Sorgen sind völlig konkret. Entweder ich krieg Geld zusammen, oder ich muß die Galerie zumachen. Und dann? Ich hab aber jetzt eine reelle Chance und brauche Kohle, um die Sache durchzuziehen. Wenn du mir 30 Mille vorschießt, zahle ich dir 40 zurück. Das ist ein Nettogewinn von 33 1/3 Prozent. Oder willst du lieber Baudelaire lesen?«

Esterhazy ließ sich auch Zeit. Er genoß seinen Spaziergang, vor allem den Anblick der Frauen in den Boutiquen und Cafés, alle in der Klasse, in der auch Frauen herausfinden, daß Geld das einzige ist, was sogar gegen Einsamkeit hilft – vorausgesetzt man weiß, wie man damit umgeht. Er genoß es aber auch, um Hilfe gebeten zu werden, vor allem von diesem Schnösel Franck. Die paar Mal mit seiner Frau waren sehr nett gewesen. Durchaus möglich, daß man dem armen Arschloch unter die Arme griff. Eine Galerie zu haben wäre ja auch ganz nett. Esterhazy, ein begehrter Mann in seinem Revier.

»Ich hab ja schon mit allem Geschäfte gemacht«, sagte er, die Zigarre immer noch in Glut, den Regenschirm über der Schulter, »mit echter Kunst, mit kaltem Kaffee, mit Warenterminen, mit Weibern. Ich hab im Kommunismus als Gigolo gearbeitet und im tiefsten Afrika als Versicherungsagent, ich hab mit japanischen Ikonen gehandelt, mit tschechischen Kondomen, mit bulgarischem Penicillin. Ich hab in Gold und Silber gemacht, in Schnürsenkeln und Campingstühlen, in Heiratsschwindel und in richtiger Liebe – am liebsten in Liebe –, aber ich habe immer zwei eiserne Grundsätze gehabt: niemals Politik. Und noch weniger als niemals Rauschgift. Hörst du, Guido?« Er stieß Franck, der wieder vor ihm zappelte, mit der Metallspitze seines Regenschirms ins Schulterblatt. »Niemals Politik. Und niemals Rauschgift. An beidem klebt Blut.«

Franck drehte sich abrupt zu ihm um. Trotz des kühlen Wetters schwitzte er jetzt, und seine Haarsträhnen standen nach allen Seiten ab. In seinen Augenhöhlen brannten alle Sicherungen. Er packte den Schirm.

»Ich seh die Sache so«, er spuckte die Worte aus, »du hilfst mir, das Geld für diesen Deal zusammenzukriegen, oder ich häng dich mit deinem Rundbrief hin. Von wegen Dr. h.c. Esterhazy, Zürich – Wien. Das geschriebene Wort ist immer noch für einen Skandal gut, besonders in München. Um einen kleinen Schwindler zu entlarven, reicht es allemal. Dann kannst du einpacken, Esterhazy, ab nach Straubing oder wo du herkommst. Dann bist du erledigt.«

Esterhazy lächelte gequält. »Drohungen, Guido! Ich bin erschüttert. Sowas steht dir überhaupt nicht gut.«

Francks Ausbruch reichte nicht lange. »Ich drohe dir nicht, ich will dich nur zu einem Geschäft ermuntern.«

Esterhazy zog ihm den Regenschirm weg. Zwei Frauen in einer Boutique hatten ihnen aufmerksam zugesehen, er lächelte auch ihnen zu – Bekannte überall – und ging weiter.

»Eine schöne Art, mich zu einem Geschäft zu ermuntern, mein Lieber.«

Über der Maximilianstraße hatte sich eine dunkle Wolke aufgeplustert. Nach Norden, über Schwabing, sah es schon nach Regen aus.

»Du sollst mir doch nur für 14 Tage 30 Mille vorstrecken«, sagte Franck. Es klang allmählich wie eine Arie. Die 30-Mille-Arie. »In 14 Tagen ist der Typ mit dem Stoff da, ich habe einen Deal parat. Du kriegst 40 Mille, ich habe 60 und kann die Galerie weiterführen.«

»Und was ist das für ein Typ? Wer garantiert dir, daß er kein V-Mann ist? Oder ein Gauner. Sowas steht doch alle Tage in der Zeitung. Wenn ich nur daran denke, krieg ich einen Herzanfall. Du bist doch ein blutiger Laie in diesem Geschäft. Du gehst hoch, meine 30 Mille sind weg. Du sitzt im Knast, und wie steh ich da? Wo ist die Sicherheit, Guido?«

»Gibt's die bei Sojakeimen? Außerdem hab ich Werte in der Galerie. Und der Typ ist kein V-Mann. Ich hab ein Auge dafür. In Istanbul …«

»In Istanbul! In Istanbul waren wir alle noch Kinder.« An der Ecke Maximilianstraße und Altstadtring blieben sie stehen. »Schau dir diese Straße an, Guido. Wohin du blickst, siehst du Geld. Leichtes Geld. Man braucht es nur anzuschauen, zu liebkosen, zu streicheln, wie die Frauen, die es ausgeben. Irgendwann kommt es zu dir, das Geld, um mit dir zu spielen. Und Geld muß nicht bezahlt sein. Sind die alle bezahlt, die Jaguars, die Rolls, die Möbel, der Schmuck, die Bilder, die Frauen? Ich hab's auch schwergehabt. Ich hab in einem Hendlgrill angefangen, wie ich nach München kam, und im Gefängnis hab ich auch gesessen. Aber ich hab immer gewußt, wenn du es liebst, kommt das Geld zu dir. Es ist nur eine Frage der Geduld. Und der Liebe.«

»Wenn du soviel davon hast, worüber sprechen wir dann die ganze Zeit?«

»Haben? Gar nichts hab ich. Geld hat man nicht, man läßt es arbeiten. Geld geht immer zu Geld. Geld liebt nur Geld. Geld macht nur Geld.«

Es fing an zu regnen. Ein Guß. Mit aufgespanntem Regenschirm in Ludwig's Bar.

»Ah, l'heure bleu«, seufzte Esterhazy. Er hängte seinen Schirm an den Tresen. Ludwig, ein soignierter Endzwanziger, Nationalökonom und Barbesitzer, begrüßte die Stammgäste. Galeristen, Journalisten, Werbeleute, Modeleute, die Stylisten des Zeitgeists und seine Impresarios. Kellner in frischgebügelten Jacken mixten die ersten Drinks. Es roch nach Dior und Desinfektionsmitteln, nach Lust und Geld.

»Diese heilige Stunde an der Bar«, dozierte Esterhazy und steckte seine Sonnenbrille weg, »wenn die Frauen sich noch schön machen und du das Eis schmelzen hörst ...«

»Esterhazy«, sagte Franck mit letzter Geduld, »ich muß jetzt wissen, was Sache ist.«

»Zwei Martini extra dry, und daß ihr uns kein Grünzeug reintut«, bestellte Esterhazy. Dann blickte er sich in der Bar um und tauschte dezente Grüße aus. Er warf die abgerauchte Zigarre in einen Ascher und sagte zu Franck: »München ist ein Dorf, Guido. Wenn ich meinen Martini getrunken habe, stelle ich das Konsortium zusammen.«

»Konsortium?«

»Genau. Der gibt ein paar Tausender, der und der, und vielleicht noch ein paar. Wir streuen das Risiko, und am Ende hast du das, was du brauchst für die Galerie. Vierzigtausend hast du neulich ausgerechnet? Für den Anfang reicht's. Als Sicherheit stellst du dem Konsortium deine Sachwerte, und wenn's sich rechnet, wer weiß? Der Heroinhandel ist vielleicht auch nicht mehr das Blutgeschäft, das es mal war. Gib mir die Hand drauf, und du bist im Geschäft.«

Und dir setz ich den Goldenen Schuß, dachte Franck und gab ihm die Hand.

Es klopfte.

Der Mann, der sich Charles Kuhn nannte, zog gerade seinen 97. Liegestütz durch. 98, 99, 100, fertig. Er sprang auf, trocknete sorgfältig seinen schweißglänzenden Oberkörper ab – Shangri-La Hongkong stand auf dem Badetuch –, streifte ein T-Shirt über und schlüpfte in ein Paar Khakijeans. Sein Atem ging schon wieder normal, der Puls schlug ruhig. Er glättete mit der Hand seine schwarzen Haare, streifte die Cartier übers Handgelenk. Dann auf nackten Sohlen über den ausgetretenen Teppichboden zur Tür.

Es klopfte noch einmal, zaghafter.

»Wer ist da?«

Fast unhörbar: »Yasmin.«

Er drehte den Schlüssel um, machte die Tür auf. »Du bist zwei Minuten zu früh«, sagte er lächelnd und ließ sie herein.

Es war keine Suite im Vier Jahreszeiten, nur ein kleines Zimmer in einem Hotel garni im Bahnhofsviertel, das von Vertretern mit niedrigem Tagegeld und Touristen mit Sparbudget frequentiert wurde. Mit 55 Mark pro Tag kaufte man ein Bett, eine Duschkabine, einen Telefonanschluß und einen Blick auf den Hinterhof mit Großtankstelle und Teppichhandel. Und Kuhn hatte nichts getan, um das Zimmer wohnlicher zu machen – ein Mann, der Spuren erst gar nicht zu verwischen brauchte.

Er bot Yasmin den einzigen Sessel an und stellte sich ans Fenster. Es war früher Nachmittag, aber so dunkel, daß überall Licht brannte, nur in diesem Zimmer nicht. Nachdem sie sich umgesehen hatte, zündete Yasmin sich eine Zigarette an.

»Das sieht nicht viel besser aus als im Knast«, sagte sie. »Bist du knapp bei Kasse, oder hast du es so gern?«

»Ich lege keinen Wert auf Komfort, sondern auf Anonymität. Hat dich jemand gesehen?«

»Nein.«

»Na also.«

Sie griff sich den billigen Brauereiascher vom Nachttisch, streifte nervös ihre Asche ab. Ihren Regenmantel hatte sie erst gar nicht ausgezogen, ihr langes blauschwarzes Haar steckte unter einem mit Elefanten bedruckten seidenen Kopftuch. Schwarze Hosen. Einfache Schuhe. Dezentes Make-up. Eine von zehntausend Frauen, die in diesem Viertel Pelze zusammennähten, bedienten, sich für Geld hinlegten und den Dreck wegputzten.

»Ich habe überhaupt nichts gegen Luxus«, sagte Kuhn und verschränkte seine muskulösen Arme über der Brust. Die Cartier schimmerte zustimmend. »Aber in einer Stadt wie München ist der Luxus mit einer Art von Öffentlichkeit verbunden, die mir nicht zusagt. Und was ist das schon für ein Luxus, den du hier kaufen kannst? Gegen den Luxus Asiens ein Dreck. Wir werden uns richtigen Luxus leisten, wenn wir nach Asien gehen – nach Indien, nach Siam, in die Archipele der Südsee. Möchtest du etwas trinken, Yasmin?«

»Nein danke, bemüh dich nicht.« Sie hatte sich nicht durch den Regen hierhergestohlen, um ein Glas warme Limonade zu trinken. Sie wollte endlich wissen, was dieser Mann, der so plötzlich aufgetaucht war und sie seither abwechselnd bedrohte und umgarnte, von ihr wollte. Sie drückte die Zigarette aus. Selbst Zigaretten paßten nicht in dieses Zimmer.

»Warum sollte ich mit dir nach Asien gehen, Charles Kuhn?«

Seine dunklen Augen funkelten. »Weil du dorthin gehörst. Dein Vater war ein Asiate. Du hast Asien im Blut.«

»Meine Mutter ...«

»Deine Mutter zählt nicht. Hat sie sich je um dich gekümmert? Sie hat die Beine breitgemacht für deinen Vater, weil das damals noch toll war, ein Asiate im deutschen Mief. Und als er in Indonesien verschwand, hat sie ganz fix umgeschaltet. Blut folgt nicht den Müttern, Yasmin, es folgt den Vätern. Wir haben die gleiche Hypothek, das gleiche Blut. Wir denken gleich. Wir sind beide Jäger. Was sollen wir in einem Land, in dem es nichts zu holen gibt?«

»In Deutschland gibt es für mich genug zu holen. Und für dich wohl auch, sonst wärst du nicht hier.«

»Ich hatte eine Pechsträhne. Und was willst du hier holen? Sozialversicherung, Bausparvertrag, Rente? Die Deutschen mit ihrem Sicherheitswahn, da lacht man doch auf der ganzen Welt. Oder einen Zuhälter mit Bierbauch und Schweißfüßen?«

Achselzucken. Ein Mann wie der begriff nicht, was es für Yasmin bedeutete, ein Geschäft zu haben, das ihr niemand so einfach wegnehmen konnte, ein Leben, das in geordneten Bahnen verlief, genug gültige Papiere mit den richtigen Stempeln, die Schutz bedeuteten, solange man keinen groben Fehler machte. Einen Fehler, der sich Charles Kuhn nannte und aussah wie ein Filmstar und sich benahm wie ein Ganove und sich ausdrückte wie ein Philosoph. Yasmin brauchte keinen Filmstar, keinen Ganoven, keinen Philosophen. Sie brauchte Umsatz.

»Ich glaube nicht, daß du kapierst, warum ich lieber hier

lebe als in Indonesien«, sagte sie und zündete sich noch eine Zigarette an, ein Rauchfähnchen des Protests. »Ich bezweifle auch, ob du Asien wirklich kennst. Aber deswegen brauchen wir uns nicht zu streiten. Ich gehe nicht mit dir nach Asien, Mr. Kuhn. Ich bleibe hier. Wenn du mit mir ins Geschäft kommen willst, mußt du auch hier bleiben. Ich könnte einen Partner gebrauchen. Das ist alles, was ich dir zu sagen habe.«

Kuhn lachte trocken. »Einen Partner für deinen Stehausschank? Wieviel Umsatz machst du denn im Monat? Tausend Mark? Zweitausend? Du kannst es dir doch nicht mal leisten, eine Putzfrau zu beschäftigen – und ich soll dein Partner werden?«

»Wenn du etwas ins Geschäft investierst.«

»Und ich kann dann Gläser spülen und den paar Pennern, die reinschauen, Bier einschenken, und wenn alles gutgeht, können wir einmal im Jahr vierzehn Tage zumachen, Urlaub auf Mallorca?«

Yasmin seufzte. »So geht es fast allen Leuten hier, und die meisten Menschen in Asien wären froh, wenn sie so leben könnten.«

»Da bin ich anderer Ansicht«, sagte Kuhn, »aber selbst wenn es stimmt – was geht es dich an, wie andere leben? Für dich zählt nur dein Leben. Warum es hier vergeuden an den Regen, die Kälte und die Scheiße in den Köpfen?«

Er stand plötzlich vor ihr, beugte sich über sie, legte die rechte Hand auf ihre Schulter. Seine Augen fixierten sie hypnotisch. Die Hand verbreitete eine wohltuende Wärme. Die Hand war ganz anders als das Zimmer – vielleicht war die Hand der echte Kuhn. Und die Stimme, sonor und eindringlich:

»Du weißt doch längst, Yasmin, daß du hier nichts verloren hast. Dieses Land ist kein Land für Menschen wie uns, jeder Meter verbaut und verplant. Menschen wie wir brauchen den

Dschungel, den Dschungel der großen Städte, den Dschungel Asiens. Wir brauchen die Hitze Asiens, die Nacht Asiens, die Lotusblüten Asiens, das Gold Asiens. Es gibt nur zwei Arten von Menschen auf dieser Welt: die, die Risiken eingehen, und die, die Angst haben. Nur wenn man keine Angst vor dem Tod hat, kann man das Leben aushalten. Nur die Menschen, die das Leben aushalten, sind es wert, zu leben. Aber die Menschen, die das Leben wert sind, sind es auch wert, das Leben auszukosten bis ins Mark, bis zur Neige. Sag mir, was du vom Leben willst, und ich sag dir, wer du bist. Sag mir, was du vom Leben willst, und ich geb es dir.«

Aber sie konnte gar nichts mehr sagen. Die Wärme hatte ihren Hals durchflutet, ihre Brüste, schwamm schon durch ihre Beine. Unter der Bluse trug sie nichts; ihre Brustwarzen brannten auf der Seide. Kuhn nahm die glimmende Zigarette aus ihren Fingern, legte sie in den Ascher. Dann ließ er sich, die Hand auf ihrer Schulter, auf der Sessellehne nieder, hob mit zwei Fingern der linken Hand ihr Kinn hoch. Ihre Augen schimmerten. Das Kopftuch löste sich und schwebte zu Boden.

»Ich wollte auch mal so leben, wie du jetzt leben willst«, flüsterte er. »Ich hatte auch Angst vor der Welt. Ich wäre zufrieden gewesen mit einem Krümel vom großen Kuchen – gerade noch so süß, daß ich ihn schmecken konnte. Aber selbst diesen Krümel haben sie mir nicht gegönnt, und als ich dagegen protestierte, haben sie mir einen Tritt gegeben und mich weggejagt. Seitdem weiß ich, daß Proteste zwecklos sind. Man muß sich soviel vom Kuchen herausreißen, wie man zu fassen bekommt, und soviel davon fressen, wie man verträgt, aber dazu muß man so schlau sein wie eine Ratte, so geduldig wie ein Geier und so zäh wie ein Schakal.«

Er glitt vom Sessel zum Bett, machte das Licht an. Der Kegel aus dem rosa Plastikschirm fiel direkt auf Yasmins Gesicht. Sie schrie auf, schreckte hoch. Der Ascher rollte über den Teppichboden. Charles Kuhn lachte lautlos.

»Und so wachsam wie eine Schlange«, sagte er.

»Bitte mach das Licht aus, bitte!«

Er machte es.

»Was soll ich für dich tun? Was willst du von mir?«

»Wir könnten zusammen die Welt erobern«, sagte Kuhn, als sei nichts einfacher als das. »Du und ich, und deinen Bruder nehmen wir auch mit. Wir drei, eine Familie. Ich mag Familien. Ich hatte nie eine. In Asien zählt nur die Familie. Ich möchte einen Clan gründen, eine Sippe wie Bambus, tief verwurzelt und biegsam im Wind. Wir wären unbesiegbar. So unbesiegbar wie Asien.«

Sie zuckte zusammen. Die Hitze hatte ihre Zehen erreicht. Ein Körper aus Hitze in einem eiskalten Zimmer, und der Mann, der die Hitze machte, stand an der Tür und redete und redete. Mit einem Ruck stand sie auf, glitt aus dem Mantel und der Bluse, warf sich aufs Bett, das unter dem Aufprall erschrocken quietschte.

»Besieg mich«, flüsterte sie.

Das Telefon klingelte. Er nahm sofort ab.

»Am Apparat. Ah ja, was gibt es Neues, Herr Franck? Das sollten wir bereden. Eine Vernissage? Aber gern.« Seine Augen glitten über die Brüste, die Yasmin mit beiden Händen anbot. »Ich kann nichts versprechen, aber vielleicht gibt es eine Überraschung für Sie, Herr Franck.«

Er legte auf. Seine Augen glitzerten grausam. Yasmin spreizte die Beine und wartete, jede Faser ein Wild, das erlegt werden wollte.

»Grüß Sie Gott, Verehrtester. Wie man hört, tut sich bei Ihnen wieder etwas? Wäre ja auch jammerschade um die Galerie ...«

»Um mich etwa nicht?«

»Aber Guido, Sie wissen doch: Unkraut vergeht nicht!«

Arschloch. Aber seltsam ist es schon, dachte Franck – diesmal in einem rostbraunen Leinenanzug mit passendem Halstuch –, auch die geringsten Schwingungen werden in der Szene registriert wie von einem Seismographen. Ein Gespräch mit Esterhazy, ein neues Gesicht in der Galerie, ein paar Auftritte im Bistro, ein bißchen Small-talk am langen Abend im Galerieviertel, Sekt und Käsehäppchen mit den Plaudertäschchen, den Chichi-Kram, den Sylvia so gut draufhatte, und schon hieß es: Franck ist wieder im Geschäft. Ihr werdet euch noch wundern, dachte er und nahm noch einen sauren Blanc de Blancs vom Tablett. Und wie.

Schließlich landete er mit der ganzen Corona bei Fett/Finkelmann, den Nobel-Avantgardisten. Schlichte weißgekalkte Räume, blanke Stahlträger, kaltes Neonlicht, nicht eine überflüssige Requisite, die Zeitgeist-Powertee zwischen Kaviar und Kunsthonig. Entsprechend die Künstlerin, pardon: Artproduzentin, die Fett/Finkelmann präsentierten – eine anämische Amerikanerin mit zuviel Gel im Struwwelpeterhaar, angetan mit einem mexikanischen Poncho und giftgrünen Gummistrumpfhosen, deren aus Bubblegum geformten primären weiblichen Geschlechtsmerkmale gerade die europäische Kunstszene anmachten. Entsprechend das Publikum – rüde Neo-Feministinnen in japanischen Martial-Arts-Outfits, die Mode-Motten der Schickeria, die jeden Trend umschwirrten, sobald er vom Feuilleton der Boulevardpresse abgebusselt worden war, eine Abordnung der seriösen Kunstdeuter, deren Zweireiher und Glencheckkostüme mit ihren

Interpretationen schon alle Moden und Motten überlebt hatten, Anfänger im C&A-Mantel oder in der modisch gesicherten Post-Punk-Uniform, Designer-Lederjacke mit aufgespraytem FUCK YOU!, lackierter Irokesenschnitt, Fahrradkette von Cartier, ernsthafte Maler im schwarzen Rollkragen, Baskenmütze, Bart, die bildhauernde Freundin in Männersakko und Gummigaloschen, mit Mörtelspuren an den Fingern und Knoblauch zur Gauloise, ein Sprengel Arrivierter in ihren alten Jeansanzügen aus der Lower Eastside, wo für sie alles angefangen hatte, als in den Lofts von SoHo noch was abging damals, der kreative Schub in New York City, der Durchbruch, jetzt saß man halt auf seinem Bauernhof, seinem Schlößchen, seiner Wasserburg und malte, malte, wie's der Blutdruck hergab, sie rissen's einem ja aus den Händen, man war eingespannt in den Betrieb, so war halt die Marktwirtschaft, der Picasso hat's doch auch gemacht, jeder, der die Kraft hatte, am Ende bleibt das Produktive, auch ein Schloß wird mal zu klein. Ja ja, Bubblegum, nichts gegen den Feminismus – aber irgendwie zu softig das. Was nimmt sie denn? 20 Riesen für ein bißchen Kaugummi? Die Amerikaner müssen doch immer übertreiben. Aber Fett/Finkelmann muß man's lassen, Rüssel tief in den Trüffeln. Edelzwicker aus dem Eurotank, Salzletten von Penny: Nie mehr arm.

Und dazwischen Charles Kuhn.

Klassisch geschnittener Anzug aus dunkelgrauem Flanell; weißes Hemd; schwarze Seidenkrawatte mit winzigen weißen Tupfern; Ziertuch; schwarze Halbschuhe. Und – als einziges Zugeständnis an die Umgebung – eine verspiegelte Sonnenbrille.

Selbst Fett/Finkelmann waren beeindruckt. Nahmen diskret Witterung auf: Paris? Mailand? London? Oder vielleicht doch nur ein durchreisender Kunstliebhaber?

»Kennen Sie den Herrn, Guido?«

»Flüchtig. Einkäufer aus Fernost. Ich glaube nicht, daß dort dieser Bubblegum gut ankommt.«

»Sagen Sie das nicht. In Japan ...«

Aber Franck wollte nun wirklich nicht auch noch wissen, was die japanische Pop-Art – die Post-Moderne des Zen – auf dem Sektor der feministischen Agitprop zu bieten hatte. Er steuerte lieber die Gruppe an, mit der Kuhn driftete – Freaks, berufstätige Mütter mit kreativem Rebirthing, scharfäugige Kritikerinnen der konservativen Tageszeitungen, Kokser und ihre Kokotten.

»Gefällt Ihnen der Kaugummi, Herr Kuhn?«

In die Augen konnte man ihm nicht kucken, aber der zynische Mund sagte alles.

»Immerhin scheint es Leute zu geben, die eine Menge Geld dafür ausgeben«, meinte Kuhn.

»Ein paar Sammler, und dann das öffentliche Geld – Sie ahnen ja gar nicht, was da von pseudolinken und sich progressiv gebenden Kunstfunktionären verschleudert wird. Und die wirklich guten Maler sitzen in ihren winzigen unbeheizten Ateliers und können froh sein, wenn sie mal bei der Raiffeisenbank eine Filiale verschönern dürfen.«

»Verstehe. Aber das war wohl schon immer so.«

»Man darf nicht resignieren. Auch wenn man nur eine kleine Galerie hat, kann man doch Zeichen setzen.«

»Ich wünsche Ihnen viel Glück«, sagte spontan eine ältere Dame in einem derben Tweedkostüm und Wanderschuhen, packte Francks Arm, schüttelte ihn und stapfte weiter.

»Wer war das denn?«

»Eine bedeutende Kunstkritikerin.« Franck war ganz aufgeregt. »Sie sehen, man ermutigt mich ... von allen Seiten kleine Gesten der Sympathie ...« Er fing an zu stottern, wurde hochrot im Gesicht, nahm die Brille ab und zwinkerte kurzsichtig ins grelle Neonlicht. »Ich bin zweiundvierzig«, sagte er dann, als erkläre das alles, und setzte die Brille wieder auf.

»Sie wollten mich sprechen, Herr Franck?«

»Richtig.« Er schnaufte, steckte sich eine Zigarette an, nahm einen Zug wie einer, der gar nicht mehr wußte, wie schön Rauchen ist. »Aber vielleicht nicht gerade hier. Gehen wir einen Moment auf die Treppe.«

Auf der Treppe ein ständiges Kommen und Gehen, da konnte man ungestört auch Geschäftliches besprechen. Im unteren Stockwerk war eine Party im Gang; ein hämmernder Synthesizer fegte ihnen den Computerausdruck der Post-Moderne um die Ohren.

»Sie haben doch keine Probleme mit der Finanzierung, Herr Franck?«

»Aber nein. Allerdings müßte ich doch Ihre Objekte erst hier sehen können, bevor ich kaufe.«

»Sie glauben, ich verschwinde mit Ihrem Geld?«

»Überhaupt nicht. Es ist nur ...«

»Verstehe«, sagte Kuhn und ließ einen kleinen Kerl mit grün gefärbtem Igelkopf und einem am Boden schleifenden Ledermantel, der nach Abfallgrube roch, vorbei. Zum Dank bekam er einen Rülpser. »Ich könnte die Vorfinanzierung schon übernehmen. Da ich dann allerdings zunächst das volle Risiko trage, würde sich der Kaufpreis für die Figuren um ein Drittel erhöhen.«

Also 40 Mille, rechnete Franck. Ob Esterhazy auch 40 beisteuert? Lieber nicht. Also müßtest du zehn selbst aufbringen. Ein paar Bilder verkaufen? Aber da hat Esterhazy schon die Hand drauf, zur Sicherheit. Also noch mal ein Gang zur Bank. Dabei hatten sie schon beim letzten Kredit den Hahn zusperren wollen. Sollen sie halt aufstocken. Mein Gott, so lebt doch jeder. Und die leben nur von uns. Zehntausend beschissene Mark! Ein Wunder, daß nicht alle längst im Heroingeschäft sind. Vielleicht sind sie es ja schon. Der Gedanke gefiel ihm. So schaffte sich diese scheinheilige Blase selbst ab.

»Ich denke, das läßt sich machen«, sagte er. »Aber bis wann könnten Sie liefern?«

»Jederzeit«, sagte Kuhn. »Sie geben Bescheid, wenn Sie das Geld zusammenhaben, und drei Tage später kann ich liefern.«

»Dann denke ich, nächste Woche«, sagte Franck. Gleich morgen zur Bank und zu Esterhazy. Blieb noch die Frage, wer den Stoff abnahm. Aber in einer Stadt wie München sollte das kein Problem sein. Hier nahm man doch alles ab.

»Wollen wir vielleicht nachher essen gehen? Dann könnten wir die Details bereden.«

»Gern. Vielleicht noch mal ein Blick nach oben? Meine Galerie muß Flagge zeigen, gerade jetzt.«

Also stiegen sie wieder hoch. Der grüne Igel im Ledermantel stand auch noch oben. Franck überlegte, woher er den Kerl kannte. Sicher von Ludwig's. Freche, wimpernlose Augen, ein schlaffer Schmarotzermund. Haut wie brüchiges Pergament. Outfit wie ein Dreißigjähriger, Gesicht eher an die Fünfzig. Und der Muffgeruch. Ekelhaft. Was glotzte er denn so? Wen die Kunst alles anzog. Wenn ich wieder eröffne, laß ich solche Typen gar nicht erst rein.

Aber Fett/Finkelmann waren ja auch nicht besser, wollten sich gleich Kuhn abkrallen.

»Wir hören, Sie vertreten japanische Galerien, Mr. ...?«

»Gelegentlich. Aber im Moment bin ich ganz privat in München. Nur mal sehen, was es Neues gibt in Old Europe.«

»Oh, da könnten wir Ihnen ...«

»Vielleicht hätten Sie Lust ...«

Diese Ratten, dachte Franck. Man brauchte Japan nur zu erwähnen, und schon fraßen sie einem aus der Hand. Aber Kuhn ließ sie am ausgestreckten Arm verhungern. Fabelhafter Kerl. Der Gedanke, daß er am Ende doch ein Bulle war, kam immer mal hoch, aber warum sollten sich die Bullen ausgerechnet Guido Franck aussuchen? Seit Istanbul hatte er nie was mit Dope zu tun gehabt, und damals war er doch auch nur eine Randfigur gewesen, einer unter Tausenden, die den schwarzen Flash reinknallten, Gottes Eigene Medizin; und einer von wenigen, die nichts davontrugen außer einer schwachen Leber. Kuhn ein Bulle? Nie. 42, ab die Post, dachte Franck; nach der langen Durststrecke taucht die Oase auf. Sicher, nur dieses eine Geschäft, und dann für immer die Finger von solchen Deals, auch von Kuhn; irgendwas stimmt bei dem auch nicht. Aber letzten Endes stimmt doch bei uns allen nichts, jeder hat seine Ladung gequirlte Vergangenheitsscheiße, die er mit sich herumschleppt. Typen wie den kenne ich – kleine Zocker, immer auf der Suche nach dem großen Coup; mein Gott, was soll daran denn kriminell sein?

Aber ein flaues Gefühl hatte er doch.

Plötzlich zog der Igelkopf im Ledermantel die Aufmerksamkeit auf sich. Er fuchtelte mit einer Spraydose herum und schrie:

»Haß! Haß! Haß! Ich hasse euch! Ich hasse mich! Ich hasse die Kunst!«

Bravorufe aus den Reihen der Neo-Feministinnen, denen jeder Skandal recht war – wieder ein Einbruch im Machismo. Die Vernissage-Routiniers rückten an die Wände, verkrümelten sich in die Ecken, bloß nichts abbekommen, dabeisein ist auch kreativ. Die Amerikanerin, die gerade ein Interview fürs Kabelfernsehen gab, dozierte ungerührt weiter. In New York war das normal. Der männliche Chauvinismus, Trick 17: stiehl der Frau die Show.

»Haß! Haß! Haß! Nur der Haß ist eine konstruktive Kraft! Nur die Zerstörung ist Kunst! Die Kunst muß brennen!«

»Das ist doch ein alter Hut«, sagte die furchtlose ältere Kritikerin im Tweed. »Haben Sie nichts Neues zu bieten, junger Mann?«

»Verpiß dich, Schleimfotze! Ich hasse eure Fotzen! Ich hasse eure Schwänze! Ich hasse eure Neurosen! Tod! Tod!«

Seine Clique – die Avantgardisten im C&A-Dress, die Post-Punker – röhrte vor Begeisterung. Fahrradketten klirrten, Weinflaschen zerbrachen. Sie hielten streng auf Bier, ein Kasten wurde gebracht und verteilt. Die Kamera hielt drauf, die Amerikanerin zündete sich prompt eine Zigarre an, Fett/Finkelmann wiesen die Hilfskräfte an, auf den Bubblegum aufzupassen, ansonsten war dies ein spontanes Happening, prima, toll, wie bestellt. Wer war übrigens dieser Mensch? Ein Jungdichter? Wie wunderbar. Er schoß gerade eine Ladung Spray auf die Kamera ab. Es war aber kein Tränengas, nur Deo. Plötzlich hüpfte der Dichter auf Kuhn zu:

»Ich hasse Asiaten! Ich hasse Heilige! Ich hasse die Weisheit des Ostens! Ich hasse Kung-Fu! Ich hasse Laotse! Ich hasse Nirwana! Ich hasse Heroin! Weißbier forever! Ich hasse Buddha!«

Er stampfte im Pogo vor Kuhn auf und ab. Kuhn stand da und lächelte höflich. In der verspiegelten Sonnenbrille flackerte der Dichter wie ein Schemen.

»Ich hasse weiße Hemden! Ich hasse Gangster! Ich hasse den Kommunismus! Ich hasse Sonnenbrillen! Winter forever! Komm her, Asiate, ich taufe dich mit Napalm!«

Bloß keine Gewalt! Fett/Finkelmann hatten gar nichts gegen Blut als künstlerisches Ausdrucksmittel, hatten ja auch

Mühl und Nitsch mitgesponsert, als deren Mysterienspiele noch ein echter Skandal gewesen waren, aber echtes Blut, echte Gewalt, bei ihnen in der Galerie, womöglich Polizei! Ob Franck – der liebe Kollege Franck – nicht auf seinen Bekannten mäßigend einwirken, ihm etwaige fernöstliche handgreifliche Antworten ausreden könne ...

»Warum? Wenn er ihm eine langt, hat er doch recht. Und Sie haben Ruhe vor dem Kerl. Vielleicht für immer.«

Aber Kuhn nahm nur die Sonnenbrille ab und starrte den stampfenden Dichter an. Der Dichter starrte zurück, aber schon bald schwirrte sein Blick zur Seite. Kuhn starrte. Lächelte und starrte.

»Ich hasse den Haß!«

Der Dichter steckte die Spraydose in seinen Mantel, griff nach einer Bierflasche, prostete in die Kamera, spuckte, als der Applaus kam, auf den weißen Teppich aus. Fett/Finkelmann waren sofort da: »Sie könnten doch auch mal eine Lesung ...«

Die ältere Dame in Tweed kam zu Kuhn, drückte seinen Arm: »Sie sind der wahre Künstler, mein Herr!«

Die Amerikanerin machte mit dem Interview weiter. Der männliche Chauvinismus war auch in Germany nur noch ein Papiertiger. Die Vernissage löste sich auf. Kuhn steuerte mit Franck zum Ausgang. An der Tür stand ein Traum von Frau – blauschwarze Haare, kunstvoll aufgetürmt, Perlenkette, Seidenkleid, eine Orchidee im Ausschnitt. Und wenn man den Mund ansah, wußte man, daß auch sonst nichts aus Bubblegum war.

»Sie wollten Yasmin doch immer schon kennenlernen«, sagte Kuhn und legte einen Arm um Francks Schulter.

Sie hatte Alkohol nie vertragen, auch als Hure kaum welchen getrunken. Und im Surabaya-Stüberl hielt sie sich den ganzen Abend an Mineralwasser fest und hatte doch ihren Spaß, wenn denn mal Gäste kamen. Hatte sie beim Abendessen deshalb zu trinken angefangen, weil Kuhn nichts trank? War sie mit Franck in dessen Wohnung gelandet, weil Kuhn sie nicht gefickt hatte?

Franck stand in der Schlafzimmertür, nackt bis auf eine schwarze Unterhose. Schmale Schultern, kaum Brustkorb, aber Bauch, und dicht behaarte käsige Beine. Der lange Kopf mit den abstehenden Haarsträhnen. Schweiß im Gesicht. Eine Flasche Whisky in der Hand. Er hatte nebenan Musik aufgelegt, immer die gleiche traurige Musik. Was für ein trauriger Kerl. Was wollte Kuhn von ihm? Was wollte Kuhn von ihr? Was wollte sie überhaupt?

»Guter Stoff«, sagte Franck. Seine heisere Stimme, traurig. »Phantastischer Stoff. Nimm auch einen Hit. Hörst du Miles? Auch ein phantastischer Stoff.«

»Macht traurig.«

»Miles Davis, Sketches of Spain? Überhaupt nicht traurig. Geht unter die Haut wie ein Flash, direkt ins Hirn. Wie der kleine Tod. Der kleine europäische Tod.«

Er betrachtete sein Schlafzimmer, als sei er stolz darauf. Stolz auf die verstaubten Bücherregale und Bücherstapel, den eingedreckten Schreibtisch – Teller mit angenagten Hühnerbeinen, Kaffeetassen, in denen die Milch schimmelte, überquellende Aschenbecher, klebrige Schnapspfützen – mit der uralten Adler-Orga-Schreibmaschine und einem eingespannten Blatt mit der Zeile: §§ex wurd auuch Zeit daß der ja-Panysche Kunstimperalismus nach europagreift //van goghs OHR als sushi. Stolz auf die schrille pinkfarbene Tapete – Sylvias Pink-Tick –, auf das riesige Doppelbett, in dessen kalten Laken jetzt Yasmin lag, bei deren Anblick sein Hirn einen Sprung machte, stolz auf die Tiffany-Stehlampe mit dem seidenen Schirm, der ein rosa Licht auf die Szene warf. Stolz auf den europäischen Tod.

So stolz, daß er dastand und trank.

Kuhn hatte gesagt: Mach ihm ein paar schöne Stunden. Seine Frau ist ihm weggelaufen. Er ist ein armes Schwein. Er braucht das. Ich brauche ihn. Wofür? Geschäfte. Mit dem? Man nimmt, was man kriegt. Und man muß mit dem anfangen, was da ist. Wunschlosigkeit macht still. Mach, daß er einmal wunschlos ist. Nur aus der Stille machen Männer gute Geschäfte. Und er hatte sie dabei angelächelt mit seinen hungrigen Lippen und kaltgemacht mit seinen eisigen Augen.

Den bekam sie nie.

Wie gut.

Und der, was brauchte der, um wunschlos zu sein – ein paar Schläge auf die Fußsohlen, ihren Slip, ihren Urin in seinem Mund? Einfach ficken? Aber das gab es mit ihr nicht, nur, wenn sie wollte, wenn sie brannte, wenn sie bezahlte.

Hätte ich nur nichts getrunken.

Ihr war so schlecht, sie wußte nicht, wie spät es war, wie es kam, daß sie hier lag und vor Kälte zitterte. Wie hielten diese Deutschen die Kälte aus in ungeheizten Wohnungen, ohne warme Decken, in Abfallgruben voll kaltem Rauch? Sie richtete sich auf. Ihr Kleid war nirgends zu sehen. Allmählich hatte er begriffen, daß er nur vom Dastehen nichts bekam, und hockte auf der Bettkante. Die Frau war ihm weggelaufen. Ein Wunder, daß er je eine gehabt hatte, der arme Kerl. Eine warme Welle suchte sie.

»Charles Kuhn ist gefährlich«, sagte sie.

Franck nahm einen Schluck. Whisky lief an seinen Mundwinkeln herab. Er setzte die Flasche ab und kicherte.

»Das wären sie alle gern«, sagte er, »aber weil sie mich unterschätzen, fallen sie auf die Schnauze. In Istanbul hab ich gefährlichere Typen als Charles Kuhn überlebt.«

Ein Irrer, dachte sie voll momentaner Zärtlichkeit. Irre waren ja irgendwie heilig. Mit Irren konnte sie umgehn, auch mit Irren, die tranken, wenn sie nur an die in dem Landpuff dachte, an Feiertagen und Weihnachten, mit ihren Feuerwehruniformen, nach Schnaps stinkend und fettem Sperma. Aber der hier war noch irrer. Laß ihn sabbeln, dachte sie, laß ihn süffeln; dann ein schneller Job mit der Hand, der Drache steigt, der Drache stößt zu; Illusion war alles. Aber so lief es nicht immer. Und nie, wenn sie selbst getrunken hatte. Der Alkohol schwemmte durch ihren Leib, trieb ihr das Mitleid und die Angst auf die Zunge wie den Schaum von großen Wellen.

»Leg dich doch zu mir«, flüsterte sie.

»Damit du mich fertigmachst, Schlampe.«

Jetzt wurde er doch grob. Das wurden sie ja alle irgendwann.

»Und er sieht dabei zu, dein Kuhn. Ich weiß doch, daß ihr zusammenhängt. Hast ihn wohl auf mich angesetzt? Haben sie in Istanbul auch immer versucht, diese Dreckskerle, aber ich hab ihnen gezeigt, wie ich mit ihnen umspringen kann. Einmal hab ich so eine wie dich allegemacht. Verstehst du allemachen?« Er legte seine Finger an ihren Hals, drückte kurz zu. »So.« Sie rührte sich nicht. Er lachte und griff wieder zur Whiskyflasche. »Allegemacht«, sagte er, »und die Türken haben mich einfach freigelassen, diese Idioten. Aber ich hatte natürlich Geld, einen guten Anwalt. Da wird es Charles Kuhn schwerer haben.«

Er trank. Jetzt müßte ich ihm die Flasche entreißen, ihm den Schnaps in die Augen schütten, abhauen. Sie rührte sich nicht. Es war viel zu kalt dazu.

»Gib mir auch was«, flüsterte sie.

Er lächelte. »Du auch?«

Sie tranken. Er suchte etwas unter dem Bett.

»Ich hatte sie gefesselt«, flüsterte Franck. »Sie wollte mir einfach nicht erzählen, wo sie ihren Klumpen Opium hatte, und ich brauchte es doch, verstehst du?« Die Erinnerung trieb ihm die Tränen in die Augen. »Ich brauchte es doch mehr als sie! Ich hab sie also ans Bett gefesselt, und dann hab ich eine Zigarette angezündet und gesagt: Erzähl mir, wo du den Stoff hast, ich muß dich sonst verbrennen. Und dieses arme Hascherl wollte nicht, sie wollte es mir nicht erzählen! Wie dumm sie war! Wegen zehn Gramm Opium, aber sie wollte ums Verrecken nicht. Sie ist dann auch verreckt. Einfach so. Das Herz. Aber jeder hat eingesehen, daß sie selbst schuld war. Wegen zehn Gramm!«

Endlich tat er, was er mußte – er legte den Kopf auf Yasmins Bauch und ließ seinen Tränen freien Lauf –, und sie fand, was er unter dem Bett gesucht hatte. Es war eine Fessel. Sie hielt seinen Kopf. Regen prasselte an die Fensterscheiben. Miles Davis spielte *Sketches of Spain*. Ihr Bauch wurde naß.

5

Der Produzent saß in einem Ku'dammbistro beim späten Frühstück. Tee, weichgekochte Eier, Früchtequark. Ein kleiner vierschrötiger Bursche in einem Safarianzug und Cowboystiefeln, aus denen ein fader Geruch nach Fußschweiß kroch, mit einer rosa Plastiksonnenbrille in einem bärtigen Babygesicht. Natascha bestellte ein Glas Champagner. Sie war sorgfältig zurechtgemacht in einem Tweedkostüm, Seidenschal von Chanel, Parfum von Dior, aber der Produzent widmete sich seinem Frühstück, und wenn er ihr einen Blick gönnte, verzog er keine Miene. Am Nebentisch saß eine Sekretärin und telefonierte. München, Rom, London. Für Hollywood war es zu früh.

"Diese Nächte in Berlin", lamentierte der Produzent und löffelte ein weiches Ei, "aber ich muß um sieben auf dem Set sein. Junger Hupfer, der Regisseur, junges Talent, muß aber geführt werden, totale Kontrolle. Ober, das Ei ist zu weich. Und der Koks war auch verschnitten. Fünfhundert ein Hit, und sie cutten ihn mit Omo. Morgen bin ich in L.A., Drehbücher lesen, ein paar Runden Combatschießen. Räumen Sie das weg, Ober, und noch ein Pott Tee." Er steckte sich eine Zigarette an. "Und du hast lange keinen Film gemacht, ich hab das irgendwo. Klar, das arme sündige Hascherl zieht nur auf der Bühne. Und wer will noch eine Schygulla? Was ich für diesen Film brauche, ist ein Opfer. Ein Opfer, das schuld hat. Bist du ein Opfer?"

"Ich könnte eins bringen", sagte Natascha. "Ich kann die Penthesilea spielen, die Medea, Tragödien sind mein Fach – "

"Das Theater ist ja völlig krank", sagte der Produzent und putzte sich mit der Tischdecke Eigelb vom Finger, "die deut-

Aus Fausers *Tournee*-Typoskript

5

Der Produzent saß in einem Ku'dammbistro beim späten Frühstück. Tee, weichgekochte Eier, Früchtequark. Ein kleiner vierschrötiger Bursche in einem Safarianzug und Cowboystiefeln, aus denen ein fader Geruch nach Fußschweiß kroch, mit einer rosa Plastiksonnenbrille in einem bärtigen Babygesicht. Natascha bestellte ein Glas Champagner. Sie war sorgfältig zurechtgemacht in einem Tweedkostüm, Seidenschal von Chanel, Parfum von Dior, aber der Produzent widmete sich seinem Frühstück, und wenn er ihr einen Blick gönnte, verzog er keine Miene. Am Nebentisch saß eine Sekretärin und telefonierte. München, Rom, London. Für Hollywood war es zu früh.

»Diese Nächte in Berlin«, lamentierte der Produzent und löffelte ein weiches Ei, »aber ich muß um sieben auf dem Set sein. Junger Hupfer, der Regisseur, junges Talent, muß aber geführt werden, totale Kontrolle. Ober, das Ei ist zu weich. Und der Koks war auch verschnitten. Fünfhundert ein Hit, und sie cutten ihn mit Omo. Morgen bin ich in L.A., Drehbücher lesen, ein paar Runden Combatschießen. Räumen Sie das weg, Ober, und noch ein Pott Tee.« Er steckte sich eine Zigarette an. »Und du hast lange keinen Film gemacht, ich hab das irgendwo. Klar, das arme sündige Hascherl zieht nur auf der Bühne. Und wer will noch eine Schygulla? Was ich für diesen Film brauche, ist ein Opfer. Ein Opfer, das schuld hat. Bist du ein Opfer?«

»Ich könnte eins bringen«, sagte Natascha. »Ich kann die Penthesilea spielen, die Medea, Tragödien sind mein Fach –«

»Das Theater ist ja völlig krank«, sagte der Produzent und putzte sich mit der Tischdecke Eigelb vom Finger, »die deutschen Schauspieler sind Ersatzphilosophen, lauter verrückte kleine Kants und Kierkegaards. Sie haben sich von den Regisseuren zu Tode labern lassen, jetzt wird es Zeit, daß sie sich zusammenreißen. Sonst würde ich ja längst in Rom Filme machen oder in Sydney, aber wir haben eine Verantwortung. Obwohl Film unter diesen Verhältnissen ein Witz ist. Keine Autoren, keine Regisseure, keine Stars, Beamtenköpfe, vom Fernsehen verkrebst, von dieser Fernsehscheiße. Ich nehme keine Mark vom Fernsehen, ich mache Filme gegen das Fernsehen.«

»Finde ich toll«, mitmachen, Natascha, ohne Scheiße kein Schampus, »was ich gerade wieder erlebt habe bei einer Produktion –«

Es interessierte ihn nicht. »Wir machen jetzt den definitiven deutschen Film, den Bäng-Bäng-Film, Wahnsinn. Das wird so was von abgehn, die schmeißen uns raus, die enterben uns. Das Drehbuch steht schon in den Grundlinien, ich setze jetzt einen Italiener ran, die Itaker können das, die Highlights abbrennen, la violenza. Bäng-Bäng-Bäng.«

»Ich weiß, ich habe ja jahrelang in Italien gelebt, ein Mafia-Film also –«

»Mafia, Scheiß. Nibelungen. Deutscher Mythus. Die Höhle, aus der wir gekrochen sind. Denk mal an Barbie, den Schlächter. Der Schlächter in uns. Eine Mischung aus Ein Mann sieht Rot, French Connection II, Apocalypse Now. Das Jahr der Nibelungen. Gemetzel. Verrat. Männer und Frauen. Frauen und Tiere. Barbaren. Minne. Gold. Macht. Meuchelmord. Aber nicht Oper, sondern eiskalter Film. Stalingrad und Dien Bien Phu am Oberrhein. Im 5. Jahrhundert.«

»Ziemlich happig, würde ich sagen, aber wenn man das hinkriegt, Mythen sind ja jetzt –«

»Du mit deinem Gretchen-Gesicht«, der Produzent überflog einen Zettel, den ihm die Sekretärin gab, »ich seh das: sie werden dir das Gesicht zerschneiden, dieses hübsche, etwas langweilige Face, sie werden dir die Augen ausquetschen, in Slow-Motion. Wir wollen die Gewalt zeigen, wie sie wirklich ist. Vergiß also dein Kindertheater, wir machen großes Kino. Du wirst angerufen, wenn's mit uns klappt, ich muß meinen Flieger kriegen.«

Und der Champagner war auch nicht bezahlt.

Auf der Bank gab es nackte Zahlen. Das einzig Tröstliche: selbst mit den 23 000 neulich im Casino hätte sie noch nicht ihr Soll abgedeckt, ihr Dauerminus ausgeglichen, schwarze Zahlen auf ihren Kontoauszug geschrieben. Vielleicht hätte die Kohle die Mienen etwas entfrostet, aber wozu? Die Leute stellten sich an, als wäre es ihr eigenes Geld. Soll ich als Schauspielerin mit fünf Mark am Tag auskommen? Eine gute Tagescreme kostet 158 Mark der Tiegel, soll ich mir Gurken aufs Gesicht pappen und anschließend deutsche Mythen spielen, Bäng-Bäng-Bäng? Soll ich mir meine Kleider selbst nähen und mit zerstochenen Fingern Champagner trinken mit den Produzenten? Den ich noch selbst bezahlen muß? Soll ich mit der U-Bahn fahren, wenn ich um große Gagen pokern muß? Senken Sie Ihre laufenden Kosten, Frau Liebling. Arrangieren Sie sich mit dem Finanzamt. Unter diesen Umständen ist Ihre Kreditlinie nicht zu halten. Ich habe seit vier Jahren eine schwere künstlerische und existenzielle Krise, und diese Däumlinge, die nicht einen Tag Leid kennen und Hunger und künstlerische Qual, also nicht einen Tag Leben, wollen mich zwingen, in den Wedding zu ziehen und meine Garderobe bei Woolworth zu erneuern.

Sie kaufte sich bei Stottrop einen neuen Lippenstift von Paloma Picasso – sündhaft teuer und traumhaft schön, wie alles, was Picassos machten und Lieblings gefiel –, aber als sie in ihrer Wohnung war in Friedenau, ließ sie sich fallen. Wer gut fällt, kommt schneller an, war ihr Motto, aber diesmal fiel sie tiefer als seit Ewigkeiten.

Sie fing an zu trinken, erst Wein, dann Sherry, dann Gin. Gin, der erotische Gaukler. Gin, der die Pforten der Phantasie öffnet. Gin, der Hausarzt verwundeter Kuscheltiere. Gin Liebling. Gin, der Lover der blauen Stunde. Abendgeist Gin. Mann im Mond Gin. Gin, der Fürst der Fledermäuse.* Sie wußte, daß sie wieder unter Beobachtung stand. Sie wußte, daß die Beobachter überall waren, jede Lampe war mit dem Hauptquartier verdrahtet, jeder Spiegel mit dem Kontrollzentrum, jedes Wort und jeder Atemzug wurden aufgenommen im Großen Regieraum. Sie hatte ihren Anrufbeantworter eingeschaltet und saß, den Gin in Reichweite, im Dunkeln und hörte die Anrufe ab wie Funksprüche feindlicher Geschwader:

»... ich weiß, daß du zu Hause bist, Schwesterlein. Mir ist es ja egal, was du treibst, aber ruf wenigstens Mutti an ...«

»... du hast mir doch versprochen, daß du noch anrufst. Ich finde, so kannst du nicht mit mir umgehn. Ich bin jetzt vier Wochen in New York. Ich erwarte deinen Anruf bei Max, 326-3249. Ich ...«

Lach nicht, erotischer Gaukler. Bleib da. Bleib Gin.

»... schade, daß du nicht angerufen hast, als du in München warst. Ich fand dich immer attraktiver als deine verfickte Schwester, du warst die Künstlerin, sie die Nutte ...«

Und ich hab keine Ahnung, wovon du sprichst, Guido. Gin Gin.

»... ich begreif dich doch, Kind. Aber allmählich mach ich mir Sorgen ...«

Amen, Mutti.

---

*[Anmerkung am linken Rand, offenbar für eine spätere Überarbeitung:] Sie betrachtet Fotos: Stationen ihrer Karriere.

Als sie auch am nächsten Tag noch nicht schlafen konnte, nicht betrunken war, niemand liebte, las sie den Beobachtern Nietzsche-Gedichte vor:
»An der Brücke stand
jüngst ich in brauner Nacht,
Fernher kam Gesang;
goldener Tropfen quoll's
über die zitternde Fläche weg.
Gondeln, Lichter, Musik –
trunken schwamm's in die Dämmerung hinaus ...«
Lies weiter, Natascha, flüsterte es durch die Ritzen des Parketts, via Wasserröhren, aus dem Kühlschrank: lies weiter. Nietzsche ist geil. Wahnsinn. Bäng-bäng.
»Meine Seele, ein Saitenspiel,
sang sich, unsichtbar berührt,
heimlich ein Gondellied dazu,
zitternd vor bunter Seligkeit.
– Hörte jemand ihr zu?«
Es klingelte. Hatte es schon seit Tagen geklingelt? Sie warf sich einen Blick im Spiegel zu – der Paloma-Picasso-Mund, ein Lächeln nur für sich selbst –, löste die Kette, nachdem sie durch den Spion nur ein Männchen mit einem Schuhkarton erspäht hatte. Neue Schuhe konnte sie immer gebrauchen, vielleicht brachte die Produktion schon die Nibelungenstiefel, Schlangenleder mit Sporen.
»Guten Tag, ich komme von der Volkszählung«, sagte das Männchen und hielt ihr einen Ausweis hin. Das war es – endlich konnte sie lachen.

Es regnete immer noch in Strömen, und der Himmel über Buckow war so dunkel, daß man mittags Licht machen mußte.

»Das Verandadach muß abgedichtet werden, Ellie.«

»Doch nicht jetzt, Harry. Denk an deinen Blutdruck.«

»160/120«, sagte der Arzt, nahm das Stethoskop ab und packte den Blutdruckmesser weg. »Der zweite Wert gefällt mir gar nicht. Was haben die Kollegen im Krankenhaus Ihnen gegeben?«

»Die Drogen stehen auf dem Nachttisch«, brummte Lipschitz. Er war in der Hand von Ärzten, abhängig von der Pharmaindustrie! Eine Demütigung ohnegleichen, weitaus würdeloser als Knast.

»Ich verschreibe Ihnen einen Betablocker für den Blutdruck, und diese Nitros nehmen Sie nur im äußersten Notfall. Haben Sie noch Schmerzen?«

»Nein.« Und halt du bloß den Rand, Heulsuse Ellie. Sie machte sich mit der Bettwäsche zu schaffen und schniefte nur.

»Spielen Sie jetzt mal nicht den Helden«, sagte der Arzt und überflog seine Papiere. Schreib rein, Quacksalber: Harry Lipschitz, 57, zehnmal totgesagt und immer noch an Deck. Wenn es wenigstens ein Ausländer gewesen wäre, aber nein: groß und zackig und väterlich streng, und das bei Lipschitz, der garantiert einige lange Jährchen mehr auf dem Buckel hatte. Und auf dem Herzen. »Sie hatten einen Infarkt, damit ist nicht zu spaßen. Den nächsten dürften Sie in Ihrem Alter kaum überleben, und das bedeutet: Sie müssen Ihr Leben radikal umstellen. Wieviel haben Sie geraucht?«

»Seit wir hier draußen wohnen, kaum noch. Zwei Schachteln am Tag, wenn's hochkommt.«

»Damit ist Schluß. Die nächste Schachtel kann Sie schon umbringen. Da gibt es überhaupt kein Vertun, Herr Lipschitz: mit Rauchen ist Sense. Wie steht's mit Alkohol? Ihre Leberwerte waren auch bedenklich. Ein Bier am Abend, mehr ist nicht mehr. Salzlose Diät, fettarm …«

Harry ließ ihn sabbeln. Wichtigtuer. Das Fatale an der Sache war, dieser lächerliche kleine Herzanfall – der einzige in 57 Jahren, und im Krankenhaus war er auch sonst so gut wie nie gewesen – drohte permanent, ihn an Ellie auszuliefern. Wenn er nicht von Anfang an die Zügel in der Hand behielt, konnte er sich gleich entmündigen lassen. Dabei fühlte er sich nach dem kleinen Knacks und der Woche im Spital so frisch wie lange nicht mehr. Eine Warnung sollte das gewesen sein? Eher eine Aufmunterung.

»... und dann rate ich natürlich dringend zu einer Kur«, sagte der Arzt.

»Kommt überhaupt nicht in Frage«, ging Harry dazwischen, »hier draußen im Garten, wenn es erst mal Sommer wird, das ist so gut wie Kur. Gesünder kann man gar nicht leben.«

Aber diesmal mußte Ellie sich einmischen. »Ich hab dir schon immer gesagt, geh mal zur Kur, schon längst hättest du wegen deinem Magen gemußt. Aber dieser Mann, Herr Doktor ...«

»Was ist denn mit Ihrem Magen?«

»Nichts, was ein Löffel Leinsamen nicht kurieren könnte.«

Der Arzt blickte in die Papiere. »Deswegen sind Sie damals doch ausgeschieden, Herr Lipschitz. So steht es jedenfalls hier.«

»Wo ausgeschieden, Herr Doktor? Ich war immer selbständig.«

»Das wissen Sie selbst besser als ich. Also auch der Magen. Da wird sich eine längere Kur gar nicht vermeiden lassen.«

»Doch. Ich bin nämlich nicht versichert.«

Aber auch diese Trumpfkarte stach nicht. »Bist du doch, Harry. Du läufst bei mir mit, und ich hab immer eingezahlt.«

»Du und deine AOK, ich lege mich nicht in einen Saal mit

Mann, ich bin doch nicht im Krieg. Lieber drüben in Einzelhaft.« Sie konnten ja nicht wissen, daß immer Krieg war, immer Einzelhaft. »Also diese Kur können Sie sich aus dem Kopf schlagen, Herr Doktor. Harry Lipschitz in Kur, daß ich nicht lache!«

»Diese Männer!« rief Ellie. »Das haben deine Genossen doch durchgesetzt, daß heute jeder in Kur kann. Aber du spielst lieber den feinen Pinkel, wenn du auch mal einen Vorteil haben kannst.«

Der Arzt lächelte begütigend. »Eine Kur kann heutzutage ein besserer Urlaub sein, Herr Lipschitz. Ich könnte Sie vielleicht im Harz unterbringen, Bad Harzburg. Wunderbare Lage, hübsches Städtchen, im Sommer viel los, hervorragende Therapie, besonders bei Herz und Magen, und wenn Sie Abwechslung brauchen, können Sie ins Spielcasino gehen.«

»Das kann ich hier auch. Und leisten kann ich mir solchen Urlaub schon gar nicht.«

Der Arzt steckte seine Brille weg und nahm seine Tasche. »Darüber würde ich mir keine grauen Haare wachsen lassen an Ihrer Stelle. Diese Rechnung bräuchten Sie jedenfalls nicht zu bezahlen. Sagen Sie mir Bescheid, dann melde ich Sie an.«

Weg war er.

»Hast du den geholt, Ellie?«

»Der ist mir empfohlen worden, Schatzeken.«

»Von wem?«

»Nun reg dich doch nicht schon wieder auf.«

»Den hat die Abteilung geschickt, damit sie mich unter Kontrolle haben. Sogar ins Grab werden die mir noch eine Wanze einbauen.«

»Ach Gottchen, Harry, sowas Bedeutendes warst du für die Abteilung nu auch wieder nicht. Und wenn sie dir die Kur zahlen, ist es eine späte Anerkennung, was haben sie dir denn gegeben, als du noch aktiv warst? Mückenschiß. Obwohl, nötig hätten wir es auch nicht. Wir haben doch genug Rücklagen ...«

»Wegen einer lächerlichen Herzattacke geh ich doch nicht an die Rücklagen, Ellie. Die sind für echte Notfälle ...«

»Wenn das kein Notfall war, was dann, Harry?« Ihre Stimme rutschte schon ins Tremolo. »Du warst doch schon so gut wie tot, als ich dich in der Intensivstation ...«

Sie fing an zu heulen. Frauen. Und dann noch solche, die ihr Leben lang Notfälle behandelt haben! Harry stand auf.

»Was machst du denn, Männe?«

»Ich muß an die frische Luft.«

»Wenn du jetzt in die Kneipe ziehst, Harry, laß ich dich sitzen. Dann kannst du sehn, wie du fertig wirst mit dir.«

Aber auf Kneipe hatte Harry gar keinen Bock, nur auf Rauchen. Und im Haus gab's nur Ellies Sorte, ungenießbar. Er spannte den Schirm auf und marschierte los. Die regensatte Luft war wie Sekt. Na bitte. Es ging doch. Kräftiger Schritt, und das bißchen Ziehen um die Brust hatte er gehabt, seit er denken konnte. An der Ampel Mariendorfer Chaussee war er doch ein bißchen aus der Puste, aber er war ja schließlich kein junger Dachs mehr. Im Tabakladen war er der einzige Kunde. Der Händler langte gleich ins Regal.

»Oder brauchst du heute eine Stange, Harry?«

Ein Zug würde jetzt schon reichen, dachte Harry. Sein Blick fiel auf den Pfeifenständer. Vielleicht war's das. Pfeifenrauchen konnte doch keinem Kind was tun. Pfeifeschmauchend auf der Veranda sitzen und zusehn, wie die Gurken wachsen. Meditation. Das wurde doch überall empfohlen jetzt gegen den mörderischen Streß der Anpassung. Bilder von weit her fielen ihm ein, sein pfeifeschmauchender Urgroßvater auf einem vergilbten Foto von anno dunnemal, 95 war er geworden.

»Was ist, Harry? Willst du auf Pfeife umsteigen?«

»Der Arzt hat's mir geraten.«

»Der Arzt?«

»In meinem Alter hat man immer mal was.«

»Du doch nicht. Weißte, wie dich die Kinder nennen? Der eiserne Harry.«

»So? Die Kinder, mhm. Also zeig mir mal deine Pfeifen.«

»Tja, Harry, Pfeiferauchen, das ist schon fast 'ne Kunst ...«

Nach 15 Minuten hatte Harry zwei Pfeifen, eine Bruyère und eine Meerschaum, zwei Sorten Tabak, Pfeifenstopfer, Pfeifenreiniger, Pfeifenfilter, eine Großpackung Zündis, einen Tabakbeutel und eine Broschüre des Verbands Deutscher Pfeifenhersteller. 196,25 DM. Feine Pinkel, Pfeifenraucher.

Zu Hause rauchte er eine Pfeife ein, nachdem Ellie sich beruhigt hatte. Sie wußte, wenn sie die Pfeife nicht zuließ, rauchte er heimlich Gitanes, bis sein Herzmuskel riß. Die Pfeife schmeckte gar nicht mal schlecht, obwohl es natürlich eine Zumutung für die feine Zunge war. Bekam er eben Zungenkrebs statt Herzinfarkt. Aber Pfeiferauchen hatte einen Vorteil, man konnte das Ding den ganzen Tag dampfen lassen, und es fiel immer noch in die Rubrik Gesünder leben. Im Sessel sitzen, auf den Pladder im Garten schauen und mal nachsehn, was das Lexikon zu Bad Harzburg zu sagen hatte. Lipschitz hatte den Meyer von 1906, Erbstück und so gut wie das einzige, das er durch alle Umstände gerettet hatte. Damals hatten die Leute noch Lexika gemacht. Da war es ja:

»*Harzburg* (Bad H.), Stadt im braunschweig. Kreis Wolfenbüttel, in herrlicher, wald- und wiesenreicher Gegend am Nordfuß des Harzes, an der Radau, Knotenpunkt der Linien

Wolfenbüttel-H. und Ilsenburg-H. der Preußischen Staatsbahn, 246 m ü. M., hat eine neue evang. Kirche, ein Progymnasium, ein städtisches Solbad (Juliushall), Kurhaus, Heilanstalt für skrofulöse Kinder, Sanatorium, Amtsgericht, Oberforstamt, 2 Forstämter, ein herzogliches Gestüt (in Bündheim), große Pferderennen, Steinbrüche, Holzschleiferei, Pappenfabrikation, eine Makkaronifabrik, eine Fabrik des Juliushaller Sauerbrunnens und (1900) 3 308 Einw.«

Das klang gar nicht mal ohne. Große Pferderennen? Weiter folgte etwas über die Sol- und Kochsalztrinkquelle, die Mineralbäder, die reizende Lage, die H. zu einem Luftkurort »ersten Ranges« gemacht hatte. Und dann: »Östlich von H. liegt der 463 m hohe Große Burgberg mit den geringen Resten der Harzburg, dabei ein Hotel und die dem Fürsten Bismarck 1877 zu Ehren errichtete Canossasäule mit der Aufschrift: ›Nach Canossa gehen wir nicht!‹«

Der gute alte Meyer. Nach Canossa gehen wir nicht. Verdammt richtig, dachte Lipschitz und zog an seiner Pfeife, bitten und betteln gehen wir nicht. Auf den Knien rutschen kommt gar nicht in Frage. Abbitte leisten? Lipschitz, sattel das Pferd. Der eiserne Kanzler und der eiserne Harry. Aber war später nicht noch etwas mit Bad H. gewesen? Dunkel erinnerte Harry sich. Die Harzburger Front. Braune Vergangenheit. Das paßte doch.

»Also ruf den Arzt an, Ellie. Wenn die Abteilung mich unbedingt zur Kur haben will – aber das will ich schriftlich haben, daß sie die Kosten trägt.«

»Schön, Männe, wenn du mal vernünftig bist. Und ich besuch dich dann auch.«

»Kannst mich jetzt mal besuchen.«

»Ich bin am Bügeln, Mäuseken.«

Aber sie kam doch. Diesen Ton in seiner Stimme kannte

sie. Und die Hand, die ihr dann die Bluse öffnete, mochte sie besser als alles, was sie sonst noch kannte an Männerhänden. Das liebte sie bei ihm trotz seiner Sturheit, seiner Nüchternheit: Harry war ein echter Herr.

Bei Malenski war alles wie immer – die Ausdünstungen des Asia-Shops im Treppenhaus, der Lift, der nie kam, das alterslose Fräulein Irma mit ausgezupften Augenbrauen und fliederfarbenem Nagellack, ihr abscheulicher Kaffee aus der Emaillekanne auf dem Stövchen, die vergilbenden Theaterplakate, das Chaos in seinem Zimmer, die Kladden auf seinem Schreibtisch, das altmodische schwarze Telefon, Malenski selbst in seinem abgewetzten grauen Zweireiher aus Kunstseide, mit grünem Hemd, lila Schlips und Ziertuch, sein weißer Haarkranz, das liebe alte Dackelgesicht mit der unmöglichen römischen Cäsarennase, die einschmeichelnde, charmierende, bei Bedarf kasernenhofstrenge Stimme:

»Setz dich, Natascha. Lieb, daß du vorbeischaust.«

Er fegte einen Stapel Theaterprogramme vom Besucherstuhl, der Mitte der fünfziger Jahre auf dem Kreuzberger Trödel erstanden worden war, zusammen mit dem Jugendstilschreibtisch mit den geschnitzten Löwenhäuptern an der Seite, den Vitrinen für die Ablage, den DDR-Persern, der Fotokopiermaschine, die Malenski immer noch für eine unnötige Errungenschaft hielt, den schweren Kronleuchtern mit 52 Birnen in vergoldeten Fassungen, den Prager und Wiener Stadtansichten zwischen den signierten Künstlerfotos an der Wand und den Kladden, in denen Malenski seither Buch führte, unentzifferbar für Steuerprüfer und Konkurrenten. Das Buch des Lebens.

Natascha atmete tief ein. Zigarren und Cognac, Staub und Druckerschwärze, Modder und Eau de Cologne. Verbrauchte Luft, aufgeheizt von Malenskis Elektroofen, der nur in den Hundstagen abgeschaltet wurde.

»Hast Kummer, Natascha? Gewiß. Hättst keinen Kummer, wärst nicht bei Malenski.«

Sie wurde die Kaffeetasse los. »Das stimmt nicht, Otto. Aber ich hab Kummer, das stimmt. Ich brauch was. Dringend.«

»Seh ich doch.«

Er gab ihr Feuer, brannte sich eine Brasil an, stellte Irma durch: Keine Gespräche jetzt. Der Regen prasselte an das Fenster, das zur Kantstraße lag; man hörte, wie die Busse sich durch die Wassermassen pflügten. In dem Wandschrank, der überquoll von alten Aktenordnern, Ausschnittmappen, Registern, Adressbüchern, Rollenbüchern, arbeitete ein Holzwurm an der Maserung.

»Du solltest dir Pflanzen anschaffen, Otto, die Luft ist zu trocken.«

»Wenn du feuchte Luft brauchst, Mädel, geh dreimal um den Block. Wenn du Arbeit brauchst, komm zur Sache.«

»Du hast doch ein bißchen Zeit für mich?«

»Zeit, was ist Zeit für mich?« Sein Blick streifte das Foto seiner verstorbenen Frau. »Ich bin über siebzig, ich weiß nicht mehr, was Zeit ist.«

»Du bist Anfang sechzig, Otto.«

»Der Faschismus zählt doppelt, Mädel.«

Er legte die Zigarre in den Ascher, schlug die Beine übereinander, so daß die grünen Socken zu sehen waren und die weißen, unbehaarten Beine, so schmal, daß eine Hand sie umspannen konnte. Malenski hatte die kleinsten Füße, die Natascha je bei einem Mann gesehen hatte, und seine Schuhe waren jeden Tag geputzt und hatten auch nach 20 Jahren noch einen optimistischen Zug zur Spitze. Malenski hatte die

Nazis in Wiener Dachböden und hinter Tapetentüren in Prag überlebt, während seine Familie in Auschwitz und Treblinka ausgerottet wurde. Danach war er mit einem Pappkoffer, der randvoll mit zweifelhaftem Papiergeld war, in Berlin aufgetaucht und ins Showgeschäft gegangen, ein Optimist aus Verzweiflung; aber jetzt entdeckte Natascha Ränder an den Schuhen und Ränder unter den Augen, die es früher nicht gegeben hatte.

»Wie geht es der Agentur, Otto? Läuft das Geschäft?«

»Du siehst doch. Ein Pferd, das nicht läuft, wird zum Abdecker gebracht. Und was kann die Firma für dich tun?«

»Ich möchte, daß du mich wieder vertrittst.«

Malenski nahm die Zigarre, paffte schwere Wolken, blätterte in einer seiner Kladden.

»Natascha Liebling, Lizzie, Die Ehrbare Dirne, 15. 10. 1965, Junge Bühne Göttingen.« Er blickte hoch. »Jünger werden wir alle nicht, Kind.« Er blätterte weiter. »Und dann bald die Tourneen, die Filme, das Fernsehen. Das ganze schnelle Geld. Du brauchtest mich ja nicht mehr. Ich hab's damals gleich gewußt, Italien war dein Ruin. Männergeschichten, Revoluzione, Rauschgift. Ach Jottchen. Eine Schauspielerin muß spielen, spielen, spielen, sonst gar nichts. Privatleben ab vierzig, und dann auch nur an freien Tagen. Und nach Italien diese Jungfilmer, das Dilettantenpack, große Klappe und nischt dahinter. Und deine Desasterehe mit diesem falschen Propheten, der mit der Gemeindekasse nach Indien verschwunden ist. Fast schon gut. Fast schon Material. Aber Klamotte, Mädel, Klamotte. Offenbarungseid?«

»Nein, Otto. Nur Pfändungen.«

»Hast du noch was?«

»Ein paar Schulden, aber für's Geld brauch ich nicht zu spielen, nicht wirklich. Ich muß spielen, weil ...«

»Weil du merkst, daß du dein Talent schon fast weggeschmissen hast. Weil du merkst, daß du die Welt sonst nicht mehr in den Griff bekommst.«

Du hast recht, dachte sie, aber nicht ganz. Seine blauen Augen, in charmanten Momenten so veilchensüß, konnten das stählerne Blau einer Waffe annehmen. Aber Waffen beschützten ja auch. Sie fühlte sich beschützt. Verletzt, geborgen, beschützt. Der Regen nahm orkanartige Gewalt an. Gut so; laß die Sintflut kommen. Otto gibt mir einen Platz in der Arche. Das ist es doch, was er meint: ich hab meinen Platz auf der Arche schon fast weggeschmissen. Aber Otto hat ihn noch freigehalten.

Das Telefon schnarrte trotz seiner Anweisung. Er entschuldigte sich mit einem Schulterzucken, hob den Hörer ab, studierte während des Gesprächs Natascha, die sich in ihr dickes Wollkleid kuschelte. Otto mochte Schauspielerinnen, die tagsüber wie Hausfrauen aussahen. Nur bei der Arbeit sollten sie glänzen.

»Ja, Irma? – Johnny Melville? Klingt fast zu gut, um echt zu sein. – Kennst du einen Johnny Melville, Natascha? Entertainer aus London? Hört sich an, als ob der Junge weiß, was er will. Da heißt es aufpassen wie ein Hammerhai. – Gut, Irma, wir kümmern uns darum. La vie en rose, Wühlmäuse, vielleicht auch im Chez Nous. Und Zürich, Zürich ist immer gut.« Er legte auf.

»Haifischbranche«, lächelte Natascha.

»Das Problem ist, Mädel, es wächst ja kaum noch was nach. Das Fernsehen macht alles kaputt. Die Gesichter sehen alle gleich aus auf der Glotze.«

»Das hat mir gestern erst ein Filmproduzent gesagt.« Sie erzählte ihm vom Jahr der Nibelungen.

»Laß die Finger davon«, knurrte Malenski. »Das sind alles

kaputte Typen. Wenn ich dich vertreten soll, brauchen wir Zeit.«

»Ich weiß nicht, ob ich noch soviel Zeit habe, Otto.«

»Aber natürlich hast du die, Mädel. Du hast die guten Jahre noch vor dir. Du hast deine Erfahrungen gemacht, du hast dafür bezahlt, jetzt hast du ein Gesicht, jetzt kannst du auf die Bühne gehen, und die Leute merken, da spielt jemand um sein Leben. Laß dir Zeit, Natascha. Eine Mark verdient sich heute schwerer als vor 20 Jahren, und was kann ich mir heute dafür kaufen?«

»Du hast es doch nie wegen des Geldes gemacht, Otto. Für dich war es doch mindestens so gut wie selber spielen, sieben Tage die Woche, Privatleben ab 40, und dann nur an Feiertagen.«

»Recht haste.« Er blätterte eine andere Kladde durch. »Die Serie neulich war wohl nichts?«

»Hast du gehört?«

»Ich hör fast alles, Mädel.«

»Dann weißt du ja.«

»Bei den Sendern giltst du nun als schwierig. Du weißt ja, was das heißt.«

Sie flammte auf. »Ich bin nicht schwierig, Otto!«

»Doch, biste, Natascha. Du lebst zu lange auf der Kippe, du lebst von der Substanz, und ich meine nicht dein Sparkonto, wenn du je eins hattest. Du brennst zu schnell. Ein Talent, wie es nur alle paar Jahre kommt, aber angefressen von der Krankheit, die da heißt: die Suche nach sich selbst. Was wollt ihr dabei denn finden? Die Pickel auf der Seele? Es gibt nun mal nichts, was die Toten lebendig macht.«

Sie hätte ihn gern umarmt. »Die Toten sind nicht tot«, sagte sie statt dessen.

Er lächelte zum ersten Mal, seit er ihr aufgemacht hatte.
»Die Toten sind mausetot, Mädel. Mausetot.«

»Sie leben sogar in deinen Kladden.«

»In den Kladden? Leben? Das ist nur Papier.« Er hielt eine hoch und schüttelte sie. Eine Zigarrenbinde schwebte auf den Schreibtisch. Malenski pustete sie weg. »Schall und Wahn, Natascha. Du weißt doch: ›Leben ist nur ein wandelnd Schattenbild; ein armer Komödiant, der spreizt und knirscht sein Stündchen auf der Bühn und dann nicht mehr vernommen wird …‹«

»›Ein Märchen ist's, erzählt von einem Dummkopf, voller Schall und Wahn, der nichts bedeutet‹«, fuhr sie fort.

»Nun heul mir nicht meinen Perser voll«, knurrte Malenski. »Tja, die Lady Macbeth kann ich dir leider momentan nicht anbieten. Aber wie wär's mit der Laurette?«

Sie setzte sich gerade hin. »Die Laurette? Ich fürchte, die ist mir nicht geläufig.«

»Eine nette kleine Tournee, Natascha, eine richtige schöne Bädertournee mit der Geliebten Laurette. Französischer Boulevard, 1900. Eine Gaunerplotte. Die Hauptrolle. Gar nicht leicht. Du weißt ja, Boulevard ist mit das Schwerste überhaupt. Sie hatten die Rolle schon besetzt, aber die Kollegin ist krank geworden. Du könntest einspringen, wenn du dir das zutraust.«

»Und du glaubst, die nehmen mich?«

»Kind, du bist hier in der Agentur Otto Malenski! Die Premiere ist am 19. Juni in Bad Orb. Acht Wochen, vierundzwanzig garantierte Vorstellungen, ich denke, ich kann 350 Abendgage für dich rausholen, das wären dann garantiert 8400 plus Spesen plus 1 000 für die Probenzeit. Es sei denn, du willst eine Putzfrau in der Lindenstraße spielen.«

»Dafür hab ich vor fast 20 Jahren gespielt, Otto!«

»Du hast es doch auch nie wegen des Geldes gemacht, Natascha Liebling.«

Sie wußte, daß er mindestens 150 einsteckte. Aber sie wußte auch, daß Otto sie aus dem Zuchthaus rausholen würde – wenn er eine Rolle für sie hätte.

»Französischer Boulevard? Hab ich schon immer mal spielen wollen.«

Sie hätte ihn am liebsten geküßt, wußte aber, in seinem Büro fand Otto das albern. Der süße alte Otto! Es gab keinen Besseren auf der Welt.

In der Nacht – der Regen rauschte immer noch herab wie auf die Macbeth-Heide – schlief sie ein, das Textbuch neben sich, bei offenem Fenster, in alle Decken gekuschelt. Sie träumte von einer Stadt mit goldenen Pagoden und Löwentempeln, von einer schwimmenden Bühne im Hafen, die von Fregatten angestrahlt wurde, von einem Mann mit einem schönen kalten Killergesicht, der sich über sie beugte und flüsterte: Gut, daß du die Rolle genommen hast. Ich mache das zum ersten Mal, aber wir können bestimmt gut miteinander. Gongs, Trommeln, Böllerschüsse. Feuerwerk zerstob ins Dunkel der Nacht.

»Ein Wetter wie zur Götterdämmerung«, sagte Esterhazy und träufelte Zitrone über sein mariniertes Rinderfilet. »Hast du die Schlagzeile in der Zeitung gesehen? ›Massenflucht aus Deutschland‹. Aber nicht, weil eine Atomfabrik in die Luft gegangen ist. Nein, was die Deutschen sind, die fliehen vor dem Regen. Wo bleibt der Champagner, Bruno?«

»Ist im Moment im Kommen, Dottore. Subito.«

»Grazie. Magst du nichts frühstücken, Guido?«

»Was du Frühstück nennst, ist für mich das Abendessen«, sagte Guido Franck mit einem angewiderten Blick auf das Carpaccio, die Omelette, den Salat Frutti di mare, das Ragout fin und die Zabaione und zündete sich noch eine Roth-Händle an.

Das Café Roma an der Maximilianstraße war wieder geheizt, schon wegen der vielen älteren Schoßhunde und ihren Herrschaften. Matt glühten die Lampen über Marmortischen und weinrotem Leder. In den Nischen arbeiteten junge Schauspielerinnen ihre nächtlichen Rollenübungen auf; reife Callgirls versteckten ihre sonntäglichen Depressionen hinter riesigen Sonnenbrillen und der Neuen Zürcher Zeitung; und obwohl der Spaziergang ausgefallen war, traten ganze Familien zum Kaffeetrinken an. Es roch nach Pizza, Parfums und Zigarren, und am Büfett standen die Kellner und bilanzierten die Fußballsaison, Santo Maradona. Ein einsamer Rolls Royce spritzte wie eine Fregatte durch die Maximilianstraße, und das Unerhörte wurde wahr – niemand sah hin.

Esterhazy hob sein Champagnerglas. »Zum speziellen Wohl, Guido, auf gute Geschäfte!«

»Prost.« Franck nahm einen vorsichtigen Schluck. Tatsächlich Champagner. »Auf den Sommer.«

»Auf den kannst du lange warten, im Hundertjährigen Kalender steht auch, daß es weiterregnen wird. Ich bin ja ursprünglich vom Land, eine Nase fürs Wetter mußt du nämlich haben im Warentermingeschäft. Mein Gott, wenn ich an die heißen Sommer in der ungarischen Tiefebene denke, oder an die Hundstage in den Bergen Makedoniens! Servus, süßer Vogel Jugend! Aber du willst zum Geschäft kommen.«

Er hatte überm Plaudern das Carpaccio getestet und nahm, bevor er zum Ragout fin überging, ein Blatt Papier und seinen Dunhill-Kugelschreiber zur Hand.

»Gehn wir noch mal die Bilder durch, die du dem Konsortium als Sicherheit stellst. Wir gehen natürlich davon aus, daß du in der Zwischenzeit nichts verkaufst.«

Es war keine lange Aufstellung, und es gab nur einen strittigen Punkt.

»Du taxierst hier diese zwei Bilder von Natascha Liebling auf 2 500 DM pro Bild.«

»Das sind sie auch wert, unter Liebhabern.«

»Aber, verwandtschaftliche Gefühle beiseite, mon cher, wer sind denn diese Liebling-Liebhaber?«

»Da müßtest du dich schon an Sylvia wenden, was dir ja nicht schwerfallen dürfte.« Ein düsterer Blick fiel auf die Gabel mit dem in Tunke getränkten Stück Weißbrot. »Sie hat Bilder von Natascha schon für fünftausend Mark verkauft.«

Ungerührt führte Esterhazys Hand die Gabel zum Mund. »Ja, als sie noch öfter im Fernsehen zu bewundern war«, sagte er beim Kauen.

»Zweitausendfünfhundert ist der untere Richtpreis, Felix.«

»Ich möcht annehmen, mit 1 500 für beide sind sie noch gut taxiert. Das sind doch dilettantische Klecksereien, Guido.«

»Das sagen viele Leute heute noch von Picasso.«

»Mag sein, aber die vielen Leute interessieren uns nicht. Uns interessiert die Fachmeinung, und die sagt, daß Natascha Liebling, was die Malerei betrifft, jenseits von Gut und Böse ist. Bleibt also summa summarum ein Bildbestand im Wert von 25 000 DM, fünftausend weniger als 30 000 DM. Nun ja, wir sind ja keine Wucherer. Im Fall der Fälle müßten wir uns dann halt an die Wohnungseinrichtung halten, ein bisserl was wirst ja haben, was Geld bringt.«

Nur ruhig bleiben, dachte Franck und biß die Zähne zusammen. Er geilt sich bloß an diesem Spielchen auf, dieser Balkanhammel, dieser Alpenonassis. Bargeld lacht, Mann. Heroin bringts.

»Ein bisserl was hab ich, Felix. Ich hoffe, du hast auch ein bisserl was, wenn's für dich schiefgeht.«

Esterhazy blickte äußerst erstaunt, strich sich über den Bart, lockerte die Krawatte, ein argloser Biedermann.

»Was soll für mich schiefgehn? Ich hab doch nichts mit deinem Geschäft zu tun. Ich hab dir nur Bargeld vermittelt, wofür, geht mich nichts an.«

»Mit Bargeld ist das ja auch so eine Sache. War da nicht mal was mit einer halben Million in Blüten, Felix, letztes Jahr erst? Eine Erpressungsgeschichte, bei der du reingefallen bist?«

Esterhazy legte die Gabel hin. »Ich frag mich, wo du solchen Unfug aufschnappst!«

»Aus der Zeitung hab ich es nicht. Also gut, wie geht's weiter?«

»Mit dir Geschäfte zu machen, ist eine ungewöhnliche Erfahrung.« Esterhazy zündete sich sogar eine Zigarette an, so geschockt war er. Dann rang er sich ein Lächeln ab. »Aber Künstlern gibt man ja gern Kredit, und in gewissem Sinn gehörst du ja auch zu den Künstlern. Unterschreib das jetzt, und wir kommen zum gemütlichen Teil der Veranstaltung.«

Er schob Franck Papier und Kugelschreiber hin, drückte die Zigarette aus und nahm endlich etwas vom Salat Frutti di mare. Das Ragout war längst ungenießbar kalt, aber Esterhazy bestand darauf, alles, was er essen wollte, vor sich zu haben, bevor er anfing, eine Gewohnheit, die er in Afrika angenommen haben wollte. Wer ihn kannte, tippte eher auf ländliche Sitten. Oder Knast. Aber es gab nicht viele, die behaupten konnten, Esterhazy zu kennen.

Guido Franck kannte ihn immer noch nicht. »Was ist das, Felix? Hier steht, daß ich die 30 Mille in einem Monat mit 12 Prozent Zinsen zurückzahlen soll und daß jeder weitere Monat 15 Prozent kostet. Seit wann sind Investmentberater Kredithaie?«

»Nicht so laut, mein Bester. Das sind durchaus keine Wucherzinsen, sondern ganz normale Geschäftskonditionen. Geld ist nun mal teuer.«

»Von Zinsen war überhaupt nicht die Rede!«

Esterhazy genoß einen Mundvoll Frutti di mare, dann sagte er: »Ja glaubst du denn, du bekommst irgendwo Geld ohne Zinsen? Das ist schon nicht mehr naiv, das ist völlig weltfremd.«

»Das heißt, daß ich in vier Wochen mit 33 600 Mark überkommen muß.«

»Und in acht Wochen mit 38 640.«

»Schon alles ausgerechnet, was?«

»Das gehört zu meinem Beruf. Aber reg dich nur ab. Du kannst ja zu einem Kreditinstitut gehen, wenn dir das lieber ist. Die werden sich allerdings kaum mit ein paar unverkäuflichen Buidln zufriedengeben als Sicherheit.«

Das wußte Franck auch. Er bestellte Kaffee und Cognac. Aus langer Erfahrung wußte er, wann er geschlagen war und was er dagegen tun konnte. Er unterschrieb. Esterhazy barg das Papier sorgfältig in seiner Brieftasche, die er noch aus seiner Kellnerzeit im Hendlgrill hatte – an Talismane glaubten nicht nur Afrikaner –, und nachdem Guido seinen ersten Cognac gekippt hatte, überreichte er ihm einen gefütterten braunen Umschlag:

»Zähl's nur nach, mein Lieber. Ich tät's auch.«

Franck öffnete den Umschlag und staunte nicht schlecht. Es waren keine Tausender, wie er angenommen hatte, bankfrisch; sondern Bündel von Zehnern, Zwanzigern, Fünfzigern und einigen Hundertern, von denen die meisten aussahen, als wären sie Jahrzehnte im Umlauf gewesen, um dann in Matratzen und Zigarrenkisten, in Stahlkassetten und Blechbüchsen die letzte Patina anzusetzen. Abgegriffen, speckig, mit Tesafilm zusammengeklebt; an den Rändern abgefieselt, eingerissen, fast durchsichtig wie die Haut von Greisen. Als hätten Rentner und Vertriebene ihr Matratzengeld ausgegraben, die eiserne Reserve, die in keine Bank kam, das Notgeld für den nächsten Zusammenbruch. Also doch Blutgeld. Franck lief es eiskalt über den Rücken.

»Stimmt's?«

»Konntet ihr nicht auch noch einen Sack Münzen beisteuern? Aus den Sparschweinen der Enkelkinder?«

»Wenn du wüßtest, wie schwer es heutzutage ist, Bargeld aufzutreiben!«

»Ich weiß. Ich hab's gerade hinter mir.«

Esterhazy beendete sein Frühstück. Eine Dame winkte ihm von der Tür zu. Vor der Tür hielt ein Sportcoupé. Er verabschiedete sich rasch, nachdem er die Rechnung beglichen hatte.

»Ja mein Lieber, auch wir flüchten! Vierzehn Tage Italien, es können auch drei Wochen werden, und wenn ich zurück bin, bist du saniert! Ciao!«

Und Guido Franck blieb zurück mit 30 Riesen in kleinen Scheinen, mit dem Regen und einem Sonntag, der aussah, als würde er nie zu Ende gehn.

6

Der Mann, der sich Charles Kuhn nannte, reiste mit leichtem
Gepäck. Er verschloß ~~den~~ *das* Attachécase, dann machte er ~~die~~ Bude gründlich sauber - ein einziger blöder Fingerabdruck, und schon hatten sie dich - , duschte noch einmal heiß und kalt und warf die Handtücher zur Bettwäsche. Ein letzter Blick aus dem Fenster. Das Wetter hatte umgeschlagen; ein Vorsommertag, fast schon zu schwül. Es sah nacheinem Gewitter aus. Der Benzinpreis war wieder einen Pfennig nach oben geklettert, im Teppichhandel sah es nicht so rosig aus. Kuhn checkte seinen Puls. Völlig normal. Warum auch nicht? Es ging schließlich nur um Überbrückungsgeld. Aber auch im Training mußte ein Profi sein Bestes geben.

An der Rezeption bezahlte er mit Kreditkarte.

"Good bye, Mr. Anderson", sagte die Chefin, die gerade bei der zweiten Brotzeit war und nach Weißbier roch. "We hope you like your visit in Munich. Where do you go now?"

"Back to work, I'm afraid", sagte Kuhn mit seinem besten Zahnpastareklame-Lächeln und entschwand auf die Straße. Es war vier Minuten vor fünf.

Um vier hätte sie das Surabaya-Stüberl aufmachen müssen - anfangs hatte sie schon um elf aufgemacht, aber schnell herausgefunden, wie sinnlos das war - , aber um sechs saß Yasmin immer noch in ihrem Appartement in der Klopstockstraße im Münchner Norden und beruhigte am Telefon ihren Bruder:

"Mir fehlt gar nichts, Yoyo. Aber heute bleibt das Re-

Aus Fausers *Tournee*-Typoskript

6

Der Mann, der sich Charles Kuhn nannte, reiste mit leichtem Gepäck. Er verschloß das Attachécase, dann machte er die Bude gründlich sauber – ein einziger blöder Fingerabdruck, und schon hatten sie dich –, duschte noch einmal heiß und kalt und warf die Handtücher zur Bettwäsche. Ein letzter Blick aus dem Fenster. Das Wetter hatte umgeschlagen; ein Vorsommertag, fast schon zu schwül. Es sah nach einem Gewitter aus. Der Benzinpreis war wieder einen Pfennig nach oben geklettert, im Teppichhandel sah es nicht so rosig aus. Kuhn checkte seinen Puls. Völlig normal. Warum auch nicht? Es ging schließlich nur um Überbrückungsgeld. Aber auch im Training mußte ein Profi sein Bestes geben.

An der Rezeption bezahlte er mit Kreditkarte.

»Goodbye, Mr. Anderson«, sagte die Chefin, die gerade bei der zweiten Brotzeit war und nach Weißbier roch. »We hope you like your visit in Munich. Where do you go now?«

»Back to work, I'm afraid«, sagte Kuhn mit seinem besten Zahnpastareklame-Lächeln und entschwand auf die Straße. Es war vier Minuten vor fünf.

Um vier hätte sie das Surabaya-Stüberl aufmachen müssen – anfangs hatte sie schon um elf aufgemacht, aber schnell herausgefunden, wie sinnlos das war –, aber um sechs saß Yasmin immer noch in ihrem Appartement in der Klopstockstraße im Münchner Norden und beruhigte am Telefon ihren Bruder:

»Mir fehlt gar nichts, Yoyo. Aber heute bleibt das Restaurant geschlossen. Dafür machen wir Sonntag auf, und du kochst eine Soto madura und ein Hühnchen in Kokosnuß. Vielleicht ist Sonntag überhaupt ein guter Tag, da sind die Leute entspannter und träumen schon vom Urlaub. Mach dir einen schönen Tag, Yoyo.« Sie zögerte und fügte dann hinzu: »Ruf mich später wieder an, Yoyo. Oder komm einfach vorbei.«

Sie legte auf und widmete sich wieder dem Staubsauger, dem Teppichboden, den kleinen Dingen, die sie ablenkten. Das Appartement war nicht groß – ein Zimmer, Küche, Bad –, aber nach dem anfänglichen Schrecken über das schon etwas heruntergekommene Wohnsilo mochte sie jetzt die Atmosphäre – niemand belästigte sie, und zwischen all den anderen Ausländern fühlte sie sich geborgen –, den Blick aus dem 9. Stock, auch wenn er nur auf den Ring fiel, den BMW-Komplex, die Stadtrandsteppe. Und auf dem winzigen Balkon hatten es sich Vögel heimisch gemacht. Wandervögel, wie sie. Jetzt waren sie natürlich fort, triumphierten in der Sonne. Selbst der Beton sah aus, als könnte er Blumen das Leben schenken.

Als es klingelte, fuhr sie zusammen und schaltete den Staubsauger aus. Yoyo. So rasch? Oder die nette Jamaikanerin von gegenüber, mit der sie sich etwas angefreundet hatte. Sie schlüpfte in einen Kimono – bei der Hausarbeit trug sie nur T-Shirt und Shorts – und spähte durch den Spion, aber da stand niemand. Dummkopf, das Klingeln kam von der Haustür. Sie drückte auf die Sprechanlage, und diesmal funktionierte sie sogar.

»Ein Telegramm für Sie«, rasselte es herauf.

Ein Telegramm? Seit Jahren hatte sie kein Telegramm mehr bekommen, nur im Traum (»Zurück von den Toten. Komme sofort. Vater«). Sie wartete wie in Trance auf den Fahrstuhl, hatte die Tür schon auf, als sie kamen, zwei Männer, zwei Telegramme? Nein, zwei Tode.

Sie verriegelten die Tür, stießen sie zurück ins Zimmer, einer machte die Balkontür zu und den Fernseher an, sehr laut, das war der, den sie nicht kannte, ein Bulle mit einem rasierten Schädel und Katzenaugen und einer Lederweste und Armen, dick wie Baumstämme, auf die Dolche und Totenköpfe und Adler tätowiert waren. Den anderen kannte sie, hatte sie in den letzten Wochen ziemlich oft im Viertel herumwieseln sehen mit seinen grünen Stachelhaaren und seinem alten Ledermantel, der so penetrant nach Verwesung stank, und er, nicht der Bulle, war der Gefährliche, dünn und blaß und mit hektischen Flecken im Gesicht und Augen, die sich nichts aus dem Leben machten.

Er kam von der Tür aus langsam auf sie zu, langsam, langsam, langsam. Im Fernseher schwoll Gesang auf, ein millionenfaches Kyrie eleison: Der Papst in Polen.

»So sieht's also in der Klopstockstraße aus. Und die Nietzschestraße um die Ecke. Saubande. Weißt du überhaupt, wer Klopstock war, du Tier?«

»Was wollt ihr von mir?«

»Nur ein paar Informationen, Yasminchen.« Der Gefährliche sprach so leise, daß sie Mühe hatte, ihn zu verstehen. »Ein paar Informationen über einen Mann, der sich Charles Kuhn nennt.«

»Wenn Sie nicht sofort verschwinden, hole ich die Polizei.«

»Ach, tatsächlich? Das brauchst du aber gar nicht, wir sind nämlich von der Polizei, gewissermaßen. Hab ich recht, Freddy?«

»Ja mei«, brummte der Bulle mit der Lederweste, der gerade dabei war, ihre Platten anzusehen.

»Dann weisen Sie sich aus und zeigen Sie Ihren Durchsuchungsbefehl oder was Sie brauchen, um in meine Wohnung zu kommen.«

»Aber Schätzchen, wer nimmt's denn so genau? Du etwa? Du hast es nötig.« Er grinste und entblößte gelbliche Zahnstummel. »Du bist eine ausländische Nutte und die Freundin eines Heroindealers, du bist so schnell im Abschiebelager, daß du gar nicht weißt, was passiert. Wo ist überhaupt dein Bockschein, he? Hast du eine Bescheinigung vom Amtsarzt, daß du den Aids-Test gemacht hast? Zeig mal her, Schatzi.«

»Euch zeig ich gar nichts«, sagte sie und wußte, daß sie ziemlich großes Glück haben müßte, wenn das stimmen sollte.

»So eine Scheißmusik«, sagte der Bulle, ließ einen Stapel Platten fallen – seltene Gamelanaufnahmen aus Java und Bali, aber auch Cool Jazz, den Yoyo so mochte – und trampelte mit seinen Schaftstiefeln auf ihnen herum.

»Was willst du denn hören von der Ausländerin?« fragte ihn sein Partner und kam dabei näher, immer näher an Yasmin heran, die sich gegen ihren Eßtisch drückte.

»Ja mei, wo der Kuhn das Heroin verkauft an diesen Schmierkerl, diesen Franck.«

»Da hast du's«, sagte der mit dem grünen Kopf. »Also mach schon, Fotze.«

Sie spuckte ihn an. Er grinste und packte sie. Die ganze Welt roch nach Verwesung. Der Papst segnete die Menge.

Die LH 699 aus Larnaca rollte genau um 18 Uhr 50, mit nur fünf Minuten Verspätung, in München-Riem aus. Als das über Lautsprecher bestätigt wurde, hatte Kuhn schon die zwei Kaffee und den Cognac bezahlt und nickte Franck zu, der sich gleich noch eine Zigarette ansteckte. Vom Büfett zu der Glaswand, durch die man in die Ankunftshalle blickte, waren es nur ein paar Schritte, aber bis sie die anstürmende Meute im Auge hatten, war Franck schweißüberströmt und hatte mindestens ein halbes Dutzend Leute angerempelt. Ich weiß gar nicht, warum ich es mir so schwer mache, dachte Charles Kuhn mit einem Anflug von Enttäuschung.

»Üblich ist das natürlich nicht«, sagte er schon zum dritten Mal, ganz der besorgte Vermittler. »Aber ich dachte, bei einem einmaligen Geschäft kann es ja nichts schaden, wenn Sie selbst sehen, daß alles seine Richtigkeit hat. Hoffentlich hat er in Larnaca die Anschlußmaschine nicht verpaßt.«

Franck nickte. Sogar seine Augen hatten etwas Farbe angenommen, ein verwaschenes, eitriges Schwefelgelb. Die Farbe der Angst. Kuhn setzte seine Sonnenbrille auf, die machte alles erträglicher. Als die ersten Passagiere an den Paßkontrollen auftauchten, kam die Menge um sie herum in Bewegung. Kinder schrien, Frauen winkten, Männer hielten die Zigarette hoch und die Brieftasche fest. Die Gepäckförderbänder setzten sich in Bewegung.

»Da ist er«, sagte Kuhn und stieß Franck an. Der Mann sah gar nicht übel aus – ein kahlköpfiger Levantiner mit Menjoubärtchen, elegantem Sommeranzug, Handkoffer und Flugtasche. Als er die Paßkontrolle passiert hatte, ging er gemächlich zum Gepäckband.

»Ich verstehe immer noch nicht, warum er in Zypern umgestiegen ist.«

»Warten Sie, bis er beim Zoll ist.«

Sie mußten nicht lange warten. Beim Zoll wurde er durchgewinkt. Er passierte die Tür und drängte sich, ohne einen Blick nach links und rechts zu werfen, zum Taxistand durch. Draußen setzte er seine Sonnenbrille auf.

»Das war das Zeichen«, sagte Kuhn.

»Die Sonnenbrille, klar«, flüsterte Franck.

»Es hat alles geklappt. Gehen wir.«

Diesmal schaffte Franck es ohne Komplikationen zum Ausgang. Seine Wangen glänzten feucht, er machte tiefe Lungenzüge, ein Mann, der Abenteuer sucht, 40-Mille-Abenteuer.

»Ich übernehme jetzt meinen Kurier«, sagte Kuhn. »Wir treffen uns in einer Stunde bei Ihnen. Sie haben das Geld doch?«

»Wie meinen eigenen Schwanz«, sagte Franck mit einem irren Grinsen, klopfte seinem Dealer auf die Schulter und stürzte an den Taxistand, voll in die Gefahr.

Der Bulle in der Lederweste hatte eine Platte gefunden, die ihm gefiel, und sie hörten zum dritten Mal die Animals – *House of the Rising Sun, We've got to get out of this Place* reduzierten die Messe in Polen zu einem fernen feierlichen Sound von einem anderen Planeten.

Aber Yasmin hörte auch die Animals nur noch durch einen winzigen Spalt ihres Bewußtseins. Sie hatten sie so lange geohrfeigt, bis sie sich an den Schaukelstuhl aus Rattan fesseln ließ, mit Streifen, die der Rattenkönig, wie sie den Grünkopf getauft hatte, aus ihrem Kimono schnitt. Einmal gefesselt, hatte sie ihr Bewußtsein einfach ausgelöscht, aber dann hatte der Rattenkönig sein Feuerzeug an ihre Fingerspitzen gehalten, und sie hatte beschlossen, ihnen alles zu sagen – alles, was ihr durch den Kopf ging.

Märchen.

»Dieser Mann – Kuhn – ist ein Chef beim chinesischen Syndikat. Er hat eine Nummer unter der Achsel tätowiert, keine Totenköpfe wie du, nur eine Nummer – 415. Das bedeutet, daß er in Hongkong ...«

Aber Hongkong interessierte sie nicht. Solche Dummköpfe. Idioten. Nur Heroin, Heroin, Heroin. Wo? Wieviel Geld? Wer? Wann?

»Glaubt ihr, einer wie Kuhn erzählt mir das?«

»Der nicht, Fotze. Aber dieser Franck, dieser aidskranke Schwanzlutscher. Oder hat er dir Gedichte vorgelesen, neulich, als du ihm einen geblasen hast?«

Was waren Gedichte?

Der Bulle zog seinen Hosenstall auf und zeigte ihr sein

Ding, ein purpurfarbenes Gekröse mit einem pulsierenden Auge.

»Willst du mir nich auch noch die Seuche anhängen, Drecksau?«

Er bestieg ihr Bett und leerte seine Blase. Der Papst küßte das Kreuz. Die Animals kreischten. So starben Millionen, warum du nicht? Vater.

Aber nicht wegen Heroin.

»Ein Pfund«, sagte sie. »Heute abend. Bei Franck.«

»Und deswegen machst du dir in die Hose, du Sau«, sagte der Rattenkönig und steckte sein Messer ein. »Chinesischer Gangster, du Scheißfotze, was willst du uns erzählen? Erzähl uns was, wenn wir zurückkommen. Dann feiern wir eine Party, nur wir drei, was, Freddy?«

»In diesem Saustall?«

»Genau in diesem Saustall. Wenn wir mit diesem Saustall fertig sind, dann braucht sie keinen Staubsauger mehr. Bind ihr einen Knebel in die Fresse, Freddy.«

»Ja mei.«

Nachdem sie Yasmin geknebelt hatten, nahmen sie die Schlüssel und gingen.

Irgendwann war die Platte zu Ende.

You've got to get out of this place.

Der Papst segelte in einem Meer von Tränen, die Maria weinte. Am Horizont verschwand er. Er war auch ein Wandervogel.

Als es still war, gluckten Tauben auf dem Balkon. Sie erinnerten sie an den Rattenkönig, und sie blockte ihre Erinnerung aus.

Sie kam zu sich, als Yoyo ihre Fesseln aufmachte. Es war 19 Uhr 52.

Nur ein kleiner Scotch, dachte Franck. Ein winziger Scotch, nicht daß ich ihn brauche, er macht das alles nur noch einen Kick besser, bringt die Farben raus, die Nuancen.

Grandios, dachte er dann. So etwas hat die Welt noch nicht gesehen, Galerist riskiert Vabanquespiel, ein Pfund Heroin, um die Malerei zu retten. Er hatte sich sogar umgezogen, trug ein altes weißes Hemd mit durchgescheuertem Kragen aus den Beständen von Tante Hildegard und eine feierlich schwarze Hose. Und irgendwo tief in seinen Eingeweiden begann die Erinnerung an Gottes Eigene Medizin zu jucken. Er spürte ein quälendes Verlangen, seine Eingeweide zu kratzen. Opiumbisse.

Es klingelte. Er stellte das Whiskyglas ab und sah auf die Uhr. 21 Uhr 07. Es war zwar nicht das verabredete Klingelzeichen, aber wer sonst sollte es sein? Auch Typen wie Kuhn hatten Aussetzer. Er ging zur Wohnungstür. Penetrant, wie laut die Dielen knarrten. Die Kette war vorgelegt. Er öffnete die Tür einen Spalt. Im Flur war es dunkel.

»Sind Sie es, Charles?«

Die Tür flog mit solcher Wucht auf, daß die Kette aus der Halterung riß. Sie traf ihn an der Stirn. Seine Brille flog weg. Oh Gott, nein –

»Polizei. Keine Dummheiten, Franck!«

Die Tür wurde zugeschlagen, Hände packten ihn, stießen ihn ins Wohnzimmer. Er spürte, wie jemand ihm die Brille wieder aufsetzte. Dann ein Schlag in die Magengrube. Aufschäumende Übelkeit. Von wegen Gottes Eigene Medizin. Er erbrach einen dünnen Schwall Flüssigkeit auf den Teppich. So war der Staat in Alpträumen über ihn gekommen, in schwarzen Uniformen und in grünen, in stinkenden Ledermänteln, mit Totenköpfen auf dem Arm und einem verschlagenen Grinsen, als er wieder stand:

»Wo ist der Stoff, du Drecksau?

Den einen Kerl kannte er. Das war doch der Giftzwerg, der neulich bei der Vernissage im Loft von Fett/Finkelmann diese öde Show abgezogen hatte. Der geifernde Möchtegerndichter mit den grünen Haaren. Und sein Kompagnon war auch dabeigewesen, solche Typen sah man in gutgemeinten Filmen über soziale Versager, schmierig-dummer Kerl, dumm-brutal, ein B-Picture-Komparse mit Tätowierungen und Schlächtervisage und Schaftstiefeln, in denen sicher der Totschläger steckte. Und so was war bei der Polizei? Dann war alles möglich.

»Zeigen Sie mir mal Ihre Ausweise, meine Herren.«

Der Giftzwerg grinste, das war ein Witz, den er immer wieder gern hörte. Der Komparse inspizierte die Wohnung.

»Wir brauchen keine Ausweise«, sagte der Giftzwerg. Wenn er nicht geiferte, hatte er eine ganz manierliche Stimme. Kam bestimmt aus gutem Haus. Da kam der Abschaum ja gern in diesen Zeiten her. »Wir gehören sozusagen zum geheimen Apparat.«

»Sozusagen, so. Dann werde ich mal die richtige Polizei benachrichtigen, sozusagen die öffentliche, die wird sich sicher gern mit euch befassen. Hausfriedensbruch, Körperverletzung, Anmaßung von Amtsgewalt ...«

Er streckte versuchsweise die Hand zum Telefon aus, als die Waffe erschien. Der Giftzwerg mußte das oft geübt haben, eine Hand fiel locker zum Hosenbund, schon glänzte der Revolver auf, ein Trommelrevolver, sah Franck, keine Kanone wie in den Cowboyfilmen, aber tödlich genug, wenn er geladen war.

»Das ist ein Smith & Wesson .38 Chiefs Special«, grinste der Giftzwerg. »Der bläst dir aus dieser Entfernung das Gehirn weg, dann kannst du den Kopf wie ein Kunstwerk verkaufen.«

Seine Hand blieb vom Telefon weg.

»Niemand hier«, meldete der Komparse. »Rosa Wände im Schlafzimmer. Ein Schrank voller Weibersachen. Und das da.«

Er zeigte seinem Chef die Fessel. Der Giftzwerg war begeistert.

»Ein Transi, schau mal an. Und dann noch Sado-Maso. Freddy, das ist ja ein richtiger Schmutzkerl. Und dann will er noch ins Heroingeschäft.« Er schmatzte genüßlich. »Gut, daß du die Bullen nicht geholt hast, Franck, du Ratte. Die nehmen dich gleich zum Aids-Test mit, und anschließend Sicherheitsverwahrung, wo ihr Säue alle hingehört. Wann kommt der Typ mit dem Stoff?«

»Mit welchem Stoff?«

Er sah den Tritt gar nicht kommen. So etwas hatte ihm nie jemand beigebracht. Für einen Augenblick schien die Stiefelspitze sich durch seine Hoden zu stoßen, dann sackte er zusammen. Noch ein Schwall aus den Eingeweiden. Roch so der Tod?

Es klingelte. Zweimal kurz, einmal lang, zweimal kurz. Wie abgemacht. Die Stiefelspitze kickte seine Nase.

»Steh auf, Schwuli. Ich weiß, du stehst auf meine Stiefel, aber damit mußt bis nachher warten. Und vergiß nicht, ich steh neben der Tür und mach dir ein Loch in den Kopf, wenn du das verpatzt.«

Was gab's denn noch zu verpatzen? Jetzt war doch alles egal. Ob Bullen oder nicht, der Griff zum schnellen Geld hatte direkt in die Scheiße geführt. Vielleicht hatte Kuhn ja noch was drauf. Dschungelkämpferreserven. Charlie Rambo. Aber als er endlich die verklemmte Tür aufbekam, stand der Mann aus Hongkong freundlich lächelnd im Licht mit seinem Attachécase und der Airlinetasche, und erst als es zu spät war

– der Revolver schon auf seinen Bauch zielte –, hatte er die Lage erkannt.

»Freddy, der Mann mit dem Koks ist da.«

»Ja mei.«

Das Telefon fing an zu klingeln, aber es gab niemanden, der abnehmen wollte.

Yasmin legte den Hörer auf. Sie hatte das Notwendigste gepackt. Heute nacht ein Hotel, und dann eine andere Wohnung.

»Ich gehe hin«, erklärte Yoyo. »Ich werde meine Schwester rächen. Mit diesen Schweinen werde ich fertig. Wäre ich nur ein paar Minuten früher gekommen …«

»Dann hätten sie dich genauso fertiggemacht wie mich.«

»Mich?« Er lachte. Er war 23, und keiner würde ihn je fertigmachen. »Ich gehe jetzt hin und nehme sie mir vor, diese Bastarde, diesen Franck, diesen Kuhn, die ganze Bande.«

»Überlaß das mir. Frauen können das besser.«

Sie hätte sich gern ihren Schmerzen überlassen und den Geistern, aber noch hatte sie etwas zu tun. Wie immer das ausging in der Galerie, sie mußte zusehen, daß sie da herauskam. Ein Schnitt, der sie von ihm trennte, von dem Mann, der sich Charles Kuhn nannte und sie gern dort gehabt hätte, wo er jetzt war. Bei Ratten, Geiern und Schakalen, nicht zu vergessen die wachsamen Schlangen. Selamat jalan, Charles. Sie wählte eine Nummer.

»Polizeipräsidium …«

Goodbye, Mr. Heroin.

Der Stoff war in zwei Plastikbeuteln verpackt, die der Giftzwerg auf Francks Küchenwaage abwog.

»487 Gramm«, sagte er und grinste Kuhn an. »Du wolltest deinen Spezi auch noch um 13 Gramm bescheißen.«

»Oder die Waage geht falsch«, sagte Kuhn mit seinem Reklamelächeln.

»Vielleicht bist du überhaupt ein Bescheißer. Aber das werden wir ja gleich haben.«

Dazu sagte Kuhn nichts. Auch das sparte Kraft. Sein Attachécase lag neben der Waage auf dem Küchentisch, das durfte er nicht vergessen. Er stand in der Ecke zwischen dem Gewürzregal und dem Küchenfenster, das zum Hof lag. Die Örtlichkeiten kannte er. Franck hatten sie mit seiner eigenen Fessel im Wohnzimmer an die Heizung gefesselt, nachdem er in einem völlig falschen Augenblick versucht hatte, den Helden zu spielen und sich die Knarre zu schnappen. Auf seinem Auge begann schon das Veilchen zu blühen von dem Schlag, mit dem ihn Giftzwergs Komparse niedergestreckt hatte. Dieses Vieh stand vor dem Küchenbüfett und hielt Kuhn mit dem Revolver in Schach. Auf dem Büfett, einem Trumm aus Zeiten, in denen die Leute noch Platz in der Küche hatten, gab ein Satz Teller, die Francks Frau bei ihrem Auszug dagelassen hatte, bei der kleinsten Erschütterung einen Klappertanz ab. Und die 40 Riesen in kleinen Scheinen, die sie bei Franck gefunden hatten, steckten in den Taschen von Giftzwergs stinkigem Ledermantel. Der Komparse kaute aufgeregt Kaugummi. Es war nicht schwer, seine Gedanken zu lesen. Er fragte sich, wann er seinen Teil abbekam.

Aber im Augenblick interessierte seinen Chef das weiße Pulver auf der Küchenwaage viel mehr.

»Woher kommt der Stoff?«

Kuhn bewegte sich millimeterweise an die linke Hand Freddys, mit der er den Revolver hielt. Seine rechte holte gerade einen frischen Kaugummi aus der Westentasche.

»Ich hab dich was gefragt, du Arsch.«

»Um ehrlich zu sein, ich glaube, er kommt aus Niedersachsen.«

»Hä?« Er riß einen Beutel auf, machte einen Finger naß und probierte den Stoff. Kuhn spannte seine Muskeln. Freddy wachte aus seiner Trance auf und hob die Knarre höher, aber er mußte seine Aufmerksamkeit jetzt völlig zwischen Kuhn und dem Giftzwerg teilen, der immer noch mehr schleckte, Finger auf Finger in den Stoff pappte und leckte, vielleicht flippte er gleich. Jetzt, dachte Kuhn – da donnerte es an der Wohnungstür und, weiter weg, auf der Straße, am Eingang zur Galerie.

»Aufmachen! Polizei!«

»Verdammte Scheiße, das ist –«

Kuhn sprang. Die ausgestreckten Finger seiner rechten Hand fuhren in Freddys Gesicht, der laut aufheulte, seine linke Hand packte den Arm, der den Revolver hielt, und als er sein Gewicht verlagerte, gab der Arm nach. Der Revolver fiel zu Boden. Ein Fußtritt, und er landete unterm Küchenbüfett. Und dann kippten die Teller weg und knockten Freddy kalt.

»Sofort aufmachen! Polizei!«

Der Giftzwerg begriff, daß er gegen Kuhn keine Chance hatte, hob die Hände und flüsterte mit seinem irren Grinsen: »Mach's gut, Bescheißer. Man kann nicht immer gewinnen.«

Die Wohnungstür flog krachend auf. Sie hatte genug abbekommen. Zwei Männer in Jeans und Turnschuhen stürmten die Wohnung, Waffe in der Hand: Kuhn sah sie nicht mehr. Er sprang mit seinem Attachécase in den Hof. Über eine Mauer in einen zweiten, größeren Hof, den neue Einfamilienhäuser mit Boutiquen und Galerien flankierten. In einer Galerie helles Licht, Menschen mit Gläsern in den Händen, große Wagen, helle Frauenstimmen, Musik. Ein warmer

Sommerabend nach soviel Regen, da ging man gern zur Vernissage. Für Kuhn kam sie wie gerufen. »Da ist ja der Herr aus Japan«, rief Finkelmann und stellte ihn gleich dem Galeristen vor. »Mr. Kuhn ist die neue graue Eminenz auf unserem Kunstmarkt. Aber Sie sollten sich auch um Immobilien kümmern, Verehrtester …«

Franck, von seinen Fesseln befreit und jetzt in Handschellen, sah aus einem Auge zu, wie ein Turnschuhkerl sein Heroin abschmeckte.

»Gratuliere, Herr Franck, ein Pfund erstklassiger Milchzucker. Ist mindestens drei Mark achtundneunzig wert. Wer hat Ihnen denn diese Ware angedreht?«

»Der da«, sagte Franck und holte mit einem Bein aus, aber der Giftzwerg wich ihm grinsend aus. Sein Komparse lag immer noch auf dem Küchenboden mitten unter Sylvias zerbrochenen Tellern. Eine schöne Bescherung.

»Na, dann werden wir mal in die Landshuter Straße fahren und ein Protokoll aufsetzen.«

»Ich weiß von nichts«, sagte Franck, »ich bin das Opfer eines Überfalls, und mich verhaften Sie und lassen diese beiden Gangster laufen …«

»Die kommen auch noch an die Reihe.«

»Das sind wohl V-Leute, was? Die stecken jetzt …«

»Was stecken die?«

Das ganze Geld ein, wollte Franck sagen, aber er verschluckte es noch eben.

»In der Scheiße stecken die, dafür sorgen meine Anwälte.«

»Die sollten sich erst mal um Sie kümmern, Freundchen. Wenn einer in der Scheiße steckt, dann sind Sie das nämlich.«

Aber von mir erfahrt ihr nichts, schwor sich Franck, auch wenn er so laut schreien wollte, daß die Mauern von Istanbul einstürzten.

»Ein bißchen Heroin war aber doch in dem Zeug«, berichtete Guido Franck am nächsten Abend im Surabaya-Stüberl. Seine Stimme war noch irritierend laut von der Nachtsitzung beim Landeskriminalamt, aber Yasmin war seine einzige Zuhörerin. »Und wenn ich dazu gekommen wäre, den Stoff zu testen, hätte ich garantiert dieses eine Prozent erwischt. So clever ist er ja, dieser Kuhn.«

»Und wer hat das Geld?«

»Na, er natürlich.«

»Bist du da sicher?«

Franck nahm einen Schluck Whisky, eine Anstrengung, für die er seinen ganzen Körper zu brauchen schien. Seine Lippen waren aufgesprungen, seine Zunge fühlte sich an wie geteert, sein Veilchen blühte in allen Farben der Verwesung.

»Er war lang genug allein mit den beiden Spitzeln. Und die hatten auch die Knarre nicht mehr, als die Bullen kamen.«

»Dann hat er jetzt das Geld und die Waffe. Hast du das den Bullen erzählt?«

»Ich? Denen würde ich noch nicht mal erzählen, wieviel Uhr es ist.«

Was nicht ganz stimmte. Erzählt hatte er eine Menge, dankbar für jeden Zuhörer – von seiner Jugend, seinen Studien, seiner Ehe, von den Schwierigkeiten, mitten in der Krise der Malerei eine Galerie zu machen, die dem Zeitgeist widerstand, auch von seiner Kolumne »bei einer bekannten Publikumszeitschrift mit 150 000 Auflage, ivw-geprüft.« Und das Pfund mit Heroin gestreckter Milchzucker in seiner Küche? Das gehörte zu einem Stilleben, einem Objet trouvé, einer Art Collage, die ein Künstler, der sich leider nicht mehr gemeldet hatte, in der Galerie bei einem Happening zeigen wollte. Dafür hatte Herr Franck sicher Zeugen? Ach, wissen Sie, Künstler sind in dieser Hinsicht – und nicht nur in dieser – die reinsten Mimosen. Fragen Sie doch Ihren V-Mann. Der ist ja auch als Vortragskünstler unterwegs. Welcher V-Mann? Das waren zwei Junkies, die von einem großen Deal Wind bekommen hatten. Von einem Ein-Pfund-Deal mit Heroin aus Hongkong. Von wem haben die das gehört? Tja, Herr Franck, denken Sie mal nach.

Und das tat er, Zeit genug hatten sie ihm gelassen zwischen den Verhören in dem engen, stickigen Zimmer im 3. Stock des Bürogebäudes in der Landshuter Allee, wo sie ihre Schränke mit Fotos ihrer großen Erfolge schmückten – ein Laster, aus dem sie 33 Kilo Heroin geholt hatten, ein Mercedes, den fünf Türken mit acht Kilo nach München gebracht hatten. Auf dem Fenstersims stand eine Nargileh, aber sonst sah es genauso aus wie in den Krimiserien Made in Germany. Das echte Leben hatte man immer schon vorher in der Glotze gesehen.

»Und was wollen sie dir jetzt anhängen?« fragte Yasmin, die Gläser spülte, aus denen schon lange keiner mehr getrunken hatte. Sie trug ein schlichtes weißes Kleid, das ihre Figur und ihre langen schwarzen Haare noch aufregender machte. Was für ein Weib, dachte Franck. Auch wenn sie mich in die Scheiße geritten hat. Wie alle Weiber.

»Das wissen die doch selbst nicht. Fünf Gramm Heroin, aber mit den beiden Typen kommen sie doch bei keinem Gericht durch. Spitzel, die den großen Reibach machen wollten. Die macht doch jeder Anwalt fertig. Aber sie haben mich natürlich jetzt auf dem Kieker. Und das Geld ist auch weg. Ich kann mir den Strick nehmen. War es sehr schlimm?«

»Was?«

»Die beiden waren doch vorher bei dir, Yasmin. Du bist die einzige, die wußte, wann der Deal steigen sollte. Und wo. So wie ich das sehe, hast du ihnen das verraten. Und dann hast du die Bullen angerufen. Haben sie dir sehr wehgetan?«

Sie lächelte und nahm sein leeres Glas. Bis auf ein bißchen geschwollene Haut hatte sie nichts davongetragen, was Fremde sehen konnten.

»Ich weiß nicht, was du meinst, Guido. Bei mir war niemand, und von mir weiß niemand etwas. Und ich weiß auch nichts.«

»Ach geh.« Er wollte ihre Hand nehmen, aber sie versenkte sie rasch im Spülwasser. »Dann gib mir noch einen Whisky.«

»Du trinkst zuviel, weißt du das?«

»Ich trink soviel, wie ich immer getrunken habe. Halte den Pegel. Vielleicht ein Glas mehr, seit meine Frau weg ist.«

»Du trinkst zuviel, und dann weißt du nicht mehr, was du redest. Du sitzt in Kneipen herum und erzählst, wie du jetzt groß rauskommen wirst mit deiner Galerie, wie leicht es ist, zu Geld zu kommen, wenn man Mut hat. Ich bin nicht die einzige, die gewußt hat, woher das Geld kommen soll. München ist ein Dorf.«

Original Esterhazy, dachte er. Hat sie mit dem auch? Sicher. Bei dem Gedanken an Esterhazy wurde ihm ganz flau.

»Komm, nur noch einen.«

Sie nahm ein frisch gespültes Glas und schenkte ihm noch einen Whisky ein, dann zündete sie auch noch seine Zigarette an. Und jetzt, dachte sie, hab ich genug getan für dich, Guido Franck. Er schüttete den Whisky runter und schüttelte sich.

»Kein Mensch wußte davon«, krächzte er. »Nur du und Kuhn und ich. Und Kuhn hat bestimmt nichts rumerzählt, der nicht.«

»Und der Mann, von dem du das Geld hattest?«

»Der leiht mir doch nicht das Geld und läßt mich dann hochgehn.«

»Vielleicht doch.«

»Du bist ja verrückt. Du hast den Typen alles erzählt. Bestimmt haben sie dich bedroht ...«

Sie warf ihre Haare zurück. »Mich hat niemand bedroht, und ich möchte auch nichts mehr davon hören. Und an deiner Stelle würde ich zusehen, daß ich diesen Charles Kuhn finde und ihm das Geld abnehme. Er hat dich schließlich reingelegt. Ein schöner Geschäftspartner.«

»Weiß Gott. Den hab ich mir auch aufgehoben. Kein Wort zu den Bullen. Die glauben, ich hätte den Milchzucker jemand andrehen wollen. Eigene Erfindung. Zwei bis drei Jahre haben sie mir angedroht, lächerlich. Aber wenn es wirklich zu einem Prozeß kommt, bin ich in dieser Stadt erledigt.«

»Ich glaube, du bist auf jeden Fall erledigt.«

»Ja. Gib mir noch einen.«

»Nein, Guido. Und ich will dich auch nicht mehr hier sehen.«

Er starrte sie an, beleidigte Unschuld, gekränkter Liebhaber, Trinker im Recht, aber mit einem Auge und einem Veilchen klappte es nicht. Ihr Gesicht war so starr wie eine ihrer Geistermasken. Vielleicht war sie ein Geist. Er erinnerte sich dunkel an die Nacht mit ihr – Mama, war das ein Absturz gewesen. Na schön. Es gab noch mehr Nächte.

Er rappelte sich auf. »Tut mir leid, Schöne, daß ich dich da reingezogen habe.«

»Wenn du aus der Tür bist, sind wir quitt.«

Er zögerte noch einmal. »Wenn Kuhn sich bei dir meldet ...«

»Er wird sich nicht bei mir melden.«

»Ja, das glaube ich auch.«

Yoyo steckte seinen Kopf aus dem Küchenverschlag.

»Hast du Probleme, Yasmin?«

»Nein. Herr Franck hat bezahlt und geht jetzt nach Hause.«

Es blieb ihm auch nichts andres übrig. So wie er aussah, konnte er sich nirgendwo blicken lassen. Vielleicht konnte er sich schon bald überhaupt nirgendwo mehr blicken lassen. Vielleicht mußte er aus München weg, 42, neuer Anfang. Schöner neuer Anfang, von den Bullen gesucht, von Esterhazy gejagt, von der ganzen verschissenen Vergangenheit heimgesucht. Wenn ich diesen Kuhn finde, dachte er, bringe ich ihn um.

Und die Whiskyflasche war auch leer. Im Küchenbüfett müßte noch eine Flasche Rum sein, erinnerte er sich, die angebrochene vom Winter, der hochprozentige Stroh. Ach Scheiße, den hatte er neulich bei dem Grippeanfall leergemacht. Sylvias bemalte Teller lagen immer noch zerkloppt auf dem Küchenboden. Die Küchenwaage stand noch auf dem Tisch. Und jetzt, wo schon Sommer sein sollte, war es noch so kalt wie in einer Höhle. Wie es hier aussah. In dieser Wohnung war er zusammengeschlagen, betrogen und beraubt worden. Flucht, schrien seine Eingeweide.

Aber Abhauen war sinnlos. Das wenigstens hatte er mit 42 gelernt, Abhauen war sinnlos. Entweder machte man ganz Schluß, oder man machte weiter. Er entschloß sich dazu, weiterzumachen. Das Telefon klingelte. Kuhn! Alles wurde noch gut! Es war aber Esterhazy aus Italien. Die Leitung knisterte, aber seine Stimme war gut zu hören. Leider.

»Es läuft also alles nach Plan, Guido?«

»Doch, tut es.«

»Das beruhigt mich. Ich hab da sowas gehört …«

»Was hast du gehört?«

»Ach, Unsinn. Du weißt ja, wie die Leute reden. Wenn du sagst, daß alles okay ist, bin ich's zufrieden. Wie ist das Wetter?

»Es regnet wieder.«

»Ihr Armen. Also Servus dann, und bleib gesund.«
Klick.

Ja, Esterhazy, ich bleib gesund, verlaß dich drauf, was sind schon 30 Mille für eine gute Gesundheit? Er begann, die Scherben zusammenzufegen. Als er unter dem Büfett fegte, stieß der Handfeger an etwas Schweres. Er schob es unter dem Büfett hervor.

Großer Gott, die Knarre.

Er nahm sie in die Hand. Tatsächlich, da stand es, groß am Lauf entlang: SMITH & WESSON. Der Griff lag gut in seiner Hand. Ein kurzer Lauf, fünf Zentimeter. Er schnupperte. So roch der Tod. Er legte ihn auf die Küchenwaage. 540 Gramm, mehr als ein Pfund Milchzucker, aber leicht genug für seine Rache. Er ließ die Trommel rotieren. Fünf Kammern waren geladen. Fünf Schuß hatte er frei.

2. Teil

TUNG JEN, GEMEINSCHAFT MIT MENSCHEN

Das Urteil
Gemeinschaft mit Menschen im Freien: Gelingen.
Fördernd ist es, das große Wasser zu durchqueren.
Fördernd ist des Edlen Beharrlichkeit.

Das Bild
Himmel zusammen mit Feuer:
das Bild der Gemeinschaft mit Menschen.
So gliedert der Edle die Stämme und unterscheidet die Dinge.

I Ging, Das Buch der Wandlungen

1

Auf dem Podest vorm Opernhaus spielte eine Band Jesus-Rock:
"Reich dem andern deine Hände/und laß das den neuen Anfang
sein." Die Passanten schüttelten ihre Knirpse aus und schoben sie zusammen; sogar der Regen machte Mittagspause.

Kuhn bog in die Freßgasse ein. Überall Anmache: Kaviar,
St. Laurent, Austern, Chanel, frischer Lachs, eine Mädchengruppe in grünen Trikots, von einem Propagandisten eingeführt: "Wir sind eine Gemeinschaft junger Christen aus
Dortmund, und unsere Frauengruppe will euch zeigen, daß
auch der Tanz ein Weg ist, um Jesus Christus zu finden."

Die Immobilienjobber und Zuhälter auf dem Weg zum Lunch [oder Kater-frühstück]
sahen einen Augenblick zu - knackige Ärsche in grünen Trikots
produzierten sich [auch] nicht jeden Tag in der Freßgasse - , gaben
aber schnell auf: für blutige Anfänger hatten sie keine
Zeit.

Auch im nächsten Hotel hatte Kuhn kein Glück.

"Bedaure, Sie wissen doch, der Kirchentag. Hundertfünfzigtausend Leute in der Stadt..."

"Ich hab gelesen, die meisten schlafen in Schulen."

"Wir haben das Haus voll mit Pfarrern", sagte [der] Juniorchef sichtlich genervt und empfahl Kuhn mit einem Blick auf
seinen dunklen Anzug, das Attachécase, die Seidenkrawatte,
noblere Häuser: "Frankfurter Hof, Intercont, vielleicht haben die noch Zimmer. Die Pfarrer kriegen doch nur Tagesgeld
und Essensmarken, die schmeißen die Kohle lieber den
Bimbos in den Rachen. Ist doch wahr."

Am Solidaritätsstand Südafrika auf dem Rathenauplatz
gingen schwarzbedruckte knallgelbe Tücher reißend weg, paßten

Aus Fausers *Tournee*-Typoskript

1

Auf dem Podest vorm Opernhaus spielte eine Band Jesus-Rock: »Reich dem andern deine Hände / und laß das den neuen Anfang sein.« Die Passanten schüttelten ihre Knirpse aus und schoben sie zusammen; sogar der Regen machte Mittagspause.

Kuhn bog in die Freßgasse ein. Überall Anmache: Kaviar, St. Laurent, Austern, Chanel, frischer Lachs, eine Mädchengruppe in grünen Trikots, von einem Propagandisten eingeführt: »Wir sind eine Gemeinschaft junger Christen aus Dortmund, und unsere Frauengruppe will euch zeigen, daß auch der Tanz ein Weg ist, um Jesus Christus zu finden.«

Die Immobilienjobber und Zuhälter auf dem Weg zum Lunch oder Katerfrühstück sahen einen Augenblick zu – knackige Ärsche in grünen Trikots produzierten sich auch in der Freßgasse nicht jeden Tag –, gaben aber schnell auf: für blutige Anfänger hatten sie keine Zeit.

Auch im nächsten Hotel hatte Kuhn kein Glück.

»Bedaure, Sie wissen doch, der Kirchentag. Hundertfünfzigtausend Leute in der Stadt …«

»Ich habe gelesen, die meisten schlafen in Schulen.«

»Wir haben das Haus voll mit Pfarrern«, sagte der Juniorchef sichtlich genervt und empfahl Kuhn mit einem Blick auf seinen dunklen Anzug, das Attachécase, die Seidenkrawatte, noblere Häuser: »Frankfurter Hof, Interconti, vielleicht haben die noch Zimmer. Die Pfarrer kriegen doch nur Tagesgeld und Essensmarken, die schmeißen die Kohle lieber den Bimbos in den Rachen. Ist doch wahr.«

Am Solidaritätsstand Südafrika auf dem Rathenauplatz gingen schwarzbedruckte knallgelbe Tücher reißend weg, paßten auch farblich gut zu den lila Halstüchern, auf denen »Umkehr zum Leben« verkündet wurde. Gelb und lila und dazu die kleinen Rucksäckchen, in denen gerade ein Gesangbuch, Zahnbürste und eine Portion Trockenmüsli Platz fanden, und auf allen Gesichtern der benommene, schafsähnliche Ausdruck, den Menschen bekommen, die sich starkem Gemeinschaftsdruck aussetzen; und überall Anmache. Vor dem Beratungszentrum der Stadtwerke an der Hauptwache donnerte eine Bläsertruppe des Verbands christlicher Pfadfinderinnen und Pfadfinder in FDJ-ähnlichen Blauhemden einen Choral in die B-Ebene, daß den Junkies die Spritze aus der Vene und den Pennern die Flasche vom Mund zuckte: »Ein feste Burg ist unser Gott / ein gute Wehr und Waffen ...«

Zwischen Rollstuhlfahrern, werdenden Müttern mit Kinderwagen und japanischen Kirchentagsbeobachtern, die alles filmten, übten bekiffte Gören mit dem Skateboard. Eine junge Frau in einem flotten Fummel sagte zu ihrer Begleiterin: »Also wir gehn ja Weihnachten auch immer in die Kirche, falls wir Zeit dazu haben. Aber an Weihnachten ist das auch was anderes.«

Podiumsdiskussionen.

»Wir müssen davon ausgehen«, dozierte ein Geistlicher mit dem gelben Tuch, »daß die Juden auch Menschen sind. Und weil sie Menschen sind, sind sie auch Sünder.«

Pantomime.

»›For Whites Only‹, also ›Nur für Weiße‹«, erklärte der Anmacher auf dem Podest vor dem Kaufhof an der Zeil, ein nicht mehr ganz so junger Mann in einem roten Pullunder, mit dem das lila und das gelbe Tuch eine dreieinige Personalunion bildeten, »so heißt die Pantomime, die die Gruppe Mimeo uns jetzt vorführt, und ich brauche wohl keinem von euch hier zu erklären, in welchem Land diese Pantomime spielt.«

Kuhn beobachtete das Publikum – biertrinkende Punker mit der selbstsicheren Art von Landsknechten, die auf die nächste Plünderung warten, Rentner und Hausfrauen mit Einkaufstüten von Billigläden, Männer in mittleren Jahren, denen man die Zeit ansah, die sie totzuschlagen hatten, Kirchentagprofis mit ihren Rucksäcken und lädierten Stadtplänen, in Südafrika kannten sie sich besser aus als in Frankfurt am Main, Taschendiebe mit enttäuschten Mienen – Santa Maria, waren diese Evangelischen vielleicht knickrig ausgestattet – und Asiaten mit dunklen Gesichtern, Pakis, Afghanen, Tamilen, die stoisch zusahen, wie die weißen Kids mit schwarz bemalten Backen auf dem bonbonfarben überdachten Podium herumhüpften und Terror spielten.

Kuhn setzte sich ab, als die Gruppe Elysium den musikalischen Übergang zum nächsten Thema brachte: »Wir beten für den Frieden in der Welt / damit sie zu Atomstaub nicht zerfällt.«

Ein Penner auf einer Bank am Liebfrauenberg – rote Skimütze, Plastiktüten, US-Armyjacke – nahm einen tiefen Schluck aus seiner Pulle, sah zum Himmel auf, der die Mittagspause beendete, und sagte zu Kuhn: »Nutzt nix.«

»Tut mir leid«, sagte die stattlich gebaute jüngere Dame an der Rezeption, »für einen Pfarrer Anderson haben wir keine Reservierung.«

»Oh, da hat Miss Peng wohl irgend etwas vergessen«, sagte Kuhn mit einem breiten Akzent und lächelte bekümmert, aber, wie er hoffte, gottergeben. »Miss Peng ist unsere Gemeindesekretärin. Wir sind nur eine sehr kleine Gemeinde, und Miss Peng ist schon sehr alt und vergeßlich, der Herr segne sie.«

Er hatte nicht lange gebraucht, um sich als Kirchentagsbesucher herauszustaffieren – der dunkle Anzug paßte, zusammen mit dem schwarzen Pullover, der gerade noch einen schmalen weißen Streifen vom Hemd sehen ließ, auf jede Kanzel, eine Hornbrille mit schwach getönten Fenstergläsern gehörte zu seiner Standardausrüstung, und das gelbe Tuch der Südafrikaprotestanten machte sich sehr authentisch zu seinem vage asiatischen Gesicht, dem er jederzeit einen glaubwürdigen Leidenszug geben konnte: ein Mann, der den Passionsweg nicht nur aus der Bibel kennt.

Die Dame lächelte ihn aufmunternd und auch ein bißchen spöttisch an.

»Und woher kommen Sie, Pfarrer Anderson?«

»Ich vertrete die reformiert-unitarische Gemeinde des Tages der Ankunft des Herrn in Aberdeen/Hongkong, das noch nicht zur Volksrepublik China gehört. Aber wenn dieser Tag in naher Zukunft kommt, werde ich meine Gemeinde im Glauben an das Reich Jesu …«

»Na, so heiß wird nichts gegessen, wie's gekocht wird, sagen wir in Frankfurt. Aber eine Reservierung …«

Der Pfarrer nahm sein Attachécase von der Rezeption, ein verzeihendes Lächeln auf den Lippen. Nur der Teufel wußte um die Wege der Welt.

»Ich will Sie nicht länger stören. Gewiß werde ich in irgendeiner Kirche, bei meinen Brüdern …«

»Ja, gibt's denn hier keine Gemeinde von Ihrer Kirche?«

»Oh nein, wir sind nur ein ganz kleiner Ast am Baume Martin Luthers. Ich glaube, in Zentralafrika gibt es noch eine reformiert-unitarische Gemeinde des Tages der Ankunft des Herrn. Aber von der haben wir schon lange nichts mehr gehört.«

Sie seufzte. Kirchentag! Alles Verrückte. »Aber warten Sie doch, Herr Pfarrer. Wo Sie den weiten Weg aus Hongkong gemacht haben, werde ich Sie doch nicht zur Bahnhofsmission schicken.«

Sie lachte, und als der Pfarrer die Stirn runzelte, nahm sie einen Schlüssel aus der Schublade. Der Kirchentag war das letzte Geschäft vor dem Sommerloch, und wenn der Mann aus China kam, konnte er auch 100 Mark für die Besenkammer löhnen.

Als Kuhn die Lobby des Interconti betrat, spürte er ein vertrautes Prickeln der Sinne, wie ein Feinschmecker, dem nach langer Enthaltsamkeit seine Lieblingsmarke vorgesetzt wird, eine Dose Kaviar, eine Flasche Roederer Kristall, eine rassige Blondine. Einen Augenblick lang stand er nur da und schnupperte und spähte – ein noch junger, etwas schüchterner Fremder im dunklen Habit eines Geistlichen, auf einen schwarzen, eingerollten Regenschirm gestützt, ein Attachécase in der andern Hand, das ein lila Sticker mit der Aufschrift »Umkehr zum Leben« schmückte –, und keinem noch so wachsamen Sicherheitsbeamten wäre aufgefallen, daß die Brille aus Fensterglas, der Schnurrbart angeklebt und der Blick dieser melancholischen braunen Augen der eines Jägers war, der seine Jagdgründe erreicht hatte.

In der Bar gedämpftes Licht, zurückhaltende Stimmen, ein Pianist mit matten Evergreens. Um den hufeisenförmigen Tresen hockten die Routiniers, wer in Gesellschaft war oder auf sie wartete, zog einen Tisch vor: ältere Ehepaare auf Reisen, denen die Stadt da draußen zuviel war, Gruppen von Geschäftsleuten, die sich auf das Ritual eines Herrenabends einstimmten, der unweigerlich gegen fünf Uhr morgens in der Sauna eines Edelpuffs enden würde, Einzelreisende mit einem gesunden Horror vor dem langen Abend in der fremden Stadt, vor dem schweren Kopf am nächsten

Morgen, allein in einem Hotelbett, am Sonnabend eines Kirchentags.

Aber auch Leute, die anscheinend noch arbeiteten – eine junge Frau in einer Art Safarikostüm, kurze rotgefärbte Haare, angespanntes blasses Gesicht, versuchte einem elegant gekleideten Hünen mit weißem Bart und mürrischer Miene Sätze für ihren Kassettenrecorder zu entlocken:

»Aber danach haben Sie lange Zeit keinen Film mehr gedreht – eine kreative Pause, eine künstlerische Krise …?«

Der alte Mann bleckte sein Gebiß und pustete Zigarrenrauch über den Recorder: »Künstlerische Krise? Kindchen, künstlerische Krisen sind etwas für Leute, die morgens im Spiegel ihre Falten zählen …«

Am Nebentisch verfolgte ein einzelner Mann in einem dunklen Blazer das Gespräch über den Rand seiner Zeitung. Kuhn räusperte sich und fragte mit schüchterner Stimme, ob noch frei sei. Erleichtert faltete der Mann im Blazer seine Zeitung zusammen – ein Artikel mit der Überschrift ERHARD EPPLER FÜR FRIEDLICHE IDEOLOGIEN hatte ihn sichtlich nicht fesseln können – und rückte einen Stuhl zurecht.

»Setzen Sie sich, Herr Pfarrer.« Ein leichter rheinischer Akzent, Provinzonkel in Spendierlaune. »Ihr Köfferchen kriegen wir auch noch unter, und den Schirm. Sauwetter, was? Und was macht der Kirchentag?«

Kuhn konnte erröten: »Ich fürchte, ich bin noch gar nicht richtig dazugekommen, mich mit den geistigen und geistlichen Fragen auseinanderzusetzen. Sehen Sie, unsere Gemeindesekretärin, Miss Peng, muß da etwas durcheinandergebracht haben …«

Bis die Drinks kamen – noch ein Whisky Sour für Herrn Fritz, Egon Fritz, Verlagswesen, Publishing, wie er gleich erklärte, und ein Gin Tonic für Vicar Anderson, aber nennen

Sie mich einfach Mr. Anderson –, hatte Kuhn Miss Peng, die reformiert-unitarische Gemeinde in Aberdeen/Hongkong und seine Unterbringungsprobleme – »aber alles hat sich wunderbar zum Besten gerichtet!« – schon abgehandelt. Als er seinen ersten Schluck nahm, spürte er, daß er beobachtet wurde. Die junge Journalistin am Nebentisch. Kümmere du dich um deinen Job, dachte er und erwiderte ihren Blick mit gerunzelter Stirn. Sie sah weg.

»Reformiert-unitarisch? Wußte gar nicht, daß es so etwas gibt. Ich bin einfach katholisch, wissen Sie.« Der Mann im Verlagswesen wollte den Gesprächsfaden auf keinen Fall abreißen lassen. »Aber ich schätze, in Ihrer Gegend wimmelt es nur so von Sekten – wenn Sie das Wort gestatten, ist nicht abwertend gemeint. Diese Missionare mußten sicher aus besonderem Holz geschnitzt sein. Sind Sie dort geboren?«

»Ja, Herr Fritz, und ich fürchte, ich bin gar nicht aus besonderem Holz geschnitzt. Wenn in zehn Jahren in Hongkong die britische Flagge eingeholt wird, werde ich mit meiner kleinen Gemeinde in eine lange babylonische Gefangenschaft ziehen müssen – und wer interessiert sich heute noch für christliche Märtyrer?«

»Publishing«, sagte Herr Fritz. »Schreiben Sie ein Buch, und ich verkaufe es. Wir machen beide Geld, und Sie werden berühmt!«

Ob Herr Fritz selbst Bücher verlegte? Nein, das nun doch nicht. Herr Fritz war Verlagsvertreter und reiste vor allem für Taschenbuchreihen, Abenteuer, Krimis, Serien, was der Markt so alles fraß. Sein Englisch hatte er vor 30 Jahren in Abendkursen gelernt – »ich bin ein Selfmademan, so heißt das doch bei euch!« – und seitdem nur noch im Urlaub gebraucht, seine Kenntnisse der lutherischen Kirchen war gleich Null, und auch was Asien anging, konnte Kuhn sich sicher fühlen.

Dafür verfügte Herr Fritz über ein enormes Mitteilungsbedürfnis, und seine Trinkfestigkeit war beeindruckend. Als er bei seinem dritten Whisky Sour war, packte die Journalistin am Nebentisch ihren Recorder, ihr Notizbuch und die Zigaretten ein. Die Antworten ihres Interviewpartners waren immer einsilbiger geworden, und es war kaum anzunehmen, daß die Lebensgeschichte von Herrn Fritz, die die langen Pausen auf dem Band ausfüllten, für einen Knüller gut waren. Gut, daß sie abschob. Kuhn mochte Journalisten nicht, und schon gar nicht bei seiner Arbeit.

»Wissen Sie, wer das war?« fragte Herr Fritz, als auch der elegante alte Mann die Bar verließ und mit bärenhaften Schritten zum Lift tappte. »Nein, woher auch. Knilli, toller Filmregisseur gewesen vor 20, 30 Jahren. Scheint immer noch im Geschäft zu sein, aber der moderne Film ist nicht mein Bier. Kriegsfilme, das ist es. Ich hab den Krieg ja ganz knapp verpaßt, aber ich hab alles angesehn, was im Film darüber kam. Sind auch immer gut gegangen, Kriegsserien, Kriegsbücher. ›Das Boot‹ ist sicher auch in Hongkong gelaufen.«

»Ich fürchte, auf diesem Gebiet kenne ich mich gar nicht aus«, sagte Kuhn mit aller gebotenen Zurückhaltung. »Die Arbeit eines Geistlichen, noch dazu in einer so kleinen Gemeinde an der Peripherie der Welt ...«

Herr Fritz sah ein, daß Pfarrer Anderson vom 2. Weltkrieg nichts verstand, überhaupt vom Krieg, aber – »hier und jetzt und an dieser Stelle« – müsse er, Egon Fritz, Katholik, Bundesrepublikaner und Wähler einer großen Volkspartei, doch auch mal sagen dürfen, daß ihm diese Friedensapostel ganz fürchterlich auf den Wecker gingen.

»Ich bin auch für Frieden, Mr. Anderson. Wer denn nicht? Aber, erstens: ich muß das doch nicht den ganzen Tag vor mir hertragen, und, zweitens: was machen wir denn, wenn wir abrüsten und der Russe kommt? Oder werdet ihr vielleicht gern Chinesen?«

»Die meisten meiner Gemeinde sind schon Chinesen, Herr Fritz.«

»Ja gut, aber ich meine das doch nicht rassisch.«

»Ich verstehe, wie Sie das meinen.«

»Ach, tatsächlich?«

»Ich denke schon.«

»Wir sitzen nämlich alle im selben Boot, Mr. Anderson, und darauf trinken wir noch einen.« Sie tranken noch einen. Die Äugchen von Herrn Fritz funkelten, seine Trinkernase blühte auf. »Ich wette, Sie haben es auch faustdick hinter den Ohren«, meinte er dann.

»Faustdick?«

»Ach kommen Sie, Sie sprechen so gut Deutsch, das verstehen Sie auch. Faustdick hinter den Ohren: Sie sind auch kein Kostverächter.«

Kuhn gestattete Pfarrer Anderson ein amüsiertes Lächeln. »Wir sollen uns hüten vor dem Sauerteig der Pharisäer, nicht vor dem des Brotes. Meinten Sie das, Herr Fritz?«

Herr Fritz strahlte: »Ihr habt doch für alles einen passenden Spruch!« Er leerte sein Glas. »Nehmen Sie auch noch einen?«

»Aber nur noch einen.«

»Bestellen Sie? Ich muß mal für kleine Jungs.«

Er marschierte etwas unsicher Richtung Toiletten, und Kuhn bestellte und beobachtete die Szene. Am Tresen herrschte Hochbetrieb, die Tische waren nur noch spärlich besetzt. Ein älteres Ehepaar tanzte, beide mit geschlossenen Augen, eng aneinandergeschmiegt. An der Rezeption ging es munter zu, man kam von der Stadt, begab sich auf Achse, Schlüssel wurden abgegeben und verlangt, Nachrichten hinterlassen, die Nachtschicht war beschäftigt. Auch Herr Fritz holte sich gerade seinen Schlüssel. Die Drinks kamen. Kuhn war vorbereitet. Timing war bei diesem Job alles, Timing und die Berechnung der Dosis. Die Ampulle zerbrach glatt, die farblose Flüssigkeit versank ohne Spur in dem zitronengelben, gesüßten Whisky.

»Ein neuer Drink, danke, Mr. Anderson.«

Herr Fritz legte seinen Schlüssel auf die Zeitung.

»Sie wohnen hier im Hotel?«

»Wenn ich in Frankfurt bin, gönne ich mir was Gutes. Prost. Was glauben Sie, wo wir oft in der Provinz absteigen müssen, Etagenbad, Etagentoilette, keine Minibar, kein Fernseher, und von wegen Service! Die machen ihren Laden um zehn Uhr abends dicht, und wir können sehn, wo wir bleiben. Aber was soll's, ist eben ein hartes Gewerbe, immer auf Tour, immer am Ball, nur so machst du Reibach. Wissen Sie, was ich im letzten Jahr verdient hab?«

150 000 Mark, erfuhr der ahnungslose Pfarrer aus Hongkong, und davon hatte der umsichtige Herr Fritz allein ein Drittel über Spesen gemacht, steuerfrei. Es war eine scharfe Hetzjagd, bei der man keinen Fehler machen durfte, Knochenarbeit, von Kaufhaus zu Kaufhaus, von Buchladen zu Buchladen, die Konkurrenz schlief nicht, der Wettbewerb war erbarmungslos, Bücher, das war auch nicht anders als Seife oder Düngemittel. Wenn man also in Frankfurt war – nicht zur Messe, da war ja nur Fron angesagt –, gönnte man sich mal was Gutes, ein gutes Hotel, ein paar gute Drinks, ein gutes Essen, und das war's auch – nein, nicht was der Pfarrer dachte, mit der Hurerei hatte er's nie gehabt, nicht erst seit Aids, sicher hatte Herr Fritz eine Freundin, was Ruhiges, Adrettes, auch in der Branche, im Buchhandel, brauchte man, wenn man zu Hause ein Haus voll Weiber und Kinder hatte, ein Ausgleich, was für's Herz, in seinem Alter ... Es war

genau 23 Uhr 47 und nur eine Minute über Kuhns Berechnungen, als Herr Fritz zu gähnen anfing, und zehn Minuten später hatte er seinen letzten Drink niedergemacht, davon einen satten Spritzer auf seinem Blazer, und war dort angelangt, wo 20 mg Valium 10 und sieben Whisky Sour einen Mann von 55 Jahren, bei einer Größe von knapp 1,75 m und einem Gewicht von ca. 80 Kilo am Ende einer langen Woche hinbringen: auf die Schwelle Nirwanas.

»Ich glaub, ich ... bin ... hundemüde ...«

»Das macht doch nichts, Herr Fritz. Kann ich Ihnen helfen?«

Er hatte Mühe, die Augen offenzuhalten. »Glaube, wäre ...«

»Ich bin auch hier abgestiegen, zufällig auf der gleichen Etage.«

»Kriegt ihr wohl alles ... von den armen ... Sündern ...«

»Brot für die Welt, Herr Fritz.«

Das brachte Herrn Fritz noch mal zum Lachen, aber er war schon zu duhn, um den Witz als das zu nehmen, was er war – das Spiel, das dem Kill vorausging –, und hatte beträchtliche Mühe, die Rechnung zu fordern. Mr. Anderson kümmerte sich darum.

»Setzen Sie alles auf Zimmer 1110.«

»Bitte.« Er zeichnete ab, ein Krakel, der alles bedeuten konnte. »Sollen wir Ihrem Bekannten helfen?«

»Ich mache das schon. Und das ist für Sie.«

»Oh, vielen Dank, Herr Pfarrer, Sir.«

Ab mit Herrn Fritz zum Lift. Herr Fritz fühlte sich eigentlich glänzend, gab das auch bekannt – peinlich berührt betrachteten die Gäste ihren Zimmerschlüssel, das Licht am Lift –, mußte allerdings ein bißchen die Schulter von Pfarrer Anderson suchen, wenn die Knie weich wurden, und die wurden immer weicher. Ping. Elfter Stock. Allein im Flur, tiefe Teppiche, mattes Licht, Stille. 1110. Kein Problem. Licht an, Tür zu. Herr Fritz steuerte ganz allein zum Bett, streifte im Sturzflug die Slipper ab, ließ sich fallen, machte noch mal die Augen auf, sah seinen neuen Freund, verschwommen, aber sanft wie Jesus: »Wir sehn uns ... beim Frühstück ...«

Weg.

Kuhn wartete, bis das erste Schnarchen kam, ein vertrauenswürdiges Geräusch. Er stellte den Fernseher ein – riskant, aber bei 20 mg hätte auch ein echter Pistolenschuß Herrn Fritz nicht wecken dürfen. Es fiel nur ein falscher, und auch Clint Eastwood weckte Herrn Fritz nicht mehr, Clint Eastwood auf einer Veranda irgendwo im Wilden Westen, Hut im Nacken, Bierkrug in der Hand, Blick auf die Gang, die fortritt, und eine Bemerkung, die Kuhn gut verstand: »You're gonna look silly with that thing sticking up your ass.« Kuhn warf einen Blick durchs Fenster. Ausflugsdampfer auf dem Main, Riverboatshuffle. Es regnete wieder, ein sanfter Nieselregen, der die nächtlichen Silhouetten noch unschärfer machte. Als Kuhn sich das Gepäck vornahm, schnarchte Herr Fritz wie um sein Leben.

Zehn Minuten später verließ Kuhn 1110, nicht ohne das Schild am Türknopf aufzuhängen, das für diesen Job erfunden worden sein mußte: DO NOT DISTURB.

Als er an der Bar vorbeikam, wurde er aufgehalten.

»Sir?«

»Bitte?«

»Ich glaube, Sie haben etwas vergessen, Sir.«

»Oh, mein Schirm. Vielen Dank.«

»Danke, Sir. Und Ihr Bekannter ...«

»Schläft wie in Abrahams Schoß.«

In der Ecke hockte der bärtige Filmregisseur mit halb geschlossenen Lidern, ein altes Reptil, das auch nachts noch nach Beute suchte.

2

Das Telefon weckte sie. Gott, wo bin ich?

"Wer ist da?"

"Natascha? Ich bin's, Ede. Wir müssen gleich."

"Ede, ja. Gut."

"Ist was?"

"Ich bin eingeschlafen. Blödes Zeug geträumt."

"Ich hol dich in fünf Minuten ab."

"Brauchst du nicht. Ich muß noch ein Bad haben."

"Trebitsch wird ausrasten."

"Laß ihn. Tschüs."

Die Hitze im Zimmer. Sie hatte die Heizung aufgedreht – mitten im Juni, aber seit Tagen hatte es nur noch geregnet, geschifft, gegossen – und das Fenster zugelassen, Kurkonzert. Und jetzt fühlte sie sich gerädert, fiebrig, glitschig. Noch eine Stunde bis zur Premiere. Wenigstens das Hotel war gut, ein richtiges modernes Kurhotel, wer weiß, wo sie morgen absteigen. Nach 15 Jahren wieder auf Tournee, Natascha, du mit sieben Männern. Otto, was hast du mir angetan. Bad Orb, Bad Wildungen, Bad Oeynhausen, Bad Wörishofen, Bad Pyrmont, Bad Lauterberg, Bad Dürkheim, Bad Deutschland. Sie machte die Balkontür auf. Im Pavillon immer noch das Kurkonzert, beliebte Melodien, Lehár, Offenbach, horch, was kommt von draußen rein, die alten Leutchen in ihren Zimmerchen, Pillen zählend und die Tage, die noch bleiben, und ringsum der schwarze Wald, im kalten Regen der deutsche Wald, mein Gott.

Es klopfte. Und ich hab ihm doch gesagt...der Junge ist verknallt in mich, jetzt schon, und das geht acht Wochen noch.

"Ein Strauß für Sie, Frau Liebling!"

Aus Fausers *Tournee*-Typoskript

2

Das Telefon weckte sie. Gott, wo bin ich?
»Wer ist da?«
»Natascha? Ich bin's, Ede. Wir müssen gleich.«
»Ede, ja. Gut.«
»Ist was?«
»Ich bin eingeschlafen. Blödes Zeug geträumt.«
»Ich hol dich in fünf Minuten ab.«
»Brauchst du nicht. Ich muß noch ein Bad haben.«
»Trebitsch wird ausrasten.«
»Laß ihn. Tschüs.«
Die Hitze im Zimmer. Sie hatte die Heizung aufgedreht – mitten im Juni, aber seit Tagen hatte es nur noch geregnet, geschifft, gegossen – und das Fenster zugelassen, Kurkonzert. Und jetzt fühlte sie sich gerädert, fiebrig, glitschig. Noch eine Stunde bis zur Premiere. Wenigstens das Hotel war gut, ein richtiges modernes Kurhotel, wer weiß, wo sie morgen abstiegen. Nach 15 Jahren wieder auf Tournee, Natascha, du mit sieben Männern. Otto, was hast du mir angetan. Bad Orb, Bad Wildungen, Bad Oeynhausen, Bad Wörishofen, Bad Pyrmont, Bad Lauterberg, Bad Dürkheim, Bad Deutschland. Sie machte die Balkontür auf. Im Pavillon immer noch das Kurkonzert, beliebte Melodien, Lehár, Offenbach, horch, was kommt von draußen rein, die alten Leutchen in ihren Zimmerchen, Pillen zählend und die Tage, die noch bleiben, und ringsum der schwarze Wald, im kalten Regen der deutsche Wald, mein Gott.

Es klopfte. Und ich hab ihm doch gesagt ... der Junge ist verknallt in mich, jetzt schon, und das geht acht Wochen noch.

»Ein Strauß für Sie, Frau Liebling!«

Weiße Lilien. Von wem denn? Der Page, roter Kopf. Ich bin halbnackt.

»Vielen Dank, Frau Liebling!«

Sie hatte doch niemand mehr. Weiße Lilien zur Premiere, wer wußte das denn noch? Otto. Ja, Otto. Der olle Agent in seiner Klitsche in der Kantstraße war der einzige, der das noch wußte, nach all den Jahren. Heul doch nicht, Natascha. Ich muß aber. Dann trink einen Whisky. Nur einen kleinen. Zur Premiere. Zu den weißen Lilien. Gegen einen kleinen hätte auch Otto nichts. Otto, der Schatz.

Telefon. Sicher Trebitsch, vierzig Jahre Bühne und versteht immer noch nichts von Schauspielerinnen. Nein, es war Mutti.

»Mutti, ich muß mich beeilen, hab verpennt. – Nein, was soll ich denn nehmen, ich bin doch keine Anfängerin, das wird schon schiefgehn. – Ach fang doch nicht schon wieder damit an, Mutti, ich kann doch froh sein, daß ich das bekommen hab, soviel Tourneetheater gibt es ja nicht mehr, und die Laurette ist eine wunderbare Rolle, das gibt bestimmt auch eine Fernsehaufzeichnung, wirst sehn, komm ich groß raus mit, du kommst dann, wenn wir in Wildungen spielen, hast es ja nicht weit. – Otto hat Blumen geschickt, stell dir vor, Malenski, mein Agent in Berlin, der Schatz, du mußt Otto doch noch kennen, müßtest du, Mutti, ja, der, der Jude, ja, der, den ihr übriggelassen habt. – Ach hör doch auf. – Was sagst du da, Mutti? Moment, ich brauch eine Zigarette.«

Drehte jetzt wohl völlig durch, die Alte, kümmerte sich um diesen Stiesel Guido. Ein Zug, Gott, dieser Husten. Noch ein kleiner Whisky? Nur ein Schluck.

»Was hat Sylvia erzählt? – Betrug? Überfall? Ja, was denn? – Ach Mutti, du müßtest deinen Schwiegersohn doch kennen, deinen Ex-Schwiegersohn, ist er ja jetzt, der Idiot, der hat doch garantiert versucht, jemand reinzulegen, und dann haben die ihn übers Ohr gehauen, Geschäftsleute, ja, das sind doch alles Gangster. – Geld futsch, ja, das kennen wir doch von Guido, er hat damals kein halbes Jahr gebraucht, bis Vati pleite war, mit seinen Irrsinnsgeschichten, Reizwäsche nach Saudi-Arabien, erinner dich doch. – Mutti, das interessiert mich jetzt wirklich nicht, wenn es Sylvia interessiert, soll sie sich weiterhin um den Kerl kümmern, das ist doch sowieso ein Wahnsinn, den ins Geschäftsleben zu lassen, das ist doch ein Irrer, ein Versager, ein Spinner, Mutti, und wenn er dir auf die Pelle rückt und auch nur eine Mark kriegt, laß ich dich entmündigen, im Ernst. – Das hab ich doch nicht so gemeint. – Du, Mutti, ich muß jetzt wirklich, also meinetwegen, ich ruf ihn mal an, ich hab ja gar nichts gegen ihn, ich kenn ihn ja kaum, nur Deppen wie den, die kenn ich wirklich, also ich hab ja auch im Moment sonst gar nichts zu tun, Mutti, überhaupt nichts, ich kümmer mich auch noch um die Ganovengeschichten von meinem Ex-Schwager, weiß Gott, nein, ich ruf dich heut nicht mehr an, Mutti, wir haben Premierenfeier danach, ich ruf dich morgen an, ich weiß wirklich nicht, warum du jetzt eingeschnappt bist, kannst du mich nicht wenigstens vor der Premiere in Ruhe lassen, ja, mach's gut, Mutti, warum heulst du denn jetzt, hör doch auf zu heulen!«

Die Alten hatten kein Recht mehr auf Tränen.

Die sollten trockenen Auges in die nasse, glitschige Erde.

Scheiße, jetzt bin ich wirklich zu spät dran.

»Viertelstündchen noch, Natascha.«
 »Ich weiß, Ede.«
 »Brauchst du irgendwas?«

»Wenn du schon fragst: Ich brauche einen Whisky, einen Nerzmantel, einen Jaguar, einen Geliebten wie Odysseus, einen Dichter wie Shakespeare, ein Publikum, wie Sophokles es hatte, und das Kleid, in dem Marie Antoinette geköpft wurde.«

»Das Kleid ist doch super. Aber du hast etwas vergessen.«

Junge, jetzt sag nur nicht: einen Partner wie mich.

»Einen Partner wie mich«, sagte Ede und machte, als er sah, daß sie die Augen schloß, die Tür von außen zu.

Sie legte die Hände in den Schoß, ließ die Schultern fallen, versuchte gleichmäßig zu atmen.

Ich bin ganz ruhig.

Jedenfalls ruhiger, als du sein müßtest, wenn du daran denkst, daß heute mittag bei der Kostümprobe der Text immer noch nicht saß, vor allem im 3. Akt, Löcher, ganze Nebelwände im Text. Aber daran denkst du jetzt nicht.

Ich bin ganz schwer.
Ich bin ganz schwer.
Ich bin ganz schwer ...

Sie spürte ihre Arme schwer werden, das vertraute Kribbeln in den Schenkeln, das ihre Beine herunterwanderte. Ihr Herz schlug noch viel zu laut, du kommst auch noch dran, mein Herz. Mir ist nie etwas eingefallen, was ich mir zu *schwer* ausmalen könnte, außer einem Mann, der auf mir liegt, ein Mario, der in mich eindringt, die hitzeschweren Nächte in Trastevere, das Kreischen der Katzen auf den Dächern, die Mopeds, Musik, der schwere Duft der Rosen, das schwere Blut, das schwere Erwachen, das schwere Zurückkommen, das schwere Alleinsein, das schwere Alleinsein der Schenkel, das schwere Müdesein der Beine, das schwere Auftreten der Füße, das schwere Blei in den Knochen, das schwere Atmen, ich bin ganz schwer.

Ich bin ganz warm.
Ich bin ganz warm.
Ich bin ganz warm ...
Und lieg am Strand, da, wo das Wasser ganz flach ist, die Wellen plätschern über meine Füße, die Zehen stecken im feuchten Sand. Die Sonne steht im Zenith, heißglühend am hohen, wolkenlosen Himmel, weit weg in der Bucht die olivfarbenen Körper im Wasser, weiße Boote reflektieren das Licht, auf meinen geschlossenen Augen tanzen Myriaden von Sonnen, Sonnengeflechte. Ich öffne vorsichtig die Schenkel, ein Sonnengeflecht pulsiert in meinem Schoß, Gott, ist es heiß, ich will aufstehn, etwas trinken im Schatten, das Licht drückt mich in den Sand, die Sonne kreuzigt mich, der Sonnengott nimmt mich, ich bin ganz heiß, komm.
Mein Herz schlägt ruhig und regelmäßig.
Mein Herz schlägt ruhig und regelmäßig.
Mein Herz schlägt ruhig und regelmäßig ...
Seltsam, daß es überhaupt noch schlägt, soviel Jahre jetzt, ein Wunder. Rasend klopfte es, wild hämmerte dieses Herz, wenn du früher auf die Bühne tratst, atemlos, zum Zerreißen gespannt, blind und taubstumm vor Angst, verrückt auf Angst, die ersten Worte dem Wahnsinn abgelauscht und ins Weltall gespuckt, das hat sich gegeben, ganz gibt es sich nie. Seltsam, daß du überhaupt noch spielst, hast doch längst aufgehört an dich zu glauben, an Natascha Liebling, das Publikum liegt dem neuen Star des Burgtheaters zu Füßen, an Natascha Liebling, the angelic new face of German Cinema, an Natascha Liebling, Bundesfilmpreisträgerin, an Natascha Liebling, die erste Deutsche nach Marlene, die einen Oscar holte, an Frau Natascha Liebling, große alte Dame des deutschen Theaters, an La Liebling, die Legende – und für's Geld, Otto, haben wir beide es sicher nie getan, aber wofür dann,

und sag nur nicht, wer weiß, wozu's noch mal gut ist. Mein Herz schlägt gar nicht ruhig und regelmäßig.

»Natascha, wenn Sie dann soweit sind ... oh, ich störe?«

Mach die Augen auf.

Mach die Augen auf.

Mach die Schenkel zu.

»Nur eine Entspannungsübung, Jost.«

»Meditation, ich weiß. Zu meiner Zeit tranken wir ein Glas Sekt, wenn wir es uns leisten konnten, rissen ein paar Witze, und dann raus und den Hamlet gespielt.«

»Sie haben den Hamlet gespielt?«

»Man kann auch mit Shakespeare tingeln. Natascha, ich möchte, daß Sie jetzt da rausgehen und den Leuten zeigen, warum auf den Plakaten steht: Laurette – mit Natascha Liebling, dem beliebten Star aus Film und Fernsehen. Wir haben fast volles Haus, und ich möchte, daß am Schluß jeder sagt: die seh ich mir wieder an.«

»Was ist das, Jost? Ein Pep-Talk?«

Sie puderte sich noch einmal ab. Jost Trebitsch – schlank, hochgewachsen, im Cut, den er als Diener trug, als käme er von einem Galaabend der Reiterlichen Vereinigung – legte seine schmalen Hände mit den tadellos manikürten Fingern auf ihre Schulter, massierte sie sanft.

»Oder eine Liebeserklärung?«

»Ich stehe Madame stets zu Diensten.«

»Dann gehen Sie jetzt, Urbain, und kümmern sich um den Champagner. Verdammte· Scheiße, wo hab ich meine Zigaretten?«

»Nehmen Sie diese.«

»Danke.«

»Die letzte Klingel.«

»Los.«

Er hielt ihr die Türen auf wie im Stück, und sie rauschte die Treppe hinunter, das schwarze Taftkleid knisterte, hoffentlich hielten die Lackstiefel, die noch am Mittag in Hanau besorgt worden waren. 5 000 Mark allein für ihre Garderobe, Kuchenbecker, der Impresario, hatte die Haare gerauft, die er noch hatte, geschrien vor Schmerz, Sie ruinieren mich, es hatte ihm nichts genützt. Sie spielte ja schon für'n Appel und 'n Ei, aber auf der Bühne aussehen wie im Studententheater, dann schmeiß ich, Herr Kuchenbecker, servus. Sie hatte sich durchgesetzt. Und sogar Trebitsch hatte triumphiert: Wie oft springe *ich* über meinen Schatten!

Noch ein paar hastige Züge hinter den Kulissen, die Kollegen noch mit der Nase im Textbuch, mit dieser hastig zusammengenagelten Staffage hatte Kuchenbecker schon Jahre Tourneetheater gemacht, mit all diesen jämmerlichen Plörren und Plünnen, aber komisch: sobald der Vorhang quietschend aufgezogen wurde und das Licht auf der Bühne anging, sobald das erste Hüsteln in Reihe 13 erstorben war und Trebitsch in seinem Cut auf der Bühne stand, sobald das Herz so laut schlug, daß sie nichts mehr sah, nichts mehr hörte, sobald der erste Satz ins Weltall gespuckt war, wußte sie wieder, warum sie es machte: weil es das einzige war, was sie konnte.

Geschafft. Und jetzt erst mal ein Bier und einen Happen und herrlich tratschen mit den Kollegen, während Trebitsch drei Tische weiter beim Prinzipal die Flöhe lockermacht, denn Herr Kuchenbecker vom Tourneetheater Thespis hat sich auch die Ehre gegeben und thront jetzt mit seinen 2 1/2 Zentnern in einem speckigen Zweireiher aus seinem eigenen Fundus in der Hessenstubb und hantiert mit Briefkuverts und schwitzt in seinen Bocksbeutel, ein Vetter Malenskis, ein Enkel Strieses, und ich mittendrin, herrjeh, auf Tournee.

»Hessenstubb nennt sich das, und es gibt noch nicht mal Rippchen mit Kraut.«

»Ich finde, der Matjes ist tranig, Natascha.«

»Was ist in Bad Orb nicht tranig, Hans Dieter?«

»Fräulein, der Matjes ist tranig. Nehmen Sie ihn bitte weg und bringen Sie uns etwas anderes.«

»Wenn's jetzt noch was gibt, ich müßte mal fragen.«

»Dann fragen Sie. Wir haben hart gearbeitet, wir brauchen etwas zu essen, sonst müßten wir noch ein anderes Restaurant aufsuchen.«

Wie er sich in Pose setzt, Henning Wölflein. Man merkt ihm den alten Operettentenor an. Aber mit 54 sieht er noch aus wie 38, und das muß auch erst mal erarbeitet werden.

»Ich hab gar keinen Hunger mehr, Henning.«

»Du mußt etwas essen, Tascha.«

»Nenn mich bloß nicht Tascha, Ede. Ich hasse Verniedlichungen. Fräulein, ich bekomme noch ein Bier.«

»Also bringen Sie uns noch vier Bier und einen doppelten Wodka.«

»Wir fahren morgen sehr früh, Ede.«

»Na und? Ich fahre mit Herrn Brause im LKW, da kann ich pennen. Nach der Premiere wird einer draufgemacht, Kollegen, sogar beim Kindertheater machen wir das so.«

»Da werdet ihr das auch besonders nötig haben.«

»Und wer fährt Natascha?«

»Trebitsch, wer sonst.«

»Ich weiß nicht, ob ich mit Herrn Trebitsch fahren möchte.«

»Der alte Jost ist ganz ungefährlich, Natascha. Der labert dich nur voll mit seiner Theorie vom Boulevardtheater und seinem Ursprung in der griechischen Komödie.«

»Können Sie denn nicht fahren, Hans-Dieter?«

»Er fährt doch mit dem Zug über Frankfurt.«

»Ich hab noch einen kleinen Schulfunk.«

Warum errötet Gildemeister denn so? Groß und still und in sich zurückgezogen, in eine Höhle, aus der nur manchmal ein Echo weht.

»Also ich finde, für eine Woche Probenzeit war die Premiere sensationell.«

»Im zweiten Akt sind noch Hänger.«

»Tut mir leid, daß ich Ihren Einsatz im dritten Akt gepatzt habe, Hans-Dieter. Aber ich hab einfach die falsche Schublade erwischt.«

»Sie haben das ganz überzeugend weggespielt, Natascha.«

»Ihr Castelet, Hans-Dieter, alle Achtung. Ein richtiger Shylock.«

»Mit Szenenapplaus, haben Sie gemerkt?«

»Trebitsch möchte, daß ich ihn so anlege.«

»Trebitsch glaubt nun mal, daß er in der Josefstadt inszenieren müßte.«

»Ich komm einfach noch nicht mit diesen Hutbändern zurecht.«

»Und du mußt ihr den Schleier viel schneller wegziehn, Henning, du bist ihr Mann, du darfst das.«

»Daß Kuchenbecker da ist, spricht doch dafür, daß wir Geld bekommen.«

»Was ist denn fällig?«

»Probengeld und Vorschuß.«

»Bei Kuchenbecker muß man höllisch aufpassen. Ich erinnere mich, als wir mit Land des Lächelns unterwegs waren, saßen wir eine Woche in Soest fest, weil wir nicht mal Geld für Benzin hatten. Jeden Tag drei Telegramme, im Hotel haben sie uns schon nichts mehr aufs Zimmer gebracht.«

»Das ist eben Striese, hängt die Wäsche weg, die Komödianten kommen. Seht ihn euch doch an. Der müßte den Wucherer Castelet spielen.«

»Vier Bier, vier doppelte Wodka.«

»Das sollte doch nur einer sein.«

»Macht nichts, die werden nicht alt.«

Und sieht mich dabei an wie ein liebestoller Köter. Ede, du kannst soviel saufen wie du willst, ich spiel nicht deine Mamme.

»Und was ist mit dem Essen?«

»Es gibt nur noch kalte Küche.«

»Um halb zwölf! In diesem Hotel!«

»Wir sind Schauspieler, Fräulein, wir brauchen Kraftnahrung, blutige Steaks, saftige Rippchen, panierte Schnitzel, und Sie bieten uns kalte Küche an, Reisbrei mit Kompott!«

»Der ist auch aus.«

»Dann bringen Sie uns noch eine Runde Pils.«

»Seid ihr mir sehr böse, wenn ich schlafen gehe?«

»Schlaf gut, Hans-Dieter.«

»Armer Kerl, die zweite Ehe ist nun auch im Eimer, und sein ältester Sohn ist ein Skinhead.«

»Erzähl doch keinen Unsinn, Henning.«

»Hat er mir selbst erzählt. Läuft in dieser Nazikluft rum und steckt Asylantenheime in Brand. Und von wegen Schulfunk in Frankfurt morgen. Er hat einen Gerichtstermin.«

»Ich geh jetzt in die Bar, Henning, Kommst du mit?«

»Aber nicht, bevor wir die Gage haben.«

»Soll sich beeilen, Trebitsch.«

»Schon fertig, Herr Brause? Das ging aber dalli-dalli.«

Herr Brause ist auch reinster Striese in seinen kurzen Hosen und Sandalen, seinem Nicki, der Kassenbrille mit dem geflickten Gestell, ein Knacki, den Kuchenbecker resozialisiert hat, und jetzt muß er Mädchen für alles machen, fährt den LKW, baut mit auf, legt die Leitungen, repariert alles von der Kulisse bis zum Kassettenrecorder, hält die Hilfskräfte bei Laune und besorgt mir Schlaftabletten, wenn ich welche brauche, ich brauch aber keine, noch nicht, noch schlaf ich gut, aber irgendwann werd ich sie brauchen, Herr Brause, Sie sind ein Schatz.

»Was gibt's denn zu essen?«

»Nur noch kalte Küche, Herr Brause.«

»Dann einmal kalte Küche und ein Kännchen heißen Kaffee. Ich muß ja bald los, bis ich den LKW in Bad Wörishofen hab ...«

Ich fahr mit Ihnen, Herr Brause, dann löse ich Sie ab.«

»Ach Gottchen nee, Herr Schmittinger, schlafen Sie mal lieber den Schnaps aus.«

»So, Kinder, wenn ich mal kurz um eure Aufmerksamkeit bitten dürfte ...«

Und dann nimmt er doch tatsächlich jeden einzeln beiseite und drückt ihm ein Kuvert in die Hand, das aussieht, als käme es aus derselben Fabrik, in der Ottos Kladden gemacht werden.

»Herr Kuchenbecker hat für Sie eine Sondervereinbarung mit Herrn Malenski getroffen, Natascha, ich hoffe, der alte Blutsauger nimmt Sie nicht zu sehr aus ...«

»Der alte Blutsauger ist mein ältester Freund in der Branche, Jost.«

»Dann ist ja alles gut. Wenn Sie hier quittieren wollten – ich bin ja wieder alles in einer Person, Regisseur, Reiseleiter, Buchhalter ...«

»Sie vergessen Ihren Urbain.«

»Nun, ich habe auch die Kulisse besorgt, aber darüber spreche ich schon gar nicht mehr.«

»Sie sind bestimmt der letzte Held des Tourneetheaters, Jost.«

»Auf meinem Grabstein sollte nur stehen: Ich hab's probiert. Herr Kuchenbecker würde Sie gerne noch auf einen Drink in die Bar einladen ...«

»Nur mich?«

»Ich werde wohl auch noch ein Glas Wein trinken, und der kleine Ede sieht auch nicht so aus, als hätte er schon das richtige Quantum intus. Hoffentlich hält er durch mit dieser Sauferei.«

»Der ist das aus Berlin gewohnt.«

»Sie leben doch auch in Berlin?«

»Wir sehen uns dann in der Bar.«

Impertinenter Kerl. 1 250 Mark, das ist aber ein ziemlich kleiner Vorschuß. Was mögen die andern erst kriegen. Wir leben ja wie die Eichhörnchen, aber wie die Lilien auf dem Felde, das ist doch ein bißchen zu sehr 18. Jahrhundert, Marketenderwagen und Zigeunerleben.

»... und dann zischt aus der Wasserpistole die rote Tinte raus, aber ich sag Ihnen, der Dietmar Schönherr hat nicht eine Miene verzogen!«

»Fabelhaft!«

»Also los, Henning, ich hab gehört, im Städtchen soll's eine richtige Disco geben, da machen wir los.«

»Du, ich glaub, mein Magen macht nicht mit. Wo sind denn eigentlich der Lukaschek und der kleine Kücki?«

»Im Bett.«

»Aber hoffentlich nicht zusammen.«

»Warum, neidisch?«

»Also wirklich, Kinder.«

»Ja Natascha, bei soviel Männern und nur einer Frau, das wird noch schwierig werden mit den Hormonen.«

»Gut, noch ein Bier an der Bar, aber dann wirklich in die Heia, was glaubt ihr, wie wir in Bad Wörishofen ankommen.«

»Wo ist das eigentlich, Bad Wörishofen?«

»Im Allgäu.«

»Was, und von da aus übermorgen nach Bad Pyrmont? Das ist ja eine verrückte Planung.«

»Das ist Tourneetheater.«

Und auch das ist Tourneetheater:

»Ich kann Ihnen gar nicht sagen, wie ich mich freue, daß ich Sie bei mir unter Vertrag habe«, sagte Kuchenbecker mit einem schmachtenden Blick seiner hübschen schwarzen Augen, die unter einer viel zu klobigen Stirn und zwischen aufgeblähten Backen ihr künstlerisches Eigenleben führten, und beugte sich dabei so weit vor, daß Natascha sein Aftershave und die Zwiebeln riechen konnte, die er wegen seines Blutdrucks roh zu essen pflegte. »Natascha Liebling bei Thespis, wenn Sie nur wüßten, wie lange ich davon schon geträumt habe, Verehrteste!«

Hat er wirklich vergessen, daß ich nur eingesprungen bin? Aber so sind sie doch alle. Sie sah ihm so tief in die Augen, daß er gar nicht merkte, wie ihr Whisky auf seine Hose spritzte.

»Um Gotteswillen, Ihr guter Anzug!«

»Aber das macht doch nichts, ich habe noch einen dabei. Frau Liebling, wenn diese Tournee vorbei ist im August – und ich habe schon Angebote für den September, ja, Herr Dr. Trebitsch, da staunen Sie –, dann müssen Sie zu mir kommen und sich einen Tag für mich freimachen, und ich verspreche Ihnen, wir suchen für die Wintersaison ein Stück aus, bei dem Sie nicht nein sagen können! Sie müssen Shaw spielen, Sie müssen Dürrenmatt spielen, Sie müssen –«

»Frau Liebling ist ideal für den Boulevard.«

»Natürlich, Herr Dr. Trebitsch, sonst hätte ich die Laurette ja auch nicht mit ihr besetzt, eine entzückende Rolle, hab ich's Ihnen nicht gesagt, Frau Liebling?«

»Ich glaube, ich bin viel zu schwer für Boulevard.«

»Du bist eine geborene Komödiantin, Tascha.«

»Blödsinn, Ede.«

»Aber da ist etwas Wahres dran, Frau Liebling. Diese Leichtigkeit, diese Naivität, die Keckheit, das gewisse Etwas –«

»Wenn der Text erst mal sitzt, wird es sicher eine ganz nette Aufführung«, sagte Trebitsch. »Wo sind Sie abgestiegen, Herr Kuchenbecker?«

»Im Goldenen Ritter, wie immer, ich brauch kein Badezimmer. Hauptsache, mein Star ist gut aufgehoben.«

»Herr Trebitsch meinte ...«

Gott, willst du dich vielleicht noch dafür entschuldigen, daß du zwei Tage besser wohnst als die Kollegen? Du bist wirklich zu lange weggewesen, Natascha Liebling.

»Haben Sie denn schon Pläne für den Herbst, Frau Liebling?«

»Ein paar Angebote. Vielleicht mach ich einen Film in Südostasien.«

»Ach wirklich? Darf man fragen, für wen?«

»Eine chinesische Produktion, glaube ich. Mein Agent weiß es genau.«

»Das ist ja hochinteressant. Tja, die Chinesen kommen jetzt groß raus, das ist ja ein ungeheurer Markt, auch für uns, Herr Dr. Trebitsch ...«

Wie ist mir das denn nur rausgerutscht? Ede kriegt sich gar nicht mehr ein. Du kleiner Depp, Ede, geh mir bloß aus dem Weg. Stimmt aber doch, ich hab die Karte zerrissen, als Schaland seinen Sabber abließ, aber der taucht bestimmt wieder auf, irgend etwas mit Macao, so etwas vergeß ich doch nicht.

»Ein Tänzchen, Natascha?«

»Du bist doch blau, Ede, und meine Füße machen's nicht. Und überhaupt muß ich ins Bett.«

Er läßt es sich nicht nehmen, mich zum Fahrstuhl zu bringen, irgendwie rührend, der Prinzipal, raucht dieselben Zigarren wie Otto, ist genauso verlegen, lebt aus dem Koffer und den Umschlägen mit dem Bargeld, von einem Provinzhotel ins andre, mal mit Dusche, mal ohne, ein verhinderter Künstler, ein Lebenskünstler:

»Wenn irgend etwas schiefgeht, Frau Liebling, wenn Sie das Gefühl haben, es geht nicht weiter, wenn Sie Geldsorgen haben, wenn Sie eines Tages aufwachen und nicht mehr wissen wollen, wo Sie sind – bitte, rufen Sie mich an. Ich bin für Sie da. Ich komme geeilt. Ich tue alles in meiner Macht. Ich weiß, Trebitsch ist ein alter Tyrann, ein Menschenfeind, ein Misanthrop – auch sehr krank, unter uns –, aber herzensgut und der beste Regisseur, den ich hab. Aber wenn Sie Ihren Direktor brauchen – rufen Sie ihn.«

Sein Kuß brennt auf meiner Hand. Die Leute rücken im Lift zusammen. Das ist Frau Liebling. Frau Liebling hat heute abend gespielt. Im Kurhaus. Bekannt von Film und Fernsehen. Sieht aber älter aus als auf der Bühne. Alt. Gute Nacht. Das Zimmer ist kühl, der Wind bauscht die Gardinen. Das Telefon klingelt. Nein, Mutti, ich kann jetzt nicht. Nein, Ede, laß mich in Ruh. Wie angenehm, im Regen auf dem Balkon zu stehen, die Hände auszustrecken, bis sie naß sind und erfrischt. Aber das Klingeln macht mich fertig. Ich muß denen sagen, daß sie nichts durchstellen dürfen.

»Wer ist da?«
»Dein Schwager Guido.«

3

Gräßlich, dachte Vicky Borchers-Bohne im Taxi, das sich durch
die Münchner Innenstadt quälte, selbst im Dauerregen sieht
diese Stadt noch wie Skopje in Texas aus, laut, rüde, hemmungslos protzig, wie eine Kurtisane, vor der die Männer sich
spreizen wie in einem Spiegel.

O Hamburg.

Aber wenn die bei der Crème wollen, zieh ich auch nach München. Drei Jahre Journalismus, da kann ich mir's noch lange
nicht leisten, wählerisch zu sein.

Sie gab dem Fahrer auf 24,40 sechzig Pfennig Trinkgeld,
worauf der prompt auch nur den Fahrpreis quittierte - Bakschischmentalität, wo man auch hinkam - , und genoß dann in
der Redaktion die trauliche Atmosphäre: griesgrämige Autoren,
die wegen Vorschuß herumsaßen, arrogante Models, die auf
den Fotografen warteten, der im Stau von Mailand steckte,
das nervöse Gewimmer der Telefone, ein lauter Zusammenstoß
in der Grafik, der verschwitzte Redakteur Fabrici in seinem
Kabuff, der ihr den unvermeidlichen dünnen Kaffee selbst
brachte und dann seinen Tisch freischaufeln mußte, um ihr
Manuskript zu finden.

"Hatten Sie einen guten Flug von Berlin?"

"Danke, aber ich bin aus Hamburg gekommen."

"Na, da wird's auch regnen. Ich dachte, Sie wohnen in Berlin."

"Ich wohne noch in Frankfurt, aber ich hatte in Hamburg
zu tun."

"Was wollen Sie in Hamburg, die zahlen auch nicht mehr als
wir. Wie kann man in Frankfurt wohnen?"

"Sie wohnen doch auch in München, Herr Fabrici."

Aus Fausers *Tournee*-Typoskript

3

Gräßlich, dachte Vicky Borchers-Bohne im Taxi, das sich durch die Münchner Innenstadt quälte, selbst im Dauerregen sieht diese Stadt noch wie Skopje in Texas aus, laut, rüde, hemmungslos protzig, eine Kurtisane, vor der die Männer sich spreizen wie in einem Spiegel.

O Hamburg.

Aber wenn die bei Crème wollen, zieh ich auch nach München. Drei Jahre Journalismus, da kann ich mir's noch lange nicht leisten, wählerisch zu sein.

Sie gab dem Fahrer auf 24,40 sechzig Pfennig Trinkgeld, worauf der prompt auch nur den Fahrpreis quittierte – Bakschischmentalität, wo man auch hinkam –, und genoß dann in der Redaktion die trauliche Atmosphäre: griesgrämige Autoren, die wegen Vorschuß herumsaßen, arrogante Models, die auf den Fotografen warteten, der im Stau von Mailand steckte, das nervöse Gewimmer der Telefone, ein lauter Zusammenstoß in der Grafik, der verschwitzte Redakteur Fabrici in seinem Kabuff, der ihr den unvermeidlichen dünnen Kaffee selbst brachte und dann seinen Tisch freischaufeln mußte, um ihr Manuskript zu finden.

»Hatten Sie einen guten Flug von Berlin?«

»Danke, aber ich bin aus Hamburg gekommen.«

»Na, da wird's auch regnen. Ich dachte, Sie wohnen in Berlin.«

»Ich wohne noch in Frankfurt, aber ich hatte in Hamburg zu tun.«

»Was wollen Sie in Hamburg, die zahlen auch nicht mehr als wir. Wie kann man in Frankfurt wohnen?«

»Sie wohnen doch auch in München, Herr Fabrici.«

»Ach wissen Sie, bei mir ist das was andres. Wenn man so lange in diesem Gewerbe ist ...«

Sie zündete sich eine Zigarette an. Fabrici zog an einer Pfeife.

»Crème ist aber doch relativ neu auf dem Markt.«

»Zwei Jahre sind's auch schon. Und vorher Quick, Bunte, Playboy, das summiert sich. So, hier hab ich's.« Er glättete die Blätter, überschlug, ob auch keines fehlte, legte die Stirn in Falten, paffte. »Über den Titel müßten wir sowieso noch mal reden, Vicky, ›Zorniger alter Mann‹, das reduziert für mich den Knilli doch etwas auf das Alter, da müßte mehr Pep rein. Aber für Titel ist ja ohnehin die Redaktion zuständig ...«

Er redete unentwegt weiter und kam unentwegt nicht zur Sache: wollte er den Artikel oder nicht? Schließlich legte er die Pfeife weg und strich sich die Haare aus der Stirn.

»Aber über den Artikel wird sich dann Frau Harder noch mit Ihnen unterhalten, unsere Chefin, wenn Sie so wollen, wir haben ja diese Konstruktion mit den Herausgebern, die das Blatt anzeigenmäßig und überhaupt finanziell und in der Gestaltung machen, und Frau Harder, die als Textchef fungiert, wir wollen allerdings redaktionell aufstocken, die eigentliche Arbeit geht ja über meinen Tisch. Noch ein Kaffee?«

»Danke.«

»In der Zwischenzeit sollten wir schon mal ein paar neue Themen besprechen ...«

Was doch heißen mußte, daß sie den Artikel gebongt hatten. Das Spielchen Themensuchen zog ja jede Redaktion am liebsten auf: man müßte mal, man sollte wieder. Man müßte mal den Papst in einem Heißluftballon mit Ornella Muti, man sollte mal die Sekretärinnen von Helmut Kohl, man müßte mal wieder auf dem Roten Platz landen, aber diesmal mit unserem besten Fotografen und dieser italienischen Pornoabgeordneten, in eine rote Fahne gehüllt …

»Ich finde, man müßte mal etwas über Tourneetheater machen«, sagte Vicky Borchers-Bohne beim dritten Kaffee und der sechsten Zigarette.

»Tourneetheater?« Fabrici gähnte ausgiebig. »Entschuldigen Sie, der Empfang bei Bertelsmann gestern. Das Theater ist doch schon schlimm genug, dann auch noch Tourneetheater? Hardy Krüger als Charleys Tante, oder was ist das?«

»Hardy Krüger als Charleys Tante, das ist doch toll. Ich weiß nicht genau, was Tourneetheater ist. Aber ich finde das Thema reizvoll. Eine Woche mit einer Theatertruppe mitfahren durch diese Kurorte – Knilli hat mich draufgebracht, als wir über Theater gesprochen haben. Tourneetheater, hat er gesagt, ist die hohe Schule …«

»Ich hab's gelesen, Vicky. Wenn es besonders bizarr in der Optik wäre, könnte ich mir das ja vielleicht vorstellen. Aber ob es wirklich ein Crème-Thema ist? Fragen wir doch Frau Harder.«

Evelyn Harder hatte all das, was Crème verkaufte: lange Beine, blonde Löwenmähne, ein Montana-Ensemble, passend zum Parfum, arrogante Himmelfahrtsnase und Optik on the Rocks, mit Tabellar statt Olive. Vicky wurde begrüßt, als hätte sie der Crème schon einen Kisch-Preis für die beste Reportage ins Haus gebracht, und obwohl es erst elf war, gab es gleich das Glas Weißwein, das Frau Harder sonst erst Punkt halb zwölf gustierte. Fabrici entschuldigte sich mit einem anderen Autor. Das Manuskript legte er auf den fabelhaft aufgeräumten Schreibtisch neben die Vase mit der langstieligen Rose. Das große Zimmer der Textchefin war in Pastell gehalten, in Chrom, Stahl und Leder, mit Drucken von Ernst Fuchs, Hundertwasser, Miró an den Wänden und einer

Nana in der Ecke neben der Bar. Auf der Straße ratterten Preßlufthämmer. Am Baugerüst gegenüber peitschte der Regen die Plastikplanen.

»Schön, daß ich Sie endlich mal kennenlerne«, sagte Evelyn Harder und steckte sich ihre Menthol-Zigarette mit einem Dupont-Feuerzeug an. »Herr Fabrici ist ja ein sehr versierter Redakteur, aber leider tendiert er dazu, seine Autoren zu verstecken. Das hat er bei der Quick gelernt, und so macht er es jetzt, bis er in Rente geht.« Sie lächelte komplizenhaft – Männer, hieß das, spielen nun mal ewig Karl May. »Ich fand Ihren Artikel über die Ostberliner Jungen Wilden ganz prima – Sie wissen ja sicher, daß die neue Malerei ein besonderes Steckenpferd von mir ist –, und die Sache mit Knilli möchte ich auch drucken, obwohl ich glaube, daß Sie da ab Blatt 8 dem Gespräch eine Wendung gegeben haben, die den Leser etwas in die Irre führt ... ich meine diese Terrorismus-Passage ... aber darüber unterhalten wir uns später noch.«

Vicky fand Evelyn Harder unwiderstehlich: diese Frau hatte zwar, das wußte man ja, als Modeschnepfe angefangen, aber nach zehn Jahren harter Arbeit saß sie jetzt quasi als Chefredakteurin einer Lifestyle-Zeitschrift von 200 000 Auflage, steigend, da und hatte die goldenen Jahre vor sich, die ganz großen Blätter, die ganz hohen Auflagen, die wirklich wichtigen Leute in London, Paris, New York. Unheimlich intensiv, dachte Vicky, ihre ganze doch so coole Ausstrahlung: man merkt, diese Frau muß sich in ihrem Laden von keinem Mann mehr etwas sagen lassen.

»Und seit wann schreiben Sie, Vicky? Erzählen Sie mir doch ein bißchen von sich.«

Der Wein war eisgekühlt, prickelte auf der Zunge, die Zigaretten gingen nicht aus, das wirkte alles wie zwei Captas auf nüchternen Magen, es flimmerte neonartig im Hirn in diesem raffiniert ausgeleuchteten Chefzimmer, während draußen die Bohrer rasten und der Regen prasselte. Eine gute Atmosphäre, um von sich zu erzählen. Vicky erzählte gern von sich. Sie fand, daß sie einiges zu erzählen hatte mit ihren 28 Jahren.

»Meine erste Ehe, mit einundzwanzig, das war ja absoluter Wahnsinn, ich dachte, es wäre der Mann meines Lebens, ein Jahr später fand ich heraus, daß er seine Arztpraxis verzockt hatte, ich hab mich sofort scheiden lassen und wieder studiert, schreiben wollte ich immer schon. Ich hab dann aber dummerweise noch mal geheiratet, ich weiß auch nicht mehr genau, warum, ich glaube, ich wollte diese erste Ehe einfach auslöschen, diese menschliche Enttäuschung, dieses Fiasko, ich konnte mich ja zu Hause, in dem Städtchen im Rheingau, gar nicht mehr sehen lassen. Aber mein zweiter Mann, das genaue Gegenteil von meinem ersten Mann, war völlig introvertiert, ein sehr begabter Schriftsteller, glaube ich, nur völlig antriebslos, in sich verfangen, und eines Tages, ich war gerade auf meiner ersten großen Reportage in London, David Bowie und so, wow, toll, hat er mich angerufen und gesagt, ich weiß nicht mehr, warum ich lebe, ich weiß nicht, was ich schreiben soll, ich weiß nicht, was ich in diesem Land soll, aber ich weiß auch nicht, was ich woanders soll. Und als ich zurückkam aus London, war er tot. Schlaftabletten, Whisky, noch nicht mal ein Abschiedsbrief, und alles, was er je geschrieben hatte, verbrannt.«

»Das ist ja schrecklich«, fand Evelyn Harder. Sie war auch mal verheiratet gewesen. »Mein Mann war auch in der Branche, ein ganz Fixer, ich hab das damals sehr bewundert. Der schrieb eine Riesenserie in drei Tagen, immer unter Strom, aber auf Zeile, solange er funktionierte. Einer von diesen Jungs, die sehr schnell ausgebrannt sind. Wir hatten ja auch ein Kind, meine Tochter, sie geht in England zur Schule, und mein Mann ist völlig kaputtgegangen in diesem Männerjournalismus. Teurer Schnaps, schnelle Wagen, schnelle Mädchen, schnelles Geld. Eine Serie, die nie aufzuhören schien, und dabei innerlich ganz leer, eine Hülse. Er ist inzwischen im Ausland, ich weiß gar nicht, wo. Hat in Berlin noch eine schlimme Affäre gehabt, politisch-kriminell, journalistisch ist da nichts mehr gekommen. Diese ganze Generation ist ja ausgebrannt, die Männer, meine ich. Noch ein Glas? Und dann gehen wir essen. Was ist denn, Marion?«

Die Sekretärin hatte einen Besucher im Schlepptau, einen langen, dürren Mann in einem schäbigen Jackett und Hochwasserhosen, struppiger Schnurrbart, dicke Brille, ein ganz Ausgebrannter, schien es Vicky. Paßte gar nicht hierher. Paßte aber doch. Herr Franck, der Kolumnist.

»Haben Sie uns wieder etwas schön Fetziges geschrieben, Guido?«

»Ich denke schon.« Er warf ein paar Blätter auf den Tisch, wobei seine Knoblauchfahne Wolken zog. »Notizen vom Opiumkrieg, habe ich es genannt.«

»Opiumkrieg? Etwas Historisches?«

»Etwas völlig Aktuelles. Der Opiumkrieg tobt ja heute erst richtig. Die chinesische Mafia ...«

»Das klingt aber eher wie eine Reportage, Guido, und nicht nach einer Kulturkolumne.«

»Im Gegenteil. Der Zusammenhang zwischen Rauschgift und der Kunstszene ...«

»Ich lese es dann, Guido. Übrigens, das ist Vicky Borchers-Bohne, die uns so fabelhafte Berichte aus der Kulturszene schreibt. Herr Franck, ein Münchner Galerist, der unsere kritische Kolumne macht. Was wollten Sie sich als nächstes vornehmen, Vicky?«

»Ich würde furchtbar gern etwas über Tourneetheater machen. So richtig über die Dörfer mit einer Tourneetruppe, ich könnte mir das auch ganz bizarr in der Optik vorstellen …«

Warum grinste der Kolumnist denn so gräßlich?

»Da könnte ich Ihnen sogar helfen«, sagte Guido Franck.

»Crème? Die kenne ich gar nicht.«

Ein fabelhaft aussehender Mann, dieser Dr. Trebitsch, wie aus einem Schnitzlerschen K.-u.-k.-Melodram, aber ziemlich zugeknöpft. Vicky kannte diesen verschleierten Blick von ihrem zweiten Mann: den Nada-Blick hatte sie ihn genannt, nach Hemingways Nada-Gebet in dieser echt starken Kurzgeschichte, sonst mochte sie den Angeber nicht.

»Ich hab Ihnen gleich ein paar Hefte mitgebracht. In dem einen hab ich etwas geschrieben über Ostberliner Maler, vor drei Monaten, das hat ein ziemlich großes Echo gehabt in der Szene.«

Während er mit seinen langen Pianistenfingern die Hochglanzhefte durchblätterte – mit diesen Augen brauchte er bestimmt eine Lesebrille, aber sicher war er zu eitel, um sie aufzusetzen –, betrachtete Vicky die Aussicht. Das Hotel lag direkt am Tegernsee. Dichte Regenwolken verpackten die Berggipfel. Über dem dunklen See trieben Nebelfetzen. Ein Schwan tauchte an der Bootsanlegestelle auf, aber die alten Damen, die ihn zu füttern pflegten, saßen in ihren Polsterstühlchen im Tea-Room und fütterten sich mit Kaffee und Crème. Die Lampen brannten schon am Nachmittag. Es roch nach Zimt und Lavendel. Wie in Zuckerwatte, fand Vicky, wattiertes Leben. Wenn sie sterben, merkt es keiner, nur der Regen. Und der Schwan zieht seine Kreise.

»Nun ja«, befand Trebitsch, nachdem er sich dezent geräuspert hatte, »ich ziehe ja diesem hurtigen, modisch plakativen

Journalismus den eines Joseph Roth oder meinetwegen sogar Tucholsky vor, aber mein Geschmack ist sicher eher konventionell, um nicht zu sagen konservativ – ich meine das keineswegs politisch, da würde ich es mit dem Anarchen Ernst Jüngers halten. Aber wenn Sie eine ernsthafte Reportage über unser bescheidenes Tourneeunternehmen versuchen wollen – bescheiden in seiner materiellen Ausstattung, was das Künstlerische angeht, strebe ich, so gut es geht, erstklassiges Handwerk an –, dann will ich Ihnen keine Steine in den Weg legen. Sie müßten allerdings Herrn Kuchenbecker vom Thespis-Theater informieren, unseren Patron und Chef.«

»Mit Herrn Kuchenbecker habe ich schon gesprochen. Er fand die Idee ganz toll.«

»Ah ja? Nun, für ihn läuft das natürlich unter der Rubrik Kostenlose Reklame, die Belastungen, die so eine Reportage unter Umständen für uns mit sich bringt, kann er sich wahrscheinlich gar nicht ausmalen.«

»Was für Belastungen sollten das sein, Herr Dr. Trebitsch?«

»Den Dr. lassen Sie lieber weg, Frau Borchers-Bohne, ich führe meinen akademischen Grad im Theater nicht. Belastungen, tja – wir sind noch keineswegs eingespielt nach gerade vier Tagen Tournee, die Schwierigkeiten innerhalb der Gruppe, das hat alles noch sehr ambivalenten Charakter, und Frau Liebling, um nur dies vorweg zu erwähnen, hat eine solche Tournee schon seit vielen Jahren nicht mehr gemacht und überhaupt nur wenig Bühnenerfahrung, sie sollte sich wirklich ganz auf sich und ihre Rolle konzentrieren. Gegen Belastungen spricht an sich gar nichts, aber es ist alles eine Frage der Belastbarkeit.«

Oh Mann. »Wenn es Ihnen jetzt noch nicht paßt, könnte ich auch später dazustoßen. Herr Kuchenbecker sagt, die Tournee geht bis Ende August.«

»Ja, vielleicht wäre es sinnvoller, wenn Sie erst in ein paar Wochen dazukämen, wir haben da eine längere Strecke vorwiegend im norddeutschen Raum, Nordsee, Ostsee, Harz...«

»Kein Problem. Es gäbe ja auch andere Tourneen, aber ich habe mir nun mal gerade Ihre in den Kopf gesetzt.«

»Tatsächlich? Für Sensationen sind wir aber sicher nicht gut.«

»Es geht mir auch nicht um Sensationen bei dieser Geschichte. Die Tournee als Symbol, das schwebt mir irgendwie vor.«

»Eine Theatertournee ist vor allem harte Arbeit. Darf ich fragen, welches Ihre bevorzugten Themen sind?«

»Ach, ich mache eigentlich so ziemlich alles, was ich kriegen kann – Porträts, Kulturreportagen, Film, mal auch Politik...«

Trebitsch räusperte sich und nahm noch einen Schluck von seinem Pfefferminztee, der längst kaltgeworden war.

»Nun ja, wenn man anfängt, muß man sein Feld wohl erst abstecken. Mir ging das ja auch nicht anders bei der Bühne, nach dem Krieg haben wir doch auch alles gespielt, was wir bekamen, und ich habe auch noch durchaus mit seriösen Absichten studiert und über Husserls Phänomenologie promoviert und sogar ernsthaft mit einer Lehrtätigkeit geliebäugelt ... aber die leichte Muse hat dann doch mehr in die Waagschale geworfen. Alles eine Frage der Umstände, des Kairós, wie die Griechen sagten.«

Er sah zu, wie sie ihren Kuchen aß, freundlich lächelnd, aber vollkommen zurückgezogen in seiner Welt, Robinson, der seinen Freitag schon lange nach Hause geschickt hat.

»Und seitdem machen Sie Tourneetheater?«

»Ich hätte auch feste Häuser haben können, aber ich bin

wohl ein unheilbarer Vagant, ja wahrhaftig, ein Philosophen-Striese.«

»Striese?«

»Den müßten Sie aber kennen, wenn Sie über Tourneetheater schreiben, der unsterbliche Striese aus dem Raub der Sabinerinnen der Brüder Schönthan – kein Begriff?«

»Tut mir leid. Ich werd's mir besorgen.«

»Dürfte wohl kaum als Taschenbuch zu haben sein. Ich kann Ihnen ja, wenn wir zusammen reisen, mein Exemplar ausleihen. Striese, das ist die klassische Figur des ambulanten Theaterdirektors, die Großfamilie auf der Wanderbühne, und beileibe keine billige Klamotte – das hat, etwa 1880 geschrieben, große realistische Qualität, echtes Volkstheater.«

»Haben Sie Striese auch schon gespielt?«

»Meine Liebe, sehe ich wie ein sächsischer Schmierenkomödiant aus? Nein, mir blieb nur, den Striese philosophisch zu verinnerlichen. Wenn man mehr als 25 Jahre für Leute wie Kuchenbecker als eine Art B-Picture-Held des Tourneetheaters reist – nicht meine Formulierung, die eines meiner wenigen wohlwollenden Kritiker –, bleibt einem auch gar nichts andres übrig, wenn man nicht verrückt werden will, und dazu habe ich kein Talent. Vielleicht bin ich ja eher ein Nachfahre der Stoa als ein Striese.«

Eine verirrte Fliege schwirrte um seinen graumelierten Kopf, aber als wahrer Stoiker rührte er sich nicht. Vielleicht war er auch insektophil. Irgendein Abgrund mußte doch unter solchen Manieren, solchen Sätzen lauern. Sie erkundigte sich nach dem Stück, mit dem die Truppe reiste.

»Französischer Boulevard der Jahrhundertwende. Nett. Eine leicht zu servierende Gaunerplotte. Uns Deutschen liegt der Boulevard ja nicht. Bei uns muß ja alles schwer und tief und bedeutungsvoll sein. Und dann sind natürlich acht Probentage ein bißchen arg kurz, um meinen Ansprüchen gerecht zu werden. Wieviel Uhr ist es? Frau Liebling läßt uns warten. Nun ja, Staralllüren hat sie jedenfalls.«

»Sie gilt aber doch als großes Talent.«

»Und das seit zwanzig Jahren. Talent, meine Liebe, das werden Sie auch aus Ihrem Metier kennen, reicht auf die Dauer nicht. Genie, das sind bekanntlich ein Prozent Talent und neunundneunzig Prozent Fleiß. Und Frau Liebling hat wohl in den letzten Jahren ihr Talent schleifen lassen, fürchte ich. Zuviel Skandälchen, zuwenig solides Arbeiten. Eine schwierige Person, nicht ohne Anziehungskraft. Ein Jammer, solches Talent brachliegen zu lassen. Eine Schande, genauer gesagt. Nun, ich kann natürlich zehn Jahre Schluderei nicht über Nacht bereinigen, aber ich glaube, Frau Liebling beweist auf der Bühne heute schon, daß sie mehr kann, als in unbedeutenden Jung-Filmchen ihr zweifellos hübsches Gesicht hinzuhalten – von anderen Körperteilen zu schweigen. Das ist natürlich off the record, wie man in Ihrer Branche sagt.«

Was für ein Spaß, mit diesem Mann zu arbeiten, dachte Vicky. Der Wein vom Mittag und die Komplimente Evelyn Harders schwirrten noch in ihrem Kopf, prickelten wie Sektblasen. Obwohl sie Vicky dann mit ihrem Artikel und dem müden Fabrici alleingelassen hatte, ihr kriegt das schon hin, Kinder, nächste Woche in Satz. Alles in der Schwebe. Arbeiten Sie da mal hart, Dr. Trebitsch. Sie lächelte ihn an. Sie wußte, ihr Lächeln war mit ihr Bestes, trotz der vorstehenden Zähne.

»Und Sie, Herr Trebitsch, haben Sie keine Brüche in Ihrer Karriere?«

»Aber gewiß. Ich lebe aus meinen Brüchen.«

»Vielleicht macht das Frau Liebling auch so.«

»Ich sehe schon, Sie werden gut mit ihr auskommen.

Schwesterlich, und das braucht sie. Aber schmieren Sie ihr nicht zuviel Butter auf die Stulle. Ein bißchen Sympathie ist gut fürs Ego einer Schauspielerin, zuviel davon, und sie fängt an zu schlampen.«

»Ich mache meine Reportagen so, wie ich es gelernt habe.«

»Ah, man kann Sie also auch treffen.«

Er lächelte etwas geziert und gab ihr Feuer für ihre Zigarette. Dann wandte er sich dem See und einem Thema zu, das ihn viel stärker beschäftigte.

»Jedesmal, wenn ich in Bad Wiessee gastiere, kommen mir Bilder in den Kopf von dem, was hier um die Ecke 1934 geschehen ist.«

Schon wieder eine Übungsfrage. »Sie meinen diese Morde?«

»Als Hitler seinen engsten Gefolgsleuten den kurzen Prozeß machte, den er verdient gehabt hätte. Ich stamme aus einer reichsdeutschen Familie – das wird Ihnen gar nichts mehr sagen –, tief national. Einer meiner Onkel war Pressesprecher beim Kapp-Putsch. Zugegeben, kein Posten, der für eine bürgerliche Karriere im Deutschen Reich sprach, und schon gar nicht in der Republik. Er wurde dann auch Buddhist. Ein Abenteurer. Aber für uns war 1934 Schluß mit Hitler, nicht erst 1945, als die Sieger uns Demokratie und Sozialismus beibrachten. Und heute spiele ich Tourneetheater, wo damals die Prätorianer des Gefreiten ihr Blut ließen. Die Geschichte hat schon einige gelungene Aperçus auf Lager, finden Sie nicht?«

»Aber 1934 können Sie doch höchstens ein paar Jahre alt gewesen sein.«

»Na und? Die Geschichte gilt auch für Kinder und Greise, und zwar zum vollen Preis.«

Er schlug die Beine in den tadellos gebügelten dunklen

Hosen übereinander, und sie wußte, daß es nur eine Rolle in dem K.-u.-k.-Melodram für ihn gab – den jungen Leutnant, der sich der Ehre wegen erschießt. Ein Bühnenlächeln verzerrte sein scharf geschnittenes Gesicht.

»Ah, da kommt ja Frau Liebling. Denken Sie, Natascha, diese junge Dame will eine Reportage über uns schreiben in der Zeitschrift Crème, ich nehme an, Sie kennen sie?«

»Crème?« Sie gab Vicky nicht die Hand, berührte dafür flüchtig ihre Schulter, kennt man einen Schreiber, kennt man alle. »Das haben wir bestimmt meinem Ex-Schwager Guido zu verdanken. Wenn Sie schlecht über uns schreiben, laß ich ihn einen Kopf kürzer machen.«

Mensch Meier, das glaubt doch keiner, Schauspieler – Natascha Liebling, dunkelblaues Taftkleid, groß dekolletiert, Stöckelschuhe, Pelzcape, eine Rose im Haar, und der spillrige Ede in einem weißen Leinenanzug mit gepunkteter Fliege zu gestreiftem Hemd und genau dem Strohhut, den er als Laurettes Bruder auf der Bühne trägt, ready to go: ins Spielcasino Bad Wiessee.

»Tut mir leid, wenn Sie warten mußten, aber erst konnte ich den richtigen Lippenstift nicht finden – Paloma Picasso, toll, nicht? –, und dann fiel mir ein, daß ich mein I Ging noch nicht geworfen hatte. Ich mach's ja nicht mehr jeden Tag, wie früher, aber vor dem Jeu, wie, Ede?«

Und der Kleine ist verknallt in sie über beide Ohren.

»Und, wirst du gewinnen, Natascha?«

»So etwas sagt das I Ging nicht. Nicht direkt. Sind Sie fertig, Vicky?«

»Muß nur noch bezahlen.«

»Lassen Sie. Ober, setzen Sie das auf meine Rechnung, Zimmer 106.«

»Selbstverständlich, Frau Liebling.«

»Ede, du holst bitte den Wagen. Ich setze keinen Fuß in diesen Regen.«

»Stets zu Diensten, Natascha.«

»Ist er nicht süß? Er möchte unbedingt eine große Liebesaffaire mit mir, aber das geht natürlich nicht. Nicht wegen des Altersunterschieds, aber er ist auch als Schauspieler noch ein Grünschnabel. Und Techtelmechtel mit Kollegen, schrecklich. Komisch, beim I Ging – Sie kennen doch das I Ging? – fiel gerade das Zeichen für Gemeinschaft mit Menschen, und das setzt sich aus dem Urzeichen für das Schöpferische und dem für das Haftende, das in der Mitte leer ist, zusammen.«

»Gemeinschaft mit Menschen, das ist doch ein schönes Zeichen.«

Sie wandte Vicky ihr Gesicht zu, die bittenden Augen, den störrischen Mund, rot wie die Rose.

»Finden Sie? Im Kommentar steht ein Vers von Kungtse, zwei Zeilen hab ich mir gemerkt: Und wo zwei Menschen sich im innern Herzen ganz verstehn, sind ihre Worte süß und stark wie Duft von Orchideen.«

Oh Jesus, was für ein Kitsch.

»Wunderschön.«

»Aber wann haben Sie solche Worte zum letztenmal gehört?

»Oh Gott, das muß schon eine Weile her sein.«

»Sehen Sie. Geben Sie mir auch eine Zigarette.« Sie rauchte hastig. »Das Haftende ist in der Mitte leer. Darüber könnte man ewig nachdenken, nicht? Da ist Ede.«

Im Auto, neben Ede, der sie sogar beim Fahren mit den Augen auszog:

»Und wie finden Sie das Stück? Wir spielen es noch zu

langsam, ich weiß, das schleift sich noch. Aber an sich ist es süß. Wenn ihr wollt, daß ich wieder Theater spiele, hab ich gesagt, müßt ihr mir ein französisches Boulevardstück geben, ich hab doch diesen zeitgenössischen Seelentinnef vom Film her so satt.«

»Das Stück ist niedlich, ich weiß nur nicht, ob dieses Bäderpublikum alle Pointen mitkriegt.«

»Ach wissen Sie, soll man sich darüber Gedanken machen? Die Leute möchten sich unterhalten, das ist doch legitim, und ich gehöre nicht zu den Schauspielern, die ihr Publikum für dümmer halten als sich selbst.«

»Das Stück ist schaurig schön«, Ede zitierte seinen Albert. »Nach zwei Monaten spielen wir das wie Beckett – archaisch. Da will Trebitsch doch sowieso hin. Meine Damen, das Spielcasino! Faîtes vos jeux!«

»Bitte den Schirm, Albert!«

»Aber sofort, meine Süße!«

Untergehängt die Treppe hoch, vertrautes Ambiente, Plüsch, Marmor, strahlende Lüster – Thomas hatte sein ganzes Erbe verzockt in Bad Homburg, bevor er die Schlaftabletten schluckte.

»Frau Liebling? Aber gewiß doch, Sie haben Ihre Karte. Und die Herrschaften sind zum ersten Mal hier? Ah, vom Theater, wenn Sie sich bitte eintragen wollen ...«

»Erst ein Glas Champagner, Ede. Du kannst ja schon mal Geld wechseln.« An der Bar, gedämpft, große Dame, ein Hauch von Vertraulichkeit. »Als ich neulich in München gedreht habe, war ich zuletzt hier. Hatte 23 000 Mark gewonnen in einem Lauf, und dann hat mich ein Filmmensch aus Asien angesprochen, ein richtiger Tycoon, toll aussehender Typ, Geld wie Heu offensichtlich, wollte mich auf der Stelle engagieren. Hat mich so durcheinandergebracht, daß ich falsch gespielt und alles wieder verloren habe. Na ja, some you win, some you lose, sagen sie in Las Vegas.«

»Kann man das denn, falsch spielen? Die Bank gewinnt doch immer.«

»Wenn ich mit den 23 Riesen aufgestanden wäre, hätte die Bank gegen mich an diesem Abend jedenfalls nicht gewonnen, Herzchen. Haben Sie noch nie gespielt?«

»Mein zweiter Mann hat sein ganzes Erbe verspielt, das hat mich doch ziemlich abgeschreckt.«

»Das ist ja schrecklich, so jung und schon zweimal verheiratet.«

»Ich glaube, davon bin ich jetzt geheilt. Haben Sie denn das tolle Angebot angenommen?«

»Das ist es ja. Ich hab aus Versehen seine Karte weggeworfen, und jetzt bin ich auf Tournee.«

»Der wird Sie schon finden, wenn er Sie braucht. Wollen wir's riskieren?«

»Ich will Sie aber wirklich nicht dazu verführen, Vicky. Als Journalistin verdient man doch sicher keine Reichtümer. Was bekommen Sie für so eine Reportage? Ich erzähl's auch nicht weiter.«

Vicky legte noch etwas drauf. »Vier- bis fünftausend Mark zahlt Crème.«

»Sehen Sie! So ein sündhaft teuer gemachtes Heft, und die Autoren werden ausgebeutet. Es ist überall dasselbe. Gut, spielen wir. Ede, besorg uns zwei Plätze!«

Der Page kannte sie noch und auch der Croupier, guten Abend, Madame, schön, Sie wiederzusehen, Madame, faîtes vos jeux, Messieursdames, rien ne va plus, die Kugel klapperte, hüpfte gegen den Dreh des Rads, blieb schließlich liegen, eine Acht, pair, noir, manque, erstes Dutzend, transversale pleine, sonst noch was?

Und statt Gold wurde Plastik gesetzt.

»Spielen Sie einfach die einfachen Chancen, Vicky, das ist am Anfang am besten, und passen Sie höllisch auf Ihr Geld auf, hier wimmelt es von Gaunern«, mahnte die Liebling, die selbst mit ihren Chips um sich warf, als hätte sie Berge davon. Aber je länger Vicky sie beobachtete – Ede hatte gleich seinen Einsatz verloren und stand nur hinter ihrem Stuhl wie ein Bodyguard –, desto sicherer spürte sie, daß die Schauspielerin nicht wegen des Roulettes im Casino war.

Sie wartet auf den Tycoon.

Mensch Meier, muß diese Frau verzweifelt sein.

Das Haftende ist in der Mitte leer.

Nach 20 Minuten hatte La Liebling schon genug, Vicky, mit 150 Mark im Plus, stand auch auf. Noch ein Glas an der Bar? Aber ja doch. Es gibt nun mal Abende, da läuft gar nichts.

»Dann hör doch auf, Natascha.«

»Kluger Ede. Wenn alle so klug wären, stürbe ich vor Langeweile. Entschuldige, du hast es gut gemeint. Ich weiß gar nicht, ich fühl mich heute so komisch, wie bei Föhn, dabei ist gar kein Föhn.«

»Nach sechs Wochen Dauerregen ist das kein Wunder. Ich komm selbst schon mit meinen Depressionen gar nicht nach.«

»Nett gesagt, Vicky. Dabei fühle ich mich im Grunde wunderbar. Ich spiele, die Tournee ist richtig spaßig, die Kollegen sind reizend, der Regisseur ein unentdecktes Genie, und in Deutschland regnet es sowieso die meiste Zeit. Sie kommen dann im Harz zu uns?«

»Ja, in zwei bis drei Wochen.«

»Suchen Sie sich ein paar hübsche Orte aus. Es gibt nichts Schlimmeres als diese elenden Kurnester im Regen, Provinzhotels, wo jede Diele knarrt, ewig dasselbe Ei zum Frühstück, siebzig Rentner im Saal, die sich zu Tode kuren, und morgens um fünf fängt die Glocke der Dorfkirche an, dich an deine Sünden zu erinnern.«

»Ist es wirklich so schlimm, Ede?«

»Besser als arbeitslos.«

»Wer kommt denn da?«

Aber er war's nicht, er zeigte sich nicht, er schwebte nicht vom Lüster, der Mann, auf den Natascha Liebling wartete, er füllte die Leere im Haftenden nicht aus, und als Vicky Borchers-Bohne nach München zurückfuhr, dachte sie an die verschwommenen Andeutungen, die Guido Franck gemacht hatte. Komisch, das plötzliche Auftreten chinesischer Tycoons. Es regnete stark, aber Vicky fühlte sich gut. Schreiben war gut. Besser als die Gemeinschaft mit Menschen war, über sie zu schreiben, und dann nicht an ihnen haften zu bleiben, sondern weiterzuhüpfen wie die Kugel im Roulettekessel, sieben, ätsch, dreiundzwanzig, ätsch, siebzehn, money. In München war es erst kurz nach elf. Sie ließ sich vom Taxi zum Ludwig's fahren und rief Guido Franck an.

Harry Lipschitz. 56. Agent auf Rente. Macht in Bad H. Kururlaub. Mit Ellie, klar. Den Jaussen kennt er aus Berlin. Das interessiert ihn, was der da macht. Und so kommt eines zum andern und Lipschitz wieder zum Einsatz. Er, das ausrangierte alte Eisen, ist die moralische Kraft, die die andern stellt.

"Das ist schön bei uns Deutschen; keiner ist so verrückt, daß er nicht noch einen Verrückteren fände, der ihn versteht."
　　　　　　　　　Heine, Harzreise

Aus Fausers vermutlich im Dezember 1986 begonnenem Notizbuch

Exposés und Entwürfe zu
Die Tournee

Zur Edition:
Grundlage der vorliegenden Edition ist ein Typoskript mit 169 handschriftlich korrigierten Seiten, an dem Jörg Fauser bis zu seinem Tod gearbeitet hat. Darüber hinaus finden sich im Münchener Fauser-Nachlaß Fragmente von zwei früheren Fassungen des ersten Teils der *Tournee* und zwei DIN-A4-Kladden mit handschriftlichen Vorarbeiten zu jenen Kapiteln des Romans, die Fauser bis Mitte Juli 1987 fertigstellen konnte. Zwei mit Schreibmaschine geschriebene Exposés sowie eine Reihe von handschriftlichen Entwürfen in drei Blöcken und zwei Notizbüchern vermitteln eine grobe Vorstellung davon, wie er den Roman fortsetzen wollte.

Im folgenden werden alle im Nachlaß vorhandenen Entwürfe wiedergegeben, die über die bereits ausgearbeiteten Teile des Romans hinausweisen. Die Vorstufen zu den mehrfach überarbeiteten abgeschlossenen Kapiteln bleiben unberücksichtigt.

Auf editorische Eingriffe haben die Herausgeber weitgehend verzichtet, allein schon deshalb, weil Fauser kaum orthographische Fehler gemacht hat. In den als Typoskript überlieferten Texten wurden lediglich offensichtliche Flüchtigkeitsfehler und kleinere Versehen stillschweigend korrigiert.

In den transkribierten handschriftlichen Notaten stehen Hinzufügungen und Hinweise der Herausgeber in eckigen Klammern ([...]), Einfügungen von Fausers Hand von oben stehen zwischen zwei nach unten zeigenden Pfeilen (↓), Einfügungen von unten werden entsprechend markiert (↑). Unsicher entzifferten Wörtern wird ein Fragezeichen in eckigen

Klammern nachgestellt: [?]. Nicht entzifferte Buchstaben werden durch Platzhalter ersetzt (xx). Seitenenden in Fausers Notaten werden mit einem senkrechten Strich (|) markiert.

Jan Bürger und Rainer Weiss, April 2007

1.
Exposé, 2. November 1986, Typoskript

Jörg Fauser / Romanprojekt

KAISER VON CHINA
(Arbeitstitel)

Einige Jahre, nachdem er in einem asiatischen Gefängnis den ›Kaiser von China‹ kennengelernt hat – so der keineswegs nur scherzhaft gemeinte Spitzname eines eurasischen Gangsters, dessen kriminelle Energie ihn zu einem der meistgesuchten Verbrecher Asiens, dessen Fähigkeit, aus jedem Gefängnis Asiens auszubrechen, ihn zu einem Mythos gemacht haben – ist Charles Kuhn (37) wieder in die Gefilde der Bundesrepublik zurückgekehrt. Seine Jahre auf dem Asien-Treck der Glücksritter und Abstauber haben ihm nicht das nötige Kleingeld gebracht, um sich irgendwo in ein Casino einzukaufen oder ins Filmgeschäft einzusteigen, geschweige denn, um sich auf Sylt oder im Voralpenland zur Ruhe setzen zu können. Was ihm aber Asien und besonders die Begegnung mit dem ›Kaiser von China‹ gebracht haben, sollte sich, findet er, gerade im Deutschland der ›Wende‹-Zeit auszahlen: sich leidenschaftslos der Lage anzupassen und rücksichtslos den eigenen Vorteil auszunützen.

   Sommerzeit, Bäderzeit – Zeit des Tourneetheaters. Mit einer Produktion der Gebrüder Samson in Berlin – einem Boulevardstück von Somerset Maugham – geht Regisseur Lambert v. Trebitsch zur Premiere nach Bad P., einer typischen kleindeutschen Bäderstadt mit Casino-Betrieb. Star des Stücks ist Alisa Althen (ca. 40), Trebitschs vierte und – er ist knapp 50 – sicher nicht letzte Frau. Die Ehe besteht schon jetzt nur noch auf dem Papier und dem Finanzamt zuliebe, obwohl – künstlerisch kennt man sich eben durch und durch. Ansonsten steht Alisa Althen vor der großen Krise als Frau und Mimin – vor dem großen Rollentausch von der Kokotte zur Tragödin –, ist zunehmend dem Alkohol und dem Tarot ergeben und tröstet sich mit flüchtigen sexuellen Abenteuern, zur Zeit mit Jochen Skopik, dem jugendlichen Liebhaber des Stücks. An einem Freitag kommt die Truppe in Bad P. an; noch fehlt es am Nötigsten; bis Sonntag, zur Premiere, sind fieberhafte Aktivitäten angesagt – aber die Hitzeglocke, die über Mitteleuropa liegt, lähmt die notwendigen Energien und setzt um so mehr Emotionen, flittrige Leidenschaften, künstliche Stimmungen, schnelle Bedürfnisse frei.

Was Charles Kuhn sehr entgegenkommt. Ziemlich abgebrannt nach einer Pechsträhne mit den Damen und dem Spielglück ist Kuhn in Bad P. gelandet. Der gutaussehende Mann mit den melancholischen Augen und dem harten Mund ist auch auf Bädertournee – er reist auf vermögende ältere Frauen, auf der Spieler-Masche, dem Dostojewski-Trip (»Wenn ich morgen nicht gewinne, geb ich mir die Kugel« … »Aber nicht doch, Charles … doch nicht wegen Geld!«). Als Alisa Althen nach der völlig mißglückten Kostümprobe ins Casino flüchtet und Charles Kuhn begegnet, knallt es sofort. Dieser Mann – fühlt die Mimin – ist die Wirklichkeit, die sie auf der Bühne nicht mehr findet; diese Frau – schätzt Charles Kuhn – ist mehr als eine flüchtig sprudelnde Einnahmequelle und ein rasantes Abenteuer im Bett, das wäre die Kaiserin von China.

Mit Bronchitiden ist nicht zu spaßen, deshalb hat sich Yvonne Mahler-Kauck (29) das Rauchen abgewöhnt und sogar diese blöde Kur in dieser hinterletzten Provinzidylle gemacht, aber jetzt – eine Woche vor der Entlassung – ist die freiberufliche Journalistin doch schon wieder am Telefon, am Planen und Abchecken: Gesundheit kann sich unsereins doch gar nicht leisten. Soll sie jetzt noch die Festwochen-Serie abnudeln oder lieber nach Nigeria wegen dem Welthungerfestival oder nach Bad O., 15 km Luftlinie, wo der Wirtschaftsminister abspeckt, ein Exklusiv aus dem Mann rauskitzeln –? Ja, man muß schon durchblicken in diesem Beruf, als Frau, die nach vorne will. Den Durchblick behält Frau Mahler-Kauck auch ganz klar, als sie in der Hotellobby diesem wahnsinnig gutaussehenden Mann mit dem finsteren Blick und dem grausamen Mund begegnet: das kann nur der Conny Appel sein, Nr. 1 auf der Hitliste des BKA, der Terrorist, der nachher immer Blumen schickt. Was für eine Story! Ein Scoop! Am Samstagnachmittag ruft Yvonne Mahler-Kauck einen Chefredakteur an ... am Sonntagabend gibt es im Kursaal von Bad P. eine Weltpremiere.

Und am Dienstagnachmittag antwortet ein neuer Untersuchungshäftling in der Anstalt von Bad P. auf die Frage eines Häftlings, wer er denn schon sei, vielleicht der Kaiser von China, nach einigem Nachdenken: »Ja, ich glaube schon.«

2. November 1986

○

Der Mann, der sich Charles Henku nennt, sieht Esterhazy aus der Galerie kommen und in einem überbauten Mercedes davonfahren. Die Bardame im Thai-Stübel streicht sich eine lange schwarze Haarsträhne aus dem Gesicht und sieht ihn lächelnd an.

"Noch etwas zu trinken?"

Er erwidert das Lächeln und bestellt auf Thai einen Früchtecocktail ohne Eis. Seit er das Stübel betreten, auf dem Barhocker Platz genommen und von dem aus seinen besten Blick über die Straße hat in seinem leisen, nörgelnden, aber fast akzentfreien Thai eine scharfpfeffrige Suppe und ein Glas Singhabraun bestellt hat, haben die Bardame und ihr Bruder, der Koch, schon zweimal wispernd in der Küche wispernd konferiert. Nach der ersten Konferenz ist der "Freund" der Bardame — bis vor einer schnurrbärtige hagere Kopf Produkt von der & mit einer Bodybuilder Figur — aufgetaucht, hat sich einen Kaffee geben lassen und ihn hinter der Bar festmachen, womit er kaum den fremden Gast einer gewissen tiefen Prüfung unterzog, die damit geendet hat, dass er der Bardame auf gut bayrisch "Wiegemacht hat, Sie mögen ihn in hohe ehren

VERLIEREN IST
DUMM — KURIN

2.
Exposé, vermutlich Dezember 1986, Typoskript

<u>Die Lieblings</u>
Roman

Zürich, Januar. Charles Kuhn, ein Spieler und Hasardeur am Rand der Unterwelt, Ende 30 und vor kurzem nach mehreren Jahren in SO-Asien nach Mitteleuropa zurückgekommen, ist mal wieder pleite. Mit einer Gefährtin, Bianca, klappert er die Demimonde auf der Suche nach einem schnellen Coup ab. Bianca soll den Lockvogel spielen. In einer kalten Nacht in Zürich wird sie von Zuhältern, die in ihr eine Wilderin vermuten, brutal zugerichtet. Kuhn kommt knapp davon: Was ist denn nur in Europa los?

Hamburg, Januar. Endlich ist es soweit: Natascha Liebling soll wieder auf der Bühne stehen. Viel ist der 43jährigen vom Flitterglanz vergangner Starzeiten nicht geblieben außer Erinnerungen an eine Karriere, die knapp unterhalb des Zenits begann und dann nur noch nach unten ging, und Alpträume: an kaputte Ehen, Offenbarungseide, Alkohol- und Drogenexzesse, Ersatzsex. Die 70er Jahre hat die Liebling mehr oder weniger vertan, in den 80ern sich allmählich gefangen. Immer noch ist ihre Schönheit, ist ihr Talent ein Jungbrunnen; aber wenn sie es jetzt nicht packt ... Und sie packt es nicht. Am Abend vor der Premiere der Noel-Coward-Komödie betrinkt sie sich, nimmt einen Fremden mit ins Bett, wacht auf und weiß nicht, wer sie ist. In der Klinik wird sie es gesagt bekommen. Im Theater ist sie erledigt.

Hannover, Februar. In einem Kaufhaus geht eine Bombe hoch. Gelegt hat sie ein Mann, der mit richtigem Namen anders heißt, als er seit vielen Jahren heißt. Sein derzeitiger Deckname ist Jansen, er ist 35 und ging vor 10 Jahren als untergeordnetes Mitglied einer kriminellen Vereinigung dem Verfassungsschutz in eine Falle. Umgedreht, arbeitet er seitdem für seinen Agentenführer, für einen Verbindungsmann zum BKA und auf eigene Rechnung. Die Kaufhausbombe war mit dem Amt nicht abgesprochen, und bei einem Treffen macht der Beamte Jansen klar, daß er ihn fallenlassen wird, wenn er Extratouren dieser Art macht: fallenlassen in den Bunker. Für zehn Jahre Minimum. Jansen beschließt abzutauchen. Er hat ja auch noch andere Kunden.

München, Februar. Charles Kuhn trifft alte Bekannte. Da ist Esterhazy, Anlageberater und Investitionsschwindler, Lebemann alter Schule: in einer Zeit, in der Schulbuben sich schon mit ihrem Heimcomputer in die Anlagen von Großbanken einschalten, sieht er irgendwie alt aus. Andererseits die Schickimickis: großes Getue und kein Bargeld dahinter. Aber wenigstens eine Mieze müßte Kuhn aufreißen (Zürich ist nicht vergessen, aber von irgendwas muß ein Mann ja schließlich leben). Es klappt dann auch, und beim Absahnen macht Kuhn die kurze Bekanntschaft mit einer schönen, etwas verstörten Frau, die an der Hotelbar eine Szene macht. Ist das nicht die ...? Da war doch mal ein Film mit ...? Natascha Liebling, klar. Na, an der sind die Zeiten auch nicht spurlos vorbeigegangen.

Berlin, März. Wenn er in den Spiegel sieht, erblickt Greg Meyer, 28, Wiener Halbjude mit englischem Paß, die untrüglibarer Zeichen: zuviel Koks. Und zu wenig Erfolg. Meyer versteht sich als Allroundgenie, und die haben es eben schwerer als normale Genies: Wer alles kann, dem traut man gar nichts zu. Immerhin, seit zwei Jahren mit allen möglichen Stipendien in Berlin, gilt Meyer schon als Mann mit Zukunft. Gestern die Dichterlesung, Wahnsinn: Greg war gar nicht vorgesehen, aber am Schluß drehte sich alles um ihn. Und er drehte sich mit. Vielleicht eine Drehung zuviel. Der Boy, der da im Bett liegt (Greg mag es von allen Seiten), sieht sogar ziemlich gefährlich aus. Am besten, man läßt ihn ausschlafen und geht selbst erst mal auf die Rue. Und sieht bei der Gelegenheit bei Malenski vorbei, dem alten Theaterimpresario, der einem schon lange eine Regie versprochen hat. Und siehe da, Malenski hat sogar was in Aussicht.

München, März. Malenski spricht bei Natascha Liebling vor. Was ist, Kindchen, hast jetzt lang genug ins Glas geschaut? Und in die Tarotkarten? Ins Nichts, dem wir alle entgegeneilen, nur du eilst etwas eiliger? Oder magst wieder was arbeiten? Mögen ist gut. Die Liebling muß. Sie lebt praktisch von Luft. Alle Konten überzogen, jeder Kredit gesperrt, und sogar den Schmuck wollen sie ihr pfänden. Also –: aber ausziehn tu ich mich nicht. Als wenn Malenski Sexfilme drehte. Nein, Malenski ist immer noch und ausschließlich im Tourneebetrieb tätig, Spezialist für Bädertourneen, kein deutsches Kurbad, wo Malenski nicht schon für Theater gesorgt hat. Und jetzt denkt er: Theater soll sie erst mal nicht spielen, die Liebling. Aber singen kann sie doch auch. Und Beine – ihre Beine sind überhaupt das Beste an ihr, Beine hat sie! Bloß keinen Kopf. Also machen wir halt eine Liebling-Show, von Bad Wörishofen bis Bad Pyrmont, Tingeltangel, ganz was Klassisches: eine One-Woman-Show. La Liebling. Könnte Kasse machen. Und dem armen Hascherl helfen. Auch finanziell. Frauen sind ja so unselbständig, und dann Natascha: der reinste Selbstbedienungsladen. Also, Natascha, nicht ausziehn sollst du dich, sondern gewissermaßen anziehn. Natascha versteht. Hat ihr ja schon das I Ging prophezeit: heute morgen, noch vor dem ersten Cognac.

Hannover, April. Yvonne Drefahl-Laugs ist 27, geschieden, kein Kind, danke, ätzend ehrgeizig und politisch so links, wie man das heute überhaupt noch sein kann, verstehst du überhaupt, was ich meine? Vor allem also in Selbstgesprächen. Und jetzt ist Yvonne – im Auftrag eines dieser schicken Zeitgeistjournale – unterwegs in einer Recherche, die mitten ins Dilemma dessen führt, was links in die Scheiße geriten hat: Terrorismus, logo. Mit andern Worten, Yvonne recherchiert den Background und die Biographie eines Terroristen, der kürzlich erschossen wurde, anscheinend kein Bullen-, sondern ein Fememord. Fememord klingt ja auch ausgesprochen geil, direkt schick, könnte Zeitgeist atmen: allerdings sind die Fakten so etwas von dröge und die Recherchen totale Grütze, eine Sozialreportage wie sie nun wirklich keiner lesen will. Deshalb klingt es schon interessanter, was ihr Gesprächspartner, ein an sich auch ziemlich schlapper Mensch von irgendeinem Sektiererzirkel, da sagt: daß es einen Agent provocateur gibt, der Bomben legt. Und zwar auf Anordnung von

Erster Teil
① Bei Klaus Guido Franckhn Übedanz – kleiner Kunst- u. Raumhandel in der
Baaderstraße. Frau Sylvia gerade endgültig abgehauen – ruft Charles
Kuhn an. Sie haben sich mal in Istanbul, vor Ewigkeiten,
getroffen. Damals hieß Charles Kuhn allerdings anders. Und irgendeine
Fixerin ist dabei umgekommen – behauptet der Mann, der sich Charles Kuhn
nennt. Er behauptet auch gerade auf Parkkurs in den FO zu sein,
zögernd lädt Franckhn Übedanz ihn ein, die Nacht bei ihm zu verbringen.
Kuhn nistet sich ein, "übernimmt" den Laden Übedanz. Kein Privatleben. Horrende Geschichten von horrenden Möglichkeiten – in FO. Franckhe
weiß nicht wie den ungebetenen Gast loswerden. Außerdem bringt Kuhn
das Geschäft auf Trab. Säumige Zahler gibt es nicht mehr.
Vernissagen. Barbesuche. Bei einer Künstlerin kann Kuhn nicht
recht landen, sie hat Angst vor ihm. München ein Dorf. Bald ist er
überall bekannt, nicht gut. Ein schneller Coup, Esterhazy – ein Gauner
durchschaut den anderen – rät zu absurden Warentermingeschäften.
Eines Abends taucht Kuhn mit einem offensichtlich frisch gestohlenen Bildern auf.
Bruch. Franckhe Übedanz wirft ihn raus.

② Natascha Uebbing bei einer Fernsehvorabendserie der Bavaria. Nach Krach
mit Regisseur schmeißt sie die Rolle hin. Rückblende – teils durch
Telefonate im Hotelzimmer – bis klar ist, sie ist fünf unten. Es fällt ihr
nach dem 3. Glas ihre alte Freundin Sylvia Übedanz ein. Sie fährt
in die Baaderstraße. Gerade ist Kuhn weg, und zwar nicht nur mit
den Bildern sondern auch Bargeld. Klaus Übedanz weint sich aus, aber damit
kann Natascha nichts anfangen. Sie landet bei einer Vernissage, hält
Rede, pöbelt Leute an, zieht mit einem piekfeinen Künstler ab.

Aus Fausers Kladde *Die Tournee I*

ganz oben, das ist amtlich, ey. Den solltest du mal hochgehn lassen reportagemäßig, Schwester.

Berlin, April. Greg Meyer ist Feuer und Flamme: für diese Frau, für diese Show, für dieses Gewerbe, für seinen Boß, Super-Malenski. DIE LIEBLING heißt die Revue, Sketchs, Gesang, schicke Einlagen, Flitter, Flimmer, und das alles für die deutschen Kurbäder – ein Koksertraum. Nur der Typ stört ihn gewaltig, der da in der Garderobe sitzt, aussieht wie ein Versicherungsvertreter und ihn, Greg Meyer, Kulturstipendiat, praktisch Exiljude, Kosmopolit, Künstler, praktisch irgendwie erpreßt, nur nicht wegen Geld, sondern – ja, für was? Freiheitlich-demokratische Grundordnung, Pest, Mann, was ist das? Soll ich wieder ins KZ? Habt ihr noch nicht genug von mir umgebracht? Leider ist dieser Knilch ziemlich aktenkundig, und aktenkundig ist leider auch in gewissem Sinn Greg Meyer: call me Kafka, Mann, ab heute. Ich soll meinen Superstar überwachen. Du träumst von Hollywood, vom Broadway, und dann tritt dir Deutschland in die Eier! Man könnte, sollte, müßte Malenski davon erzählen, man tut es aber nicht. Machen wir uns nichts vor: auch Malenski ist Deutschland.

Berlin, Mai. Harry Lipschitz ist – einerseits – auf Rente. Das heißt aber – andererseits – natürlich nicht, daß er nichts mehr zu tun hat. Ohnehin, die Arbeit für die ominöse Abteilung – Ellie, seine Freundin, altes Schlachtroß von der Potse und jetzt Hüterin von Harrys Goldenem Herbst, mag von der Abteilung schon lange nichts mehr hören – machte immer nur den kleineren Teil von Harrys Aktivitäten aus. Und mit 56 ist ein Mann, der soviel überlebt hat wie Harry, eigentlich schon wieder jung. Nicht Harrys wegen, sondern weil Ellie doch dieses leidige Rheuma hat, das vom vielen Gärtnern in der Laube in Buckow auch nicht besser wird, hat man also die Kur beantragt und bei der Abteilung – wozu hat Harry für den Staat gearbeitet; es war doch der Staat, Harry? – auch einen Zuschuß. Aber die Abteilung hat natürlich nichts hören lassen, und formal ist da nicht viel zu machen, mit Formularen und so Kram. Also sieht Harry zu, daß ein paar Piepen extra reinkommen, und wie er dann nachts nach Hause kommt, ist Besuch da: Besuch von der Abteilung, sieht es aus. Ein neues Gesicht, logisch. Also, das mit der Kur geht voll in Ordnung, Harry. Wir haben dir schon was ausgesucht. Mit der Kasse geht das auch klar. Was ganz Feines im Harz auch, älteste Tradition: Bad Harzburg. Ich hab aber nicht vor, da für euch zu arbeiten, meint Harry mürrisch. Aber Harry, altes Haus, der Mann verabschiedet sich, wer denkt denn immer gleich ans Schlimmste?

3.
Notizbuch, schwarzes Kunstleder, Handschrift, vermutlich in der Nacht vom 5. auf den 6. Dezember 1986 begonnen

Arbeitstitel:
　　　DIE TOURNEE
　　　PREMIERE |

　　　　　　　　　　　Roman　　　　Dez. 86

Charles Kuhn. Alias Delgado,
alias ... geb. als ~~Herbert Hoffmann~~ ↓~~Siegfried Blum~~↓ ↑Karl Kammerer↑
19~~4~~50; nach 1980 überwiegend in
Asien, dazwischen auch ein Jahr
in der BRD, Einkäufer für Boutiquen
u. ä. Irgendwann den ›Kaiser von
China‹ getroffen, dessen Philosophie
er auslebt. In den 70'ern politisch,
jetzt Stirnerianer: Eigennutz vor
allem andern. Aber noch formbar,
noch dehnbar. Noch empfänglich
für DIE Frau. DEN Coup. DAS Ding. |

~~Colette~~
~~Tatjana~~
~~Daphne Dürkheim~~
_____

Natascha Türckh |

~~Anita Mar~~
~~Julia Jansen, verh. Altmann~~
~~Agnes Altmann Diana Lahn[?]~~

---

41. 1960 Schauspielerin.
Film, TV, Theater, aber nie
ganz groß, zu lange Ausfälle,
2 falsche Ehen, Ausland.
Ausflipp. ~~Letzter Lebensgefährte~~ ↓Eine der Ehen↓
der undurchsichtige Fahnder
Altmann, davon noch nicht erholt.
Flucht in Mystik, Religion.
Tarot etc. Männerverschleiß, auch
den hat sie satt. Kein Fixpunkt.
Vor 2 Jahren wg. Drogen Er-
mittlungen, nie verurteilt aber |
wenn Altmann nicht ... seitdem
wie ein Schatten dieser Mann
wieder in ihrem Leben. Glaubt
daß er sie überwachen läßt.
Hinter ihrer kirren Fassade
eine strenge Schauspielerin
und eine Frau die nie Kinder
hatte u. daran leidet u.
es nun noch einmal will –
aber bereit alles aufzugeben
wenn ...
Eine Frau, die <u>einmal</u> was <u>Richtiges</u>
tun will. |

DIE TOURNEE
~~ge~~organisiert vom ↓Thespis-↓Tourneetheater
Malenski in Berlin / Zürich / Wien.
Stationen: Zürich (Premiere).
~~Lindau~~, Bad Wörishofen. Bad
~~Wiessee~~ ↓Reichenhall, Bad Wildungen,↓ Bad Pyrmont u. weiter.

Team: Etzel v. Trebitsch. Regie + Rolle (ca 52)
         Hans Marquardt, 2. Rolle (ca 25)
         Theo ~~Rudoff[?]~~ Brause, Fahrer etc. (ca 45)
         Vicky Dühring, ~~Tatjanas~~ ↓Nataschas↓ Zofe etc. (ca 60)

DAS STÜCK ?   2-3 Personen
evtl noch ein Schauspieler den Kuhn
ab München ersetzt |

ABLAUF

Zürich	–	Premiere
„	–	Kuhn wird gelinkt
		kein Zus. Treffen, sieht nur
		die Plakate
~~Lindau~~ ↓Wörishofen↓ - ~~Tournee~~		
München	–	Kuhn Geschäfte
Bad ~~W.~~ ↓Reichenhall↓	–	Tournee
Bad ~~Wiessee~~ ↓Reichenhall↓	–	Kuhn Zocken / Frau
„	–	Tournee / Zusammentreffen
München	–	Kuhn / ~~Tatjana~~ ↓Natascha↓
Reise nach Bad P.	–	er mit Truppe
Bad. P.	–	Journalistin
Finale			

LEKTÜRE
>	Sobraj von Neville
>	Tarot, I Ging, Mystik
>	Theaterbücher, Stücke

RECHERCHEN
>	Fahndungsapparat
>	Die Orte
>	Theaterleute / Tournee |

Krankheit
>	Nataschas Trinken, ihre
>	Paranoia (nicht ohne Grund)

Die Republik '87

Alles Theater

Roulette

Seine »Philosophie«, ihre »Religiosität«

Journaille

Sex

Was tun? (von Lenin bis Kuhn)

Als Nebenschiene Trebitsch

Der Roman als Apfelsine, die Schale,

die einzelnen Scheiben, zusammenhängend
aber ohne Gehäuse |

Die Journalistin
    Daphne Drefahl-~~Kauok~~ ↓Laugs↓ (28)
    abgebr Studium, kurze Ehe,
    Frauenbew., Stadtzeitung,
    Kleinverlag, Zeitgeistjournal

[Auf den nächsten zehn Seiten Notizen und Exzerpte für andere Texte. Die folgenden Notizen sind wahrscheinlich erst im März oder Anfang April 1987 entstanden:]

<u>Ein Jäger!</u>
        <u>Berlin</u>

Wieviele Lipschitz im
    Berliner Tel. Buch?

Buckow (Kneipe, Gärten, was
    da wächst etc.)

Potsdamer = Zieteneck,
    wie die Straße aussieht

Hotel: Bar, Service etc.

Eine Straße wo der Th.[eater-]Agent residiert

Eine Bar wo die Liebling trinkt

    Diener

    Spielcasino |

Wer weiß, wieviele Päckchen die
uns noch in den Garten schmeißen
werden

Harry Lipschitz und seine über-
standenen Krankheiten, vor allem
das Surren im Ohr, die Lokomotive

---

der Selbstmord des Freundes der
Journalistin: Spielschulden, und:
ich weiß nicht wofür zu leben
sich lohnt

---

im Juni ev. Kirchentag in Ffm!

12.-21. Juni Bad Harzburg Musiktage

Lipschitz nach überst.[andenem] Herzkollaps
die Journ.[alistin] Reportage Kirchentag
wo ~~sie~~ Kuhn ihr flüchtig auffällt |

6.4.[1987]
    Das Hofbräuhaus
    Innere Wiener brennt
    muß rein!

4.
Schwarzes Notizbuch, Handschrift, vermutlich im Dezember 1986 begonnen

DIE TOURNEE

Charles Kuhn. geb. 1950. Jahre im Osten,
reist jetzt als Spieler/Frauenaufreißer durch
die BRD, nachdem er am Anfang des Romans
bei einem Geschäft reingelegt wurde, um zu Start-
kapital zu kommen.

Natascha Türckh. geb. 1946. Früher TV-Star, zwei
illustre Ehen, downhill geschlittert. Am Anfang
d.[es] Romans Katastrophe: schmeißt Theatersache
in Zürich, fast Skandal. Bekommt dann von
Impresario in Berlin eine Tournee: Tingeltangel,
Gesang mit Beineinlage. Marlene D.[ietrich]-Verschnitt
fürs Kurbad. Für sie ist Kuhn die große Begegnung.

Yvonne ~~Mahler Kauck[?]~~ ↓Drefahl↓. Engagierte Journalistin
geb. 1956. Recherchiert für eine Zeitgeist-Zeit-
schrift den Hintergrund/Herkunft eines erschos-
senen Terroristen. Recherche führt sie nach
Bad H., wo sie auf die Tournee stößt. |

~~Gregory Ritter[?]~~ ↓Greg Meyer↓, Engl.[änder] in ~~Dtschl.~~ ↓Berlin↓,
                                                    Halbjude,
28, als Regisseur/Reiseleiter/Aufpasser für
Natascha dabei. Junger Zyniker, bi, Kokser,
aber eiserner Arbeiter, der sie bei der Stange

hält. Bis Kuhn auftaucht. Da schmeißt
Gregory. Flippt in Bad H. ↓P.↓ aus. Fällt Yvonne
in die Arme, die aus ihm rausholt, was der
Zeitgeist will.

Armin Janssen. 35. V-Mann des Verf.[assungs-]Schutzes,
    arbeitet aber auch frei für das BKA. N̶i̶e̶d̶e̶r̶s̶a̶c̶h̶s̶e̶n̶.
    Hat selbst mal Bomben gelegt, wurde umgedreht.
    Hängt sich an Kuhn, weil er glaubt, daß
    der ihn zu Größerem führt. Was er letztlich
    auch tut, nur daß Janssen – als er auffliegt –
    dran glauben muß. Da entsteht dann die
    Panik, die in Bad H. zum Finale führt. |

[Auf den nächsten sieben Seiten Notizen und Exzerpte für andere Texte.]

Harry Lipschitz. 56. Agent auf Rente. Macht
    in Bad H. Kururlaub. Mit B̶a̶b̶s̶i̶e̶[?] ↓Ellie↓, klar.
    Den Janssen kennt er aus Berlin. Das inter-
    essiert ihn, was der da macht. Und so kommt
    eins zum andren und Lipschitz wieder zum
    Einsatz. Er, das ausrangierte alte Eisen, ist
    die moralische Kraft, die die andern stellt.

»Das ist schön bei uns Deutschen; keiner
ist so verrückt, daß er nicht noch einen
Verrückteren fände, der ihn versteht.«
                Heine. Harzreise |

Zürich: Kuhn wird reingelegt

München: Die Türck schmeißt

Kopf
Schrift (Yin) = 2   Zahl (Yang) = 3

6 = – –   (3×2)
7 = —   (2×2 + 1×3)
8 = – –   (2×3 + 1×2)
9 = —   (3×3)

1.Teil 15.4.87   ≡≡   Lin, die Annäherung   Kun, das Empfangende, die Erde
                                              Dui, das Heitere, der See

Das Ganze als Groteske anlegen
das falsche Heroin der Lehrer

in II/III hat N. Träume:
Motive/symbole: Seestern (Wiedergeburt)

Aus Fausers Kladde *Die Tournee I*

Hannover: Jansen legt eine Bombe

München: Kuhn trifft Leute und die Türckh

Berlin: Greg Meyer bei Malenski

München: Malenski bei der Türckh

Frankfurt: Kuhn kriegt Panik

~~Hamburg~~ ↓N.N.↓: Yvonne fängt eine Recherche an

Berlin: Malenski / Meyer / Türckh: Tourneepläne

~~Frankfurt / Bad~~ N.N.: Jansen trifft Kuhn

Bad Pyrmont: Die Tournee / Kuhn → Türckh

       "   : Meyer / Türckh

unterwegs: Jansen

unterwegs: Yvonne

unterwegs: Die Tournee + Kuhn

Bad Harzburg: Lipschitz + Ellie : ~~xxx~~ Jansen

       "   : |

13/1/87

Zunächst Charles Kuhn. War die letzten Jahre in
Asien, auch im Knast. Dann BRD, wie schwer es
ist wieder reinzukommen. Macht in München seinen
alten Kumpel Max ausfindig. Waren zusammen 69/70
in Istanbul, wo diese Geschichte mit dem Mädchen war.
War sie wirklich tot? Max hat kleine Galerie im Gärtnerplatzviertel, verkauft unter der Hand Pornokassetten und
gefälschte Ikonen, aber flau.[1] Über Max – alles andere
als erfreut, als Kuhn zunächst bei ihm bleibt – lernt
Kuhn Bianca kennen. Junge Schickse, Kokserin,
vielleicht gut genug, um sie anzulernen.
In der nächsten Szene Kuhn unterwegs mit Bianca.
In einer Spielbank machen sie einen reichen Spieler an.
~~Kuhn~~ ↓Bianca↓ tut ihm Schlafmittel in den Cocktail an der
Hotelbar, auf dem Zimmer nimmt Kuhn ihn aus.

---

[1] *[Einfügung auf der linken Seite:]*
Zwischenszene:
Kuhn versucht
zunächst einen
seriösen Job zu landen,
~~und zwar als – Schreiben~~
~~konntest du doch immer gut –~~
~~Reporter bei der Zeitschrift,~~
~~die Yvonne beschäftigt.~~
~~Trifft sie dort flüchtig,~~
~~blitzt natürlich ab.~~
~~Erzählt dann was er noch~~
~~alles versucht hat.~~

Aber nur ein paar Hunderter in bar. Erst da bekommt
Bianca so etwas wie dumpfe Angst, aber Kuhn
beruhigt sie. ~~Nicht beruhigen kann er~~ ↓Ihm scheint das nichts↓
auszumachen. |

Schluß:
eine Art Summary wie in »Flucht o.[hne] Ende« [von Joseph Roth]
_____ |

Frankfurt
    Ambiente Kirchentag
    Ein Gang / Römer
    Interconti Atmosphäre
      „   Bar
      „   TV-Progr.[amm] etc.

Göttingen
    Hotel
    Stadtgang, Ort wo K.[uhn] das Plakat sieht

Herzberg / Harz
    Hotel / Gaststätten
    Burg
    Lektüre Harz
    Zeitungen
    Theater
    Bad Sachsa |

Frankfurt
    Kuhn checkt in Hotel ein (irgendwo Innenst.[adt])
      als Pfarrer Anderson

      Rundgang i. d. Stadt
        beobachtet die Szene, Taschendiebe etc.
      abends Bar Interconti, macht sich an
        Einzelreisende ran, rob & drug

evtl: geht noch zu Cooky's, ~~xxx~~ |

3.3. Vielleicht alle Kapitel mit dreiteilig
I Ging Zitaten + Zweitakten

1. Teil

1 – Charles Kuhn in Bangkok : Suche I
2 – Natascha Liebling in München : Absturz I
3 – Charles Kuhn in Zypern : Zwischenlandung
4 – Natascha Liebling in München : Absturz II
5 – Charles Kuhn in München : Ankunft
6 – Harry Lipschitz in Berlin : Unruhige Ruhe
7 – Charles Kuhn in München : Suche II
8 – Natascha Liebling in Berlin : Anfang – (I Ging)
9 – Charles Kuhn in München : Reinfall
10 – Harry Lipschitz in Berlin : Trennung von Ellie
11 – Natascha Liebling unterwegs : Tournee
12 – Charles Kuhn in München : Schneller Abgang

Aus Fausers Skizzenblock, März 1987

5.
Skizzenblock für die erste Überarbeitung bereits geschriebener Kapitel, Handschrift, März 1987

3. 3. [1987]　　　vielleicht alle ~~Kapitel~~ ↓drei Teile↓ mit
　　　　　　　　　I Ging Zitaten + Zarathustra [von Nietzsche]

1. Teil

　　1 – Charles Kuhn in Bangkok: Suche I
　　2 – Natascha Liebling in ~~Berlin~~ ↓München↓: Absturz I
　　3 – Charles Kuhn in Zypern: Zwischenlandung
　　4 – Natascha Liebling in ~~Berlin~~ ↓München↓: Absturz II
　　5 – Charles Kuhn in München: Ankunft
　　6 – Harry Lipschitz in Berlin: Unruhige Ruhe
　　7 – Charles Kuhn in München: Suche II
　　8 – Natascha Liebling in Berlin: Anfang – (I Ging)
　　9 – Charles Kuhn in München: Reinfall
　　10 – ~~Natascha Liebling~~ ↓Harry Lipschitz↓ in Berlin: ~~Hallo[?], Harry~~
　　　　　　　　　　　　　　　　　　　　　↓Trennung von Ellie↓
　　11 – Natascha Liebling unterwegs: Tournee
　　12 – Charles Kuhn ~~unterwegs~~ ↓in München↓: Schneller Abgang |

1 – Bangkok: siehe Story [*Stadt der Desperados*, vgl. *Mann und Maus. Gesammelte Erzählungen II*, S. 496–509], anderer Schluß

2 – München: Natascha eines Morgens mit unbekanntem
　　　　　　Mann im Halbdelirium in ~~einem Hotel~~ ↓dessen Wohnung↓
　　　　　　~~zimmer~~ in Schwabing – flieht in Steh-
　　　　　　ausschank, dort Auftritt wie in 1. F.[assung]

3 – Zypern: Kuhn plündert einen Arglosen aus

4 – München: Natascha zieht weiter rum – fällt tiefer:
 wird im Ludwig's von Koczinski aufgegabelt
 der sie aber wg. Nichterfüllung seiner
 Wünsche rausschmeißt – Notruf an ihre
 Mutter – sie sitzt katatonisch bei L.[udwig's] –
 ihre Mutter kommt mit Weißkitteln

5 – München: Kuhn kommt an, ähnlich 1. F.[assung], etwas
 ~~härter~~ ↓konzilianter↓ – bei Kocinski – der von N. erzählt –
 Esterhazy – Kuhn mehr innerer Monolog, seine
 Philosophie ~~xxxxxxxxxx~~ – er will unbedingt ›normalen‹ Job

6 – Berlin: Lipschitz i~~m~~n SPD-Abteilung Potse – hat noch
 möbl.[iertes] Zimmer ↓in der↓ Nähe – Besuch bei Ellie in
 Buckow – seine Unruhe: Was zu tun braucht
 der Mensch

7 – München: Kuhn ~~checkt~~ ↓steigt bei↓ Koczinski ~~– taube Nuß –~~ ↓ein.↓
 ~~auf Esterhazy fällt er auch nicht rein –~~
 ~~in der Bar des Hilton verkauft seine Papiere an~~
 ~~einen in der Bar des Hilton trifft er auf einen~~
 ~~Schriftsteller der »recherchiert« – verkauft ihm~~
 ~~seine Papiere, unter Druck –~~
 ~~trifft Christine, ein die er anlernt~~
 ~~Ein~~ Handel mit ~~gefälschten~~ Bildern, ~~+ Pornos,~~
 karg. Kuhn soll Kunden finden. Hart. |

8 – Berlin: Natascha bei einem Schmuddelagenten –
 heilige Nüchternheit – Hoffnung wieder alles
 gutzumachen – muß aber warten – Pension –

　　　　　　　eine alte Freundin, - endlich Angebot:
　　　　　　　Ersatz für Ausfall, Stück: ~~Fräulein Julie~~
　　　　　　　Geliebte Nicole

9 – München: Charles Kuhn ~~+ Christine auf Jagd~~ +
　　　　　　　Koczinski. Ein Bilder-Deal, bei dem
　　　　　　　Kuhn aufgeht, was für ein Schwein
　　　　　　　Kocinski ist.

12 – München: Kuhn erledigt Kocinski, verkauft noch
　　　　　　　schnell seine Papiere an einen rum-
　　　　　　　recherch.[ierenden] Schriftsteller + macht die Mücke

<u>Fazit: Kuhn wollte durchaus was Normales machen, es geht aber nicht</u>

Recherchen in München:　Stehausschank

　　　　　　　　　　　　Nachtcafé

　　　　　　　　　　　　Galerien
　　　　　　　　　　　　　↓
　　　　　　　　　　　　Dezernat Kunstfälsch.[ung] im Präs.[idium]

　　　　　　　　　　　　Hilton-Bar |

WICHTIG　　　durchgehend in längeren Dialogen:
　　　　　　　reden sie aneinander vorbei
　　　　　　　Natascha und Charles reden
　　　　　　　gegen Ende <u>mit</u>einander
　　　　　　　Ausnahme: Lipschitz, der sowieso
　　　　　　　kaum redet, aber genau zuhört
　　　　　　　und Kuhn, der die Leute zwingt,

ihm zuzuhören – aber wenn sie
das tun, ist es meistens schon zu
spät für sie.

WICHTIG   Wie Kuhn auf die Ausländer, die
Asiaten, die dunklen Gesichter, die
so viel mehr geworden sind, reagiert:
er ist eher einer von ihnen als
einer von denen, die die Grenzen
dichtmachen wollen oder so tun, als
gäben es das nicht (ab K.[apitel] 5!)
Und wie N.[atascha] L. eine von denen wird ... |

WICHTIG   Was Natascha für sich will: Liebe
und Gerechtigkeit.
Weshalb sie Kuhn töten muß,
weil der Liebe u. Gerechtigkeit nicht will.
Kuhn hat nichts mit dem Tod Koczinskis
zu tun, dafür aber wird er geschnappt ~~+ stirbt.~~
~~2~~   und geht ab mit den Worten: Solange ich lebe
werdet ihr Angst vor mir haben.

WICHTIG   C.G. Jung lesen
Nietzsche   ⟩ für Kuhn
Schopenhauer

           ?
WICHTIG   Am Schluß ist Kuhn <u>tot</u> – und noch immer
weiß niemand, woher er kam – warum
er das tat – es gibt keine Spuren.
Jemand schlägt sein Exemplar von Zarathustra
auf und findet das entsprechende Wort ... |

10. 3. [1987]

1. Teil

1. Kuhn kommt in München an. (Der Mann, der sich
Charles K.[uhn] nannte.) Initiiert ein Rührstück, das
Wiedersehen mit seinem alten Freund Klaus Poczins-
ky, der die Galerie seiner Frau zu managen versucht.
Kuhn treibt sofort Keil zwischen die beiden, was
nicht schwer ist, da die Ehe sowieso am Ende. Die
Frau flüchtet rasch. Als die beiden allein sind,
versucht Kuh[n] still und leise die Geschäfte an sich
zu ziehen, Fälschungen, Buddhas, fantastische Geschäfte
in Thailand, wo er angeblich gerade herkommt.

→ Hier bleibt die Erz.[ählung] neutral, K.[uhn] wie ~~von~~ innen gesehen,
beschreibend.

3. An einem Abend aus irgendeinem Anlaß – K.[laus] P.[oczinsky]
betrunken etc. – Brunch; Kuhn nimmt das Bargeld
mit, verspielt oder vertut es mit Weibern; ~~als~~ K.[laus] P.[oczinsky]
lädt sich eine S & M-Nutte ein; als Kuhn ohne
einen Penny reuebereit frühmorgens zurückkommt,
ist K.[laus] P.[oczinsky] tot. Wessen Opfer, bleibt für Kuhn offen –
er flüchtet. |

~~2.~~ 4. ~~Natascha Liebling: ein Lebenslauf. Seine Stationen
bis in das schäbige Büro eines Agenten in
Berlin, der sie vertröstet: die richtige Rolle
für sie, das dauert. Sie verläßt ihn, vor sich
die schäbige Pension.~~

Ein Tag im Leben von Natascha Liebling: sie hockt
bei ihrer Mutter in Berlin-Friedenau, in der
großen dunklen Wohnung, wirft I Ging, trinkt,
Erinnerungen. Sie geht aus, schnappt sich einen
Lover – einen Schreiber –, verläßt ihn nachts.
Geht durch Berlin, wird für eine Nutte gehalten,
macht es für Geld, wird verhaftet.

4. 2. Natascha in ~~München↓Frankfurt↓~~ ↓München↓. ~~Besuch bei Koezinski – Kuhn ist gerade nicht da – ihre Schwester hat K.[laus] P.[oczinsky] gerade verlassen.~~ Schmeißt den Krempel bei einer ~~Theatergruppe~~↓Fernsehserie↓ hin. Fängt wieder an zu trinken.
Will ihre Freundin Sylvia P.[oczinsky] besuchen, die hat
gerade K.[laus] P.[oczinsky] verlassen. Kuh[n] ist nicht da.
Bei einer Vernissage benimmt sich N.[atascha] daneben,
haut ab.

6. Natascha ~~unter~~↓bei↓ Agent. Kriegt Rolle. Geht auf Tournee.
Trifft Kuhn in W.

5. Kuhn auf der Flucht. Nimmt jemand aus. Aber
allein merkt er, hier geht das nicht. Weiter. Kommt
nach ~~Pyrmont~~↓Wildungen↓. ~~Trifft Natascha.~~ |

2. TEIL

1. In Wildungen ist die Th.[eater-]Truppe gestrandet, ohne Gage;
der Agent soll nach d. Vorst.[ellung] kommen und auszahlen.

2. Kuhn ist[?] ebenfalls in B[ad] W gestrandet; bevor er weiter-

fährt, fällt ihm die Vorst.[ellung] d. Truppe ins Auge.
Er erfährt daß der Agent mit Geld erwartet wird.
Hoffnung auf einen leichten Coup. Er fängt den
Agenten ab, der aber gar kein Geld hat. Zufällig
kommt Natascha dazu – Karma.[2]

3. In dieser Nacht verfällt Natascha Kuhn. Sie fahren
   zusammen weiter.

4. Ein Coup irgendwo in der Provinz.

5. Harry Lipschitz in Berlin: ein Auftrag o. ä. für
   Hannover. Ein Umweg bringt ihn nach Bad Harzburg –
   Ellie macht dort Kur.

6. Die Journalistin Sandra Ewers wird eingeführt.
   Karma. Koinzidenz: auch ihr Weg führt nach B.[ad] H.[arzburg] |

Galerienszene München
Fernseh oder Filmprod.[uktion] " [= München]
Laubenpieper Berlin
Potse, Bahnhof Zoo, Kudamm Berlin
ev. Kirchentag Frankfurt

---

[2] [nachträgliche Hinzufügung:]
besser: muß direkt N. anmachen – schont den Agenten –
          der ~~Agent~~ ↓Schriftst.↓ zu_fällig_ dazwischen
          er nimmt ihn – ihr zur Lektion – aus
          bindet sie dadurch an sich

Hotel buchen! 19.6. Frankfurt
Interconti

Natascha besucht nach Fiasco in M.[ünchen]
  ihre Freundin . . (I Ging)
    in Berlin |

Box WM Hagler – Leonard   Jack Nicholson auch da
    Pointer Sisters Nat[ascha] hatte kein Bild von
            ihnen
    Auf dem Ring BUDWEISER Reklame und in den Ecken
Kuhn erklärt Franck den Kampf
    Angelo Dundee der Intellekt. des Intell.
der Ire der Hagler coach – braune Tolle, graue Schläfen
    Leonard meistens Fäuste unten (sein hellbraun)
    Hagler versucht ihn zu stellen (sein[e] dunkle Art[)]
    beide Trainer Weiße – alte Füchse
nach 3. Rd. Totale auf C[aesar]'[s] P[alace] immer noch Autos
auf d. Highway nach LA
    Die Torero-Rechte (2 x Wirkung[?]) von Sugar in 4.
5. R. wird L. müde? nach Ende schickt H ihn weg
    Dundee / Jacobs werden nervös
die Raumökonomie von Sugar
  nach 6 <u>Tape</u> Hagl/Trainer
ominöse 7. → H. schießt los
  nach 7. Gong. L noch mit hartem Jab – reißt Arm hoch
9. Hagler kommt stellt L in Ecke / raus / nochmal
    baut das Totem auf
10. H. marschiert – »stab your jab, man!« –
vor 12. L. wie Winner, reißt sich vor Gong hoch, Fäuste hoch
    lockt H. mit erh. Faust

tanzt nach Feuerwerk vor H. weg |
tobende Menge Sugar Ray!
Steht[3] vor Decision oben in den Seilen
Hagler mimt den Winner

in der Nacht/Abend brennt
Hofbräuhaus!
~~Split[?]!~~ |

---

[3] In der Hs.: Sthet

6.
Pläne und Skizzen aus den beiden DIN-A4-Kladden mit handschriftlichen Vorfassungen des edierten Textes

6.1. Zwei Skizzen aus der Kladde »DIE TOURNEE I«

in Teil 3: Lipschitz beobachtet das Paar Kuhn/Nat.[ascha]
greift dann sogar ein + kassiert am Schluß ab
die Journalistin macht eine Reportage über Casinos
das Opfer: ein Gelegenheitszocker, der rein
zufällig an den großen Pott + ~~der~~ von der
Journalistin angemacht wird

                                            also 4 + Lipschitz

[Textabbruch]

für II: Natascha hält K.[uhn] für einen
internationalen Revolutionär,
ihre alten Rom-Projektionen
blühen auf, bis K.[uhn] ihr klarmacht
was er ist, sie zerbricht; danach
folgt sie ihm

[Textabbruch]

2. Teil

1. Kuhn in Frankfurt. Kirchentag. Die Journ.   ca 15-20
2. Natascha in Bad ~~Wildungen~~ Ort / Premiere, wilde Tiles. (news von Guido)   ca 15
3. Lipschitz in Bad Harzburg (evtl. nach B. H.-Recherche)   ca 10
4. { Kuhn / Natascha   Bad ~~Wildungen~~ Bad Gandersheim Pyrmont   ca 25
5. { Kuhn / Natascha ~~nächster Ort.~~ Ein ~~Wittwer~~   Idylle im Htl.   ca 30
   〈↕〉 Coup. von wegen der Luxus Ariens! Er muss mit Tournee
   6. Kuhn / Natascha im nächsten Ort. ~~Es wird~~   Trouble beim Coup.   ca 20
   wegen einer Lappalie ~~auf die~~ Polizei ~~eingeschaltet~~   2/5
   — eine Credit card war gemeldet —
   Polizei wird gerufen. Sie kommen clean dabei raus.
   Und hauen ab
   7. Die Journalistin / Lipschitz in B. H. / evtl. Guido in M.   ca 10
   auf Reise, soll
   Tournee begleiten;   → Info über Zeitschrift
   Nat. weg; sie wissen   an Journ.
   was; auf Spur.   Plane Kuhn   ca 20
                                         zu catchen.
   ↓
   Bad

Aus Fausers Kladde *Die Tournee I*

6.2. Plan für den 2. Teil aus der Kladde »DIE TOURNEE I«, vorletzte und letzte Seite, vermutlich Anfang Juni 1987

<u>2. Teil</u>

1. ~~F~~Kuhn in Frankfurt. Kirchentag. Die Journ.[alistin]   ca 15-20

2. Natascha in Bad ~~Wildungen~~ ↓Orb / Premiere, viele Telef.↓ (news von Guido)   ca 15

3. Lipschitz in Bad Harzburg (evtl. nach B.H.-Rech.)   ca 10

4. Kuhn/Natascha ~~Bad Wildungen~~ ↓Bad ~~Gandersheim~~ Pyrmont↓ ca 25

5. Kuhn/Natascha ~~nächster Ort. Ein kleiner~~ ↓Idylle im Harz.↓   ca ~~20~~
   ~~Coup~~. Von wegen der Luxus Asiens! Er muß mit Tournee
                      ↓

⟨

~~6.~~ Kuhn/Natascha im nächsten Ort. ~~Er wird~~ ↓Trouble bei Coup.↓ ca ~~20~~
   wegen einer Lappalie ~~auf die Polizei mitgenommen~~   ~~2~~35
   – eine Creditcard war gemeldet –
   Polizei wird gerufen. Sie kommen clean dabei raus.
                    Und hauen ab

~~7~~6. Die Journalistin/Lipschitz in B. H. / evtl. Guido in M.[ünchen]   ~~ca 20~~
   auf Reise, soll
   Tournee begleiten;
   Nat.[atascha] weg; sie wittert
       was; auf Spur   →   Info über Zeitschrift
                             an ihn.
             ↓   Pläne Kuhn   ca 20
                               zu catchen.

       Bad [Textabbruch] |

Tournee: Bad Orb (N. nur in Er.)

           Bad ~~Homburg~~ Neuheim (N. nur in Er.) plaudern

           Bad Wildungen (N. live)

           Bad Pyrmont (Kuhn dazu)

           Bad Gandersheim (sie verlassen die Tournee)

           Die Journ. auch in b. 6.

           N + Kuhn noch Station in Herzberg (drohende
                                              Verhaftung, kleiner
                                               Coup etc.)

---

                                                                                                                     ca S.

II. 2. Kuhn in Frankfurt / Die Journ. im Interconti, fällt ihr auf   15
   1. Natascha Premiere Bad Orb   10
   3. Lipschitz Berlin: der Mann v. d. Abtlg.: endg. Abschied / Journ. bei Red. München   10
   4. Bad ~~Gandersheim~~ Wildungen: Natascha / Kuhn. Er fährt mit.   20
   5. Bad Gandersheim: " bricht mit d. Tournee. Haut mit Kuhn, der   25
      oder Bad Lauterberg
      vor ihren Augen ein drug & rob - macht, nach 1. Schock ab.
   6. Journ. in Bad L./oder 6.: die Hauptdarst. ist weg. Befragung. Instinkt: das ist was.   10
   7. Lipschitz Trott in B. H. / N. + K. versuchen Coup in Goslar, foot hops / Franck erfährt etwas 20

Aus Fausers Kladde *Die Tournee I*

Tournee: Bad Orb (N.[atascha] nur in Er.[zählungen])
 Bad ~~Homburg~~ ↓Nauheim↓ (N. nur in Er.[zählungen]) ~~+ andere~~
 Bad Wildungen (N. live)
 Bad Pyrmont (Kuhn dazu)
 Bad Gandersheim (sie verlassen die Tournee)
 Die Journ.[alistin] auch in B.[ad] G.[andersheim]
 N + Kuhn noch Station in Herzberg (drohende
  Verhaftung, kleiner
  Coup etc.)

---

		ca. S.[eiten]
II.	~~1.~~2.Kuhn in Frankfurt / Die Journ. im Interconti, fällt ihr auf	15
	~~2.~~1. Natascha Premiere Bad Orb	10
	3. Lipschitz Berlin: der Mann v. d. Abtlg: endg. Abschied / Journ. bei Red. München	10
	4. Bad ~~Gandersheim~~ ↓Wildungen↓: Natascha/Kuhn. Er fährt mit.	20
	5. Bad Gandersheim ↑oder Bad Lauterberg↑: [Natascha] bricht mit d. Tournee. Haut mit Kuhn, der vor ihren Augen ein drug & rob macht, nach 1. Schock ab.	25
	6. Journ. in Bad L. / oder G.: die Hauptdarst. ist weg. Befragung. Instinkt: das ist was.	10
	7. Lipschitz Trott in B. H. / N. + K. ~~machen~~ ↓versuchen↓ Coup in Goslar, fast hops / Franck erfährt etwas	20	

6.3. Zwei Pläne für den 2. Teil aus der Kladde
»DIE TOURNEE II«, zweite und vierte Seite, vermutlich
Anfang Juni 1987

2. TEIL

~~1~~2.Bad ~~Wildungen~~↓Orb↓: die Tourneetruppe. Spannungen, das Stück etc.
Natascha schon nah am Aufgeben. Telefonate (auch mit Franck).
Aber nach der ~~Aufführung~~↓Premiere↓ Hochstimmung. Ein Traum.

1~~2~~.Kuhn in Frankfurt. Kirchentag. Ein Raub. ~~Evtl.~~ ↓Zwischentake:↓
Journalistin.

3. Lipschitz Berlin. Aus, endgültig, v. Abtlg. Ein Rückblick. / Seine
Philosophie. /
Journalistin Red.[aktion] München. Auftrag Theatertruppe.

4. ~~Bad Gandersheim~~ ↓ ~~Bad Wildungen oder~~ Göttingen.↓ Kuhn – auf dem
Weg nach Hannover o. Hamburg.
entdeckt Plakat mit N.[atascha] ~~Steigt im Hotel ab. Besucht Vorst.~~
↓Vorführung Herzberg.↓
~~Evtl. Szene Domfestspiele. N. + Kuhn.~~ Er ~~folgt der Truppe, als~~
~~»Filmprod.«.~~ ↓fährt hin, noch ein kleiner Coup evtl hier Trouble↓

~~5.~~ ~~Goslar.~~ Guido Franck beschließt – auch auf Drängen E[sterhazy]'s –
Rache bzw.[4]
irgendwas (die 30 000 hat nicht ~~die[?]~~ Polizei, sie sind verschwunden
→ Dichter?) muß
zur Ehrenrettung passieren u. er glaubt K.[uhn] hat die Kohle.
Erkundigungen.
Erreicht N.[atascha], die von K.[uhn] erzählt (ein Produzent). Weiß
sofort: aha.

Nächste Station soll ~~Goslar~~ Herzberg sein. ~~Fährt los. Journalistin erreicht Truppe in Herzberg, aber~~

~~6.~~ 5.Herzberg. Kuhn kompromittiert N. bei einem d[rug] & r[ob] so
↓»Es ist Krieg, Natascha!«↓, daß sie
mitmachen muß oder ihn hinhängen. Sie macht mit. Danach klar:
~~sie bricht~~ ↓K. ist ihr↓ Mann. Er will daß sie Tournee weitermacht
↑während er über die Dörfer zieht u. Pässe etc an
sich bringt↑. Sie treffen sich
in B. H. / Journalistin soll ebenfalls in BH ~~ein~~dazustoßen – aber mit
ihr fährt Franck. |

2. TEIL

		S.[eiten] ca	ex.[akt]
1.	Frankfurt: Kuhn in Aktion.	13	13
2.	Bad Orb: Premiere. / mit Inf.[ormation] über Franck	15	16
3.	Kuhn auf Reisen: Göttingen. Bad Lauterberg.	15	19
	Natascha~~n~~ auf Tournee: ein Überblick. ↓am↓ Telefon.		
	Techtelmechtel mit Sch.		
4.	Lipschitz in Berlin.		
	Die Journalistin in München: Vicky ↓~~Dühring~~↓ ↓~~Buckmann[?]~~↓ ↓~~Bohne~~↓ Borchers-Bohne		18
	⇕ lernen sich kennen		
	Franck in München.		
5.	Bad Lauterberg		25

---

[4] [Am rechten Rand:] Seine Räume gekündigt!

3 + 4 aufteilen:

S. ca ~~5~~ 6   3.1   ~~Kuhn.~~ Vicky München.
S. ca 6   3.2   ~~Journ. Vicky.~~ ↓Nat. ~~zuhause↓~~ ↓Bad Wiessee↓
              ↓Trebitsch reminisz. die Ersch. '34↓
              ↑Vicky hin, zum Kennenlernen, sieht sich Stück an
              + quatscht mit Trebitsch ob's ein Artikel wird,
              verabreden sich für B. H.↑
ca. ~~5~~ 6   3.3   ~~Nat. irgendwo ↓zuhause, ↓~~
              ~~2 Tage frei~~
        3.4   ~~Kuhn Göttingen.~~
              Natascha / Vicky

___

19

<u>4.1</u>	Lipschitz Berlin.	ca. 6
<u>4.2</u>	Vicky / Franck.	ca. 5
<u>4.3</u>	Kuhn Lauterberg~~.~~	ca. 5
	~~am Schluß die~~ |	

6.4. Skizze aus der Kladde »DIE TOURNEE II«, letzte Seite, vermutlich Juli 1987

Teil III   GESPENSTER   DIE NIHILISTEN

Der alte Genosse zu Lipschitz (in B.[ad] H.[arzburg]):
Früher hatten wir Kommunismus + Faschismus.
Sozialismus + Nationalismus. Hitler, Stalin, Himmler,
Trotzki. Und Bebel, Papen, Ludendorff. Heute
die Mickymaussprache: Gorbi und Honey, Birne

und Fundis ... Zeit zu gehen, Genosse.

Curby, der Schauspieler, dem die Galerie zurief:
Stirb nochmal – und er stand auf und starb
nochmal für die Galerie

Teil 1: [Textabbruch] |

Der Roman als Apfelsine – Jörg Fausers Arbeit an seinem letzten Buch

Curby, der Schauspieler, dem die Galerie zurief:
Stirb nochmal – und er stand auf und starb
nochmal für die Galerie

Stirb nochmal! – Worte, die Jörg Fauser wenige Tage vor seinem Tod flüchtig festgehalten hat. Wahrscheinlich handelt es sich um eine seiner letzten Aufzeichnungen.

Über die eigene Arbeit führte Fauser sorgfältig Buch. Am Mittwoch, dem 15. Juli 1987, vermerkte er in seinem Taschenkalender: »p. 164–169 (3. K.[apitel] v[ollständig])«. Gemeint ist das dritte Kapitel des zweiten Teils der *Tournee*. Die 169. Seite des Manuskripts endet lapidar: »Sie ließ sich vom Taxi zum Ludwig's fahren und rief Guido Franck an.«

Am 16. Juli feierte Fauser seinen 43. Geburtstag im Biergarten des Münchener Hofbräukellers, später zog man weiter zu *Schumann's*, seiner bevorzugten Bar. Gabriele Fauser ging relativ früh nach Hause, weil sie am nächsten Tag arbeiten mußte. Irgendwann trennte sich Fauser von seinen Freunden und verließ das *Schumann's*. Was danach geschah, wurde nie herausgefunden. Wir wissen nur, daß Fauser am 17. Juli gegen halb vier Uhr morgens als Fußgänger auf der Bundesautobahn A 94 in Höhe der Auffahrt Feldkirchen von einem Lastwagen überfahren wurde. Hätte er sich doch ein Taxi genommen, so wie Vicky Borchers-Bohne (was für ein Name) in der letzten geschriebenen Szene der *Tournee*!

169 Seiten, das war bei weitem nicht alles, was Fauser sich vorgenommen hatte. Vielmehr war sein Geburtstag für ihn eine Art Halbzeitpause: Der neue Roman sollte drei Teile haben, von

denen lediglich der erste vollständig vorliegt. Den zweiten Teil skizzierte Fauser nebenher, während der Arbeit an den Kapiteln des ersten. Vom dritten Teil hatte er vermutlich selbst noch keine allzu genaue Vorstellung. Fest stand für ihn, daß sich die Wege von Natascha Liebling, Vicky Borchers-Bohne, Harry Lipschitz und Charles Kuhn gegen Ende des zweiten Teils im Harz kreuzen. Der mysteriöse Kuhn verliebt sich in die heruntergekommene Schauspielerin Natascha. Dann brennen die beiden zusammen durch. Vicky, die Journalistin, hat ein Auge auf Kuhn geworfen, sie wittert eine gute Story. Lipschitz, »Agent auf Rente«, geht es ähnlich. Er stößt während eines Kuraufenthalts auf Kuhn. »Und so kommt eins zum andren und Lipschitz wieder zum Einsatz«, notiert Fauser. »Er, das ausrangierte alte Eisen, ist die moralische Kraft, die die andern stellt.«

Ungewiß ist, ob der V-Mann Armin Jansen wirklich noch einen Auftritt bekommen hätte. Er hätte das Geschehen in das Zwischenreich von Rotlicht, Terror und organisiertem Verbrechen führen können, in dem sich auch der alte Genosse Lipschitz zu Hause fühlt, und der *Tournee* damit eine deutlich politische Dimension hinzugefügt. Es ist kein Zufall, daß dieser Jansen denselben Nachnamen trägt wie die Hauptfigur des abgebrochenen Thrillers *Der dritte Weg* von 1983: Schreibend begab sich Fauser ungern auf Irrwege, und seinen Figuren hielt er oft über weite Zeiträume die Treue. Auch Lipschitz und Kuhn agierten schon lange vor den ersten Entwürfen zur *Tournee* in seinem Erzähl-Kosmos.

Fauser plante seine Texte genau wie ein Architekt. Bei der Niederschrift ließ er sich dann aber doch von seinen Figuren treiben. So änderte er sein Konzept wieder und wieder. Vom zweiten Kapitel der *Tournee*, das zunächst das erste werden sollte, haben sich nicht weniger als vier unterschiedliche Fassungen erhalten: Fauser skizzierte seinen Text zunächst in Stichworten und setzte sich dann an die Schreibmaschine. Nachdem er im Januar 1987 zwei Kapitel beendet hatte, überdachte er die Struktur des Romans. Darauf schrieb er ab April die meisten Szenen zunächst mit der Hand in zwei Kladden und tippte sie dann noch zweimal ab. Zwischendurch hielt er fest, wie er fortfahren und was er unbedingt noch recherchieren wollte.

Der Vermerk »1. Fassung / 14. April 1987 –« auf dem letzten *Tournee*-Manuskript ist irreführend. Bereits am 25. September 1984 faßte Fauser den Plot des Romans in einer Fernsehsendung mit Hellmuth Karasek und Jürgen Tomm zusammen. Am 20. April 1986 vermerkte er in seinem Taschenkalender, er habe mit den Notizen für einen neuen Roman begonnen. Bei der aufwendigen Reportage *Die Wunde der Komödianten*, die im Herbst 1986 in der Zeitschrift *TransAtlantik* veröffentlicht wurde, handelte es sich also um eine Vorarbeit für dieses Buch. Nicht die Reportage hat Fauser auf die Idee zu seinem Roman gebracht, sondern umgekehrt.

Anfangs arbeitete Fauser fast nur am Wochenende an der *Tournee*. Von Montag bis Freitag saß er in der Redaktion von *TransAtlantik*. Am 2. November 1986 verfaßte er ein erstes Exposé, im Dezember und im Januar kristallisierten sich die Hauptfiguren heraus. In diesen Wochen trennte er sich innerlich vom Ullstein Verlag, in dem *Rohstoff* und *Das Schlangenmaul* erschienen waren. Das hatte weniger geschäftliche als politische Gründe: Mittlerweile war der Verlag zur Hälfte von dem berüchtigten Großverleger Herbert Fleissner übernommen worden. Am 19. Februar 1987 erklärte Fauser Ullstein gegenüber: »ein Autor meiner Art [kann sich] nicht beliebig verbiegen lassen, um in einer Verlagsgruppe zu publizieren, die zumindest zu 50 Prozent von einem Verleger mit politischen Beziehungen und Bezügen bestimmt wird, die der deutschen Literatur bis jetzt nicht gerade segensreich bekommen sind.« Das sind deutliche Worte, Fauser äußerte sie allerdings erst, nachdem er die Situation für sich geklärt und einen Vertrag über die *Tournee* beim Hamburger Verlag Hoffmann und Campe unterzeichnet hatte. Ende Februar löste er auch das zweite Problem, das ihn bis dahin daran gehindert hatte, sich ganz auf den neuen Roman einzulassen: Er räumte sein *TransAtlantik*-Büro.

Fauser mochte die Arbeit als Redakteur, aber er wußte auch, daß es ihm gerade diese journalistische Passion schwermachte, den Brotberuf mit dem Schreiben von Romanen in Einklang zu bringen. Schließlich wollte er in künstlerischer Hinsicht weiterkommen. Schon im Juni des Vorjahres hatte er an seine Eltern geschrieben: »Ja, obwohl ich ja gar keinen Verlag habe, drängt es mich geradezu unwiderstehlich an einen neuen Roman, der natürlich auch noch größer und besser und überhaupt herausragender werden soll als alles bisherige (das große Format!).«[1]

Ab dem 14. April 1987 brachte er so gut wie täglich mehrere Seiten der *Tournee* zu Papier. Mit diesem Roman wollte er das Autobiographische ebenso hinter sich lassen wie die geradlinig erzählte Spannungsliteratur. *Die Tournee* wäre für ihn etwas Neues geworden, ein Deutschland-Panorama mit einer Vielzahl von Schauplätzen: Berlin, München, Frankfurt a. M., aber auch Bad Orb, Bad Lauterberg und Bad Harzburg. Mehrere Handlungsstränge sollten miteinander verwoben werden. »Der Roman als Apfelsine, die Schale, die einzelnen Scheiben, zusammenhängend aber ohne Gehäuse«, heißt es in einem seiner Pläne. Mit diesen Worten zitierte er einen jener Autoren, die ihm neben Joseph Roth, Charles Bukowski, William Burroughs, Raymond Chandler, Dostojewski und Jack Kerouac am meisten bedeuteten – Gottfried Benn.

1950 verglich Benn seinen *Roman des Phänotyp* in der Selbstbeschreibung *Doppelleben* mit einer Orange: »Eine Orange besteht aus zahlreichen Sektoren, den einzelnen Fruchtteilen, den Schnitten, alle gleich, alle nebeneinander, gleichwertig, die eine Schnitte enthält vielleicht einige Kerne mehr, die andere weniger, aber sie alle tendieren nicht in die Weite, in den Raum, sie tendieren in die Mitte, nach der weißen zähen Wurzel, die wir beim Auseinandernehmen aus der Frucht entfernen.«[2] Besser könnte man das erzählerische Konzept der *Tournee* nicht umreißen. Die Aufführungen der Wanderbühne, von denen Fauser gerade noch die Premiere beschreiben konnte, hätten sozusagen als weiße Wurzel des Romans gedient. Darum herum wollte er verschiedene Handlungs-Sektoren gruppieren.

Hierzu versuchte er die Milieus und Orte, von denen er erzählte, so genau wie möglich kennenzulernen. Er begleitete nicht nur das Zürcher Bernhard-Theater mit seinem Gast-Star Doris Kunstmann nach Bad Orb, Bad Wörishofen und Bad Wiessee, er fuhr auch zum Evangelischen Kirchentag nach Frankfurt und übernachtete im dortigen Interconti, um die Bühne für Kuhns Auftritte als »Pfarrer Anderson« beim Schreiben präzise vor Augen zu haben. Wie ein Ethnologe war Fauser besessen von Details. Jede Kleinigkeit in der *Tournee* entspricht der historischen Wirklichkeit, und doch ist das Ganze Fiktion. Mit *Tophane* und *Rohstoff* literarisierte er die eigene Vergangenheit, beim Schreiben der *Tournee* kehrte er dieses Verhältnis gewissermaßen um: Er suchte die Schauplätze auf und begab sich in Situationen, die er zum Schreiben brauchte. Zuerst war da ein erzählerischer Einfall; damit er in die Tat umgesetzt werden konnte, mußten die passenden Erfahrungen nachgeholt werden. Fauser war ein Realist vom Schlage Joseph Roths. Selbst wenn ihm seine

Phantasie Flügel verlieh, vergaß er nie, daß er auch Reporter war. »Es handelt sich nicht mehr darum zu ›dichten‹«, betonte Roth 1927 programmatisch im Vorwort seines Romans *Die Flucht ohne Ende*, auf den sich Fauser in den Vorarbeiten zur *Tournee* bezieht. »Das wichtigste ist das Beobachtete.«[3]

Neben der Vielzahl der Handlungsorte ist das auffälligste Merkmal der *Tournee* das Fehlen einer eigentlichen Hauptfigur. Das »große Format«, von dem Fauser träumte, war ein Kaleidoskop-Roman. Ihm schwebte etwas Ähnliches vor wie John Dos Passos' berühmter Roman *Manhattan Transfer* aus dem Jahre 1925. Als einer der ersten fügte Dos Passos kurze, simultane Alltagsszenen zu einem komplexen Porträt der modernen Großstadt zusammen. Auf eben diese Weise wollte Fauser den Alltag der achtziger Jahre in der Bundesrepublik und in Berlin einfangen (eine Tournee ist auf ihre Art ja auch ein Transfer). Das sollte ihn allerdings nicht daran hindern, unterhaltsam und spannend zu erzählen. Die Furcht vieler deutscher Autoren vor Bestsellern war ihm suspekt. Das »große Format« sollte auch durchschlagende Wirkung entfalten. Fauser wollte auf alle Fälle Erfolg haben. Doch wäre ihm dieser Spagat zwischen Anspruch und Unterhaltung, zwischen Orangen-Form und Kolportage wirklich gelungen?

Eine Frage, die einzig Fauser selbst hätte beantworten können – durch Vollendung des Romans. Das Westdeutschland der Jahre vor dem Zusammenbruch des Kasernensozialismus ist literarisch gesehen immer noch ein weitgehend unerschlossenenes Territorium. Fausers mit 169 Seiten verwaistes Manuskript macht nicht zuletzt deutlich, wie sehr uns bis heute ein Erzähler seines Kalibers fehlt. Als er im Juli 1987 die drei Zeilen über den Schauspieler Curby notierte, der einfach aufsprang, um ein zweites Mal für die Galerie zu sterben, stand er mit seinem Roman noch ziemlich am Anfang. In der zweiten Hälfte des Jahres wollte er sich durch keine Nebenbeschäftigung ablenken lassen. Das wird der Grund dafür sein, daß sich in seinem Taschenkalender nur drei Termine finden, die er nicht mehr wahrnehmen konnte: Am 17. Juli wäre er um 16 Uhr zur Massage gegangen, am 21. Juli zum autogenen Training, und für den 18. August hatte er eine Reise nach Bad Harzburg geplant, um noch einmal für den zweiten und den dritten Teil der *Tournee* zu recherchieren.

Jan Bürger, 15. 4. 2007

[1] Jörg Fauser: »*Ich habe eine Mordswut*«. *Briefe an die Eltern 1956–1987*. Hg. von Wolfgang Rüger und Maria Fauser. Frankfurt a. M. 1993, S. 148.
[2] Gottfried Benn: *Sämtliche Werke*. Band V, Prosa 3. Hg. von Gerhard Schuster. Stuttgart 1991, S. 140 f.
[3] Joseph Roth: *Die Flucht ohne Ende*. Roman. Köln 1994, S. 7.

Sonder-Gastspiel des Bernhard-Theaters Zürich

GELIEBTE NICOLE

Die neue Erfolgs-Komödie von Claude Fermier, mit

Doris Kunstmann

und dem Ensemble des Bernhard-Theaters

Inszenierung: Gerhard Doelker
Bühnenbild: Herbert Eigner

Ein Komödien-Abend voll Witz und Geist!

Tournee: 10. bis 31. Juli 1986

Millionen stimmen überein: Goldene Klänge aus Oberkrain!

Das goldene OBERKRAINER WUNSCHKONZERT

mit den mitreissenden **Oberkrainer Musikanten**

Die schönsten Oberkrainer-Melodien! Klänge, die man gerne hört: das Oberkrainer-Wunschkonzert!
TERMINE: Sommer 1986 sowie ganze Spielzeit 1986/87

Programmzettel zur von Fauser begleiteten Tournee mit Doris Kunstmann

Die Wunde der Komödianten – Mit dem Theater auf Tournee

»Wo bleibt die Göttliche?«

Das Warten auf den Star – ob in den MGM-Studios von Hollywood oder im Kurtheater zu Bad Wörishofen, ob auf Greta Garbo oder Doris Kunstmann – ist schon immer nur etwas für Regisseure mit guten Nerven und bühnenfähigem Galgenhumor gewesen. Dr. phil. Michael Koch rettet sich in solchen Situationen gern ins Wienerische, in die Sprache Nestroys und Billy Wilders. Aber ein Blick auf die Uhr läßt die Anspannung ahnen, die er an der Laderampe des Bühneneingangs, vor herumlungernden Hilfskräften, ihren Text memorierenden Schauspielern, der Souffleuse und einem mitreisenden Journalisten überspielen muß. Es ist 19 Uhr 10, in 50 Minuten soll der Vorhang zum ersten Akt aufgezogen werden, und noch keine Spur von Doris Kunstmann, die in der Boulevardkomödie *Geliebte Nicole* die Titelrolle spielt und in der siebenköpfigen Tourneetheater-Truppe, auf die nach der gestrigen Premiere in Bad Orb noch 20 Aufführungen in ebenso vielen Bädern von der Nordsee bis zum Alpenrand warten, die Rolle des Stars – offenbar mit allem, was dazugehört. Tourneetheater, heißt es in der Branche, das ist Startheater. Und wenn der Star nicht auftritt, fällt die Vorstellung aus. Und die Abendkasse.

Jetzt erscheint Harald Eggers auf der Laderampe, ein stattlicher Mime aus Hamburg, der im Stück – wie auch Herr Wolff aus Düsseldorf – zweimal besetzt ist. Herr Eggers ist ein alter Hase in diesem Geschäft, aber auch er hat sich verschätzt, sechs Stunden mit dem Wohnmobil gebraucht für die Strecke vom Spessart ins Allgäu. Allerdings tritt Herr Eggers auch erst im zweiten Akt auf und ist im Handumdrehen in Maske und Kostüm, die Kunstmann benötigt dafür eine gute Stunde. Der nullte Akt in der Garderobe, auch er gehört zum Star, baut seine Psyche auf und balsamiert sein Ego – aber jetzt ist es 19 Uhr 12, und Michael Koch wischt sich den Schweiß von der Stirn und sagt zu jedem, der es noch nicht wissen sollte, und für die Annalen des deutschen Tourneetheaters: »Und Wörishofen ist unsere einzige fest verkaufte Vorstellung!«

Dazu muß man wissen, daß es im deutschsprachigen Tourneetheater zwar viel Betriebsamkeit, aber nur einige Betriebe gibt, die richtiges Theater spielen; und die klassische Sommertournee durch die Bäder, das machen nur noch die Gebrüder Grabowsky in Basel, die *Grabo-Brothers* mit ihrem Scala-Theater. Die Grabowskys sind nämlich die einzigen Impresarios, die es noch riskieren, für Abendkasse und nicht nur für fest verkaufte Vorstellungen im subventionierten Theater des Kurbetriebs zu spielen. Und obschon sie fast alle gelitten haben wie die Hunde, wenn die Kurgäste ausblieben und die Abendgagen, kommen die Schauspieler immer wieder zu den Grabowskys zurück, denn auch der Mime im ausgehenden 20. Jahrhundert muß wohl noch etwas von der Abenteuerlust im Blut haben, dem Wandertrieb, dem Vagantengeist, der seine Ahnen, die umherschweifenden Praktikanten der Muse Thalia, mobilisierte, als es noch hieß: Wäsche von der Leine, die Komödianten kommen!

Aber jetzt kommt die Göttliche, und in diesem Augenblick – dramatisch beleuchtet die Abendsonne die kahle Bühnenhalle, die nervöse Atmosphäre – versteht jeder, daß der Spitzname, den Dr. Koch seinem Star gegeben hat, nicht nur ein Wiener Schmäh ist. Mit ausgestreckten Armen, eine bleiche, atemlose Tragödin, ihre Maskenbildnerin, Garderobiere und Vertraute im Schlepptau, eilt Doris Kunstmann durch die

Szene. »Ich bin ganz krank«, stößt sie mit letzter Kraft hervor, »ich weiß nicht, ob ich spielen kann!« Und hastet in die Garderobe. Es ist 19 Uhr 15. Die Zuschauer applaudieren stumm. Die Kollegen gehen zum Umziehen. Hanns-Dieter Braun, mit gut 50 Jahren noch immer zu Hause in allen leichten Fächern und in diesem Stück der charmant-biedere Ehemann der Hochstaplerin Nicole, wirft einen Blick ins Rollenbuch und meint: »Die ersten zwei Sätze werden wir ja noch rausbringen.«

»Aber aus welchem Stück?« fragt einer zurück, und dann lachen sie, aber das Lachen klingt wie falsch geprobt. Die zweite Vorstellung, heißt es beim Theater, wenn der Adrenalinschub von der Premiere futsch ist und die Müdigkeit von der Premierenfeier noch in den Knochen steckt, die ominöse zweite Vorstellung! Der mitreisende Journalist stellt sich zu den Bühnenarbeitern, wo Herr Schuler das große Wort führt. Herr Schuler ist bei den Grabowskys, mit einem geflügelten Wort aus vielen Branchen, Mädchen für alles, er fährt die Dekoration und baut sie auf und ab, repariert defekte Requisiten, besorgt Ersatzteile, bedient das Tonband mit der Musik, dirigiert und unterhält die ortsansässigen Hilfskräfte und dient dem Regisseur in gewissen Augenblicken als Blitzableiter: »Wo ist Herr Schuler? Herr Schuler sitzt auf der Treppe, raucht Zigaretten und trinkt Bier!«

Herr Schuler trägt eine Kassenbrille, an den Knien abgeschnittene Kordhosen, Sandalen und meistens eine Flasche Bier und erzählt ohne jedes mimische Talent, aber mit großer Beharrlichkeit immer wieder die Schnurren, mit denen sich Bühnenarbeiter auf der ganzen Welt die Zeit vertreiben – Schnurren, in denen eingeschmuggelte oder vertauschte Requisiten die Stars auf echte Proben ihres Könnens stellen: »Da kommt also ein Strahl Wasser aus der Pistole, aber ich sag' euch, der Dietmar Schönherr verzieht nicht das Gesicht!« Herr Schuler bekommt für seine Tätigkeit 200 Mark Fixum am Abend, und er verdient sie sich auch dann, wenn er auf der Treppe sitzt.

Endlich klingelt es zum dritten Mal, der Vorhang wird aufgezogen, die Lichter gehen an auf der Bühne. Der mitreisende Journalist sitzt hinter der Kulisse und hält den Atem an, als Doris Kunstmann im Trauerkostüm des ersten Akts – einem Traum aus schwarzem Tüll und Seide und Taft – an ihm vorbeirauscht und ihr Parfum ihn streift. Und dann ihre ersten Worte, an den Diener Urbain (Michael Koch) gerichtet: »Ist das eine Tür?«

Im Programmheft (Text: Michael Koch) heißt es zu *Geliebte Nicole* von Marc-Gilbert Sauvajon: »Nicole ist schön, mondän, gescheit, arm, aber gerissen. Bei so vielen Vorzügen, denkt sie, sei Armut eine Zumutung, und geht zusammen mit ihrem Bruder Albert eiligst daran, diesem elenden Zustand abzuhelfen. Nur, im Paris der Jahrhundertwende ist das so einfach nicht. Kleine und große Gauner, Betrüger aller Schattierungen liegen auf der Lauer, den ›feinen Leuten‹ ihr Geld abzujagen ...« Eine Gaunerkomödie also, feingestrickter Pariser Boulevard der Belle Époque, Seifenblasen, die nach zwei Stunden ohne jeden Knalleffekt zerstieben – adieu und merci. Aber nicht nur mitreisende Journalisten dürften auf komische Gedanken kommen, wenn sie der Gaunerplotte zuschauen und an Schlagzeilen von gestern denken.

Die Utengasse liegt in der Basler Altstadt, nahe des rechten Rheinufers. Im 1. Stock eines Bürotrakts aus den stillosen Fünfzigern, gegenüber einem Ableger der Ciba-Geigy-Chemie, geriet ich in ein freundliches Chaos, das in die großen Zeiten des Tourneetheaters verwies, ins 19. und frühe 20. Jahr-

hundert. Eine Angestellte hörte auf den Namen Adoline, die Vervielfältigungsmaschine und der Fernschreiber dürften zu den ersten Prototypen gehört haben, Curd Jürgens, dessen Konterfei für eine Tournee warb, war auch schon tot, und Eynar Grabowsky, Firmengründer und zuständig fürs Künstlerische, saß in seinem Büro wie in der Dekoration einer Komödie aus dem Theatermilieu, die seit 1913 auf dem Broadway des Stedtls läuft, und empfing mich – einen Telefonhörer am Ohr und zwei Hände in einem Schuhkarton – mit einem Satz, der zweifellos zu den *running gags* des Schwanks gehört:
»Ist Ihnen der Entertainer Johnny Melville bekannt?«
»Bedaure, nein.«
Er lächelte resigniert – schon hatte ich meinen Text geschmissen – und telefonierte weiter, indes ich fasziniert zusah, wie er eine rote Schulkladde aus dem Schuhkarton fischte und in ihr blätterte. Alte Schränke, eine roh gezimmerte Ablage und das aus dem Fundus ausgelagerte Archiv der Firma – Stapel alter Programmhefte und Bühnenprospekte, Stöße vergilbter Zeitungen und Rollenbücher, Fußnoten einer ganzen Theaterepoche – füllten das Büro, um dessen Fenster wilder Wein rankte, und der wuchtige Schreibtisch hätte auch in die Dekoration einer Klassiker-Aufführung gepaßt. Seine unverwechselbare, ja magische Aura empfing es jedoch von den roten Kladden und den Kartons, die bis auf die Aktenschränke wucherten, wo sie gefährliche Kippneigung entwickelten. Einem Bühnenbildner, der das fertiggebracht hat, muß man ein genialisches Händchen fürs Detail bescheinigen, dachte ich und setzte hinzu: und auch dem Regisseur, der den Impresario mit Eynar Grabowsky besetzt hat. Zugegeben – auf den ersten Blick hätte er, mit spärlichem Scheitel über klassischem Eierkopf, kariertem kurzärmligen Hemd, Hornbrille und blassem Teint, auch in

ein Gewerkschaftsbüro in der Prager Altstadt oder in die Buchhaltung einer Textilfabrik der Lower Eastside von Manhattan gepaßt. Aber sobald er den Mund aufmachte, war Eynar Grabowsky richtig plaziert – vor dieser Melange aus Berliner Mutterwitz und Basler Bonhomie, preußisch-jüdischer Ratio und furchtloser Theaterphantasterei hatte unlängst ja sogar die hanseatische Justiz kapitulieren müssen.

»Ich bin nicht deswegen gekommen«, sagte ich, »aber die Frage muß gestellt werden. Das, was in den Schlagzeilen ›Operettenhaus mit Tragödien-Spielplan‹ genannt worden ist, aber auch ›Operetten-Skandal‹ oder ›Grabowsky-Affäre‹, mit anderen Worten, der seit zehn Jahren laufende Versuch der Staatsanwaltschaft Hamburg, Sie wegen Steuerhinterziehung und Subventionsschwindel vor Gericht zu bringen, ist nunmehr endgültig gescheitert, der ermittelnde Staatsanwalt wurde zur Verkehrsabteilung strafversetzt. Gratulation. Aber wie in aller Welt sind Sie in diese Affäre geschlittert?«

Dazu gehört natürlich etwas Vorgeschichte. Adolf Grabowsky, der Vater, bekannter Rechtsprofessor in Berlin und befreundet mit Theodor Heuss, verheiratet mit einer Offizierstochter und begabten Malerin, ging 1934 in die Emigration nach Basel und nach dem Krieg wieder zurück in die Bundesrepublik, wo er hochbetagt und hochgeehrt 1969 starb. Die Brüder Eynar und Vincent, in Basel zu Hause, sind seit Ende der 50er Jahre im Theatergeschäft, wobei Vincent erst nach einer Bankkaufmannslehre und einem Abstecher in die Haushaltsmaschinenbranche hinzustieß. Eynar, beim Theater seit seiner Jugend, organisierte damals Tourneen für das Bernhard-Theater in Zürich, und als dessen Gründer 1962 starb, erhielt er das Theater von der Stadt Zürich zur Pacht; es ist heute noch Herzstück des Unternehmens, ein Volkstheater direkt neben der Zürcher Oper.

»Wir waren die ersten«, erzählte Eynar Grabowsky zwischen zwei Telefonaten, »die Musical gemacht haben auf Tournee, und wir haben viele Operetten gespielt, heute stirbt ja das Publikum dafür aus. Aber Anfang der 70er Jahre hatten wir das Gefühl, wir sollten für unsere musikalische Produktion eine Abspielbasis in einer Großstadt haben, und da der Pächter des Hamburger Operettenhauses Sylvester 1970 aufhörte, haben wir uns um das Haus beworben und es auch gekriegt.«

Als sie 1972 auch noch das Berliner Theater des Westens pachteten, waren die Grabo-Brothers die unbestrittenen Könige des Tourneetheaters und der Operette, mit täglich mehreren Aufführungen in der Bundesrepublik und der Schweiz, mit allem unter Vertrag, was gut oder jedenfalls gefragt war, von Kulenkampff bis Heidi Kabel, von den *Physikern* bis zum *Land des Lächelns*. Unumstritten beim Publikum; nicht aber bei den Machern in der Kulturbürokratie, die glaubten, dem Zeitgeist auf der Spur zu sein. Und Zeitgeist ist selten geistreich.

»In Hamburg«, erinnerte sich Grabowsky, nachdem er mit Liselotte Pulver telefoniert hatte, »gab es damals die von der SPD ungeliebte Koalition mit der FDP. Wir hatten nun Zahlen, die belegten, ohne Zuschüsse geht das nicht, Orchester, Chor, Ballett, das trägt sich nicht. Entweder wir müssen das Haus schließen, oder sie sagen, das ist kulturpolitisch erwünscht, dann brauchen wir Zuschuß. Die hatten nun Erhebungen, daß wir den höchsten Arbeiteranteil von allen Bühnen hatten, und haben auch sofort gesagt, Sie machen das gut, das Haus ist notwendig für Hamburg. Das war der Kultursenator, und der war FDP. Es gab aber in der SPD, und zwar beim linken Flügel, einen Kreis, der hielt Operette für

Volksverdummung und wollte engagiertes Theater nach dem Motto, Vater häng dich in den Schrank, Mutter ist ganz krank. Es entstand also ein großer kulturpolitischer Streit, und schließlich wurden die Zuschüsse mit den Stimmen der CDU und der FDP und der rechten SPD durchgeboxt, insgesamt 750 000 Mark. Und am Tag nach dieser Debatte und diesem Beschluß hat einer dieser Politiker – ich habe die Papiere da, die Justiz ist da ja sehr genau – den Staatsanwalt angerufen und gesagt, hören Sie zu, das sind unklare Sachen, das ist mit der Schweiz, prüfen Sie das nach –, hat also eine Anzeige gegen uns erstattet. Und das war ein totales Geheimverfahren, wir haben überhaupt nichts davon gewußt. Den ermittelnden Staatsanwalt haben wir in zehn Jahren nie zu Gesicht bekommen. Aus heiterem Himmel wurde am 19. Mai 1976 gegen meinen Bruder und mich Haftbefehl erlassen.«

Was sich nun abspielte, stellt als Posse alle Grabowsky-Erfolge auf der Bühne weit in den Schatten. Zunächst einmal spielte die Schweiz – die Grabowskys hatten nie die Staatsbürgerschaft erworben und besitzen immer noch deutsche Pässe – ihren Interpol-Part korrekt mit, stellte den haftunfähigen Eynar im Spital unter Bewachung und lieferte Vincent nach Hamburg aus, wo er nach sechs Wochen gegen Kaution entlassen wurde. Inzwischen waren die Fahnder fleißig am Wühlen, aber was sie zu Tage förderten, genügte keinem Gericht. Immerhin – der Verdacht des Betrugs, des Subventionsschwindels und der Steuerhinterziehung hätte – über Jahre hinweg immer wieder aufgefrischt – dem Unternehmen, das auch in seinen besten Zeiten von einem Kredit zum nächsten lebte, die Luft abdrücken können. Aber die Muse Thalia ist listenreicher als die einäugige Dame von der Justiz. Und die Grabos hatten ein Repertoire, das ebenso trickreich wie unterhaltend war. Beste Klamotte etwa der Sturm der Gerichtsvollzieher auf die Kasse des Operettenhauses am 29. September 1977 mit dem Auftrag, die Tageseinnahmen zu pfänden. Der Schlüssel zum Safe war unauffindbar. Grabowskys Mann vor Ort erinnerte sich später: »Es war wie im Wilden Westen. Man hat mir einen Finger ausgerenkt, mir mein Portemonnaie entrissen und den Garderobenfrauen die Tageseinnahmen, 15 Mark, abgenommen.« Spektakulär der Fund von Buchhaltungsbelegen, nach denen die Steuerfahnder vergeblich gesucht hatten, in einem Kostümfundus der Firma in Weil am Rhein. Eynar Grabowsky damals zur Presse: »Wir hatten in Braunschweig einen 80jährigen Reiseleiter, den wir auf unseren Tourneen nicht mehr einsetzen konnten. Deshalb kontrollierte er für uns in Heimarbeit andere Reiseleiter. Dafür hatte er diese Belege bei sich in der Wohnung. Leider verstarb er im Mai 1976. Seine Witwe fand die Ordner nicht. Sie blieben verschollen. Unser getreuer Angestellter hatte sie kurz vor seinem Tode einem unserer Fahrer mitgegeben, der sie in den Kostümschuppen hinter alte Uniformen stellte.«

Der Skandal ums Hamburger Operettenhaus eskalierte schließlich – ganz gegen den Willen seiner Veranstalter – zu einem Hamburger Justizskandal, an dessen Ende die Forderung der Grabowskys nach Wiedergutmachung steht, und wie die aussehen könnte, wissen sie auch schon: ein neuer Vertrag fürs Operettenhaus. Dazu müßte freilich eine neue Bürokratie her. Schon bei dem Gedanken an die roten Kladden und die Schuhkartons dürften die Hamburger Kulturbonzen und ihre Spürhunde Alpträume bekommen. Es führt kein Weg mehr vom Stedtl zum Staat.

»Jetzt muß ich Frau Pulver noch einmal anrufen«, sagte Eynar Grabowsky, »der Zug fährt samstags gar nicht«, es ging um eine wichtige Sache, die Auslandsrechte an einer Fernsehübernahme, »so ist der freie Samstag hin«.

»Aber Sie machen immer weiter.«

Sein Bruder stand jetzt auch im Büro, eine Figur, als spiele Orson Welles (lebte er noch) in einer Tourneetheater-Produktion den Falstaff – buschige Haare und Brauen, Adlernase, wuchtiges Kinn, ein enormer Bauch, über dem sich ein altes Lacoste-Hemdchen spannte, Brasil zwischen sinnlichen Lippen –, der Finanzmann der Firma.

Sein Bruder antwortete: »Es gibt ja das Wort, wer ein Paar Schuhe beim Zirkus zertreten hat, bleibt sein Leben lang dabei.« Und in den Telefonhörer sagte er: »Haben Sie schon einmal von Johnny Melville gehört?«

Endlich – die ersten Lacher. Dieter Stolz, der quirlige Berliner, der den Albert spielt, kriegt die Rolle schon fast auf den Punkt – solides Handwerk, hatte Dr. Koch postuliert, unter solchen Umständen, knapp zwei Wochen Probezeit, können Sie nun wirklich keine Kunst verlangen. Ich sitze neben dem Bühnenausgang und sauge alles ein – das ist also Bühne. Vor dem letzten Vorhang der Tisch mit dem Sektkübel, den Gläsern und Flaschen für den 3. Akt. Dann die Kisten für die Kostüme, auf einer steht noch *Hamlet*. Durch eine Gasse blicke ich in die Kulisse, Pariser Salon der Belle Époque, pastellfarben, mit Bücherwand und Kamin und zwei Türen. Horst Tappert ist mit dieser Kulisse schon für das *Finanzgenie* gereist, Dr. Koch hat sie neu streichen lassen, eine neue Kulisse gibt es heute nicht mehr unter 20 000 Mark, und so hat man die Vorkosten für *Geliebte Nicole* auf 30 000–40 000 drücken können. Wenn es gelingt, die Tageskosten bei 3 300– 3 500 Mark zu halten (und darin sind Spesen und Gagen eingeschlossen), dann könnte sich *Geliebte Nicole* nach 40 Vorstellungen amortisieren, wenn man einen Schnitt von 300–350 Zuschauern erreicht, mithin: nächstes Jahr in Marienbad. Man muß wirtschaftlich denken lernen bei diesem Geschäft, und in Bad Orb sagte Dr. Koch zu mir, diese Schauspieler leben wie die Eichhörnchen und können nicht verstehen, daß andere das nicht auch tun.

Direkt vor mir dann die Blumentöpfe, Zimmerpalmen und Gummibäume für den zweiten Akt und der elegante Schreibtisch und die Samtstühlchen in sattem Rot und Gold, die so wirkungsvoll zu dem goldlackierten Torso der Schaufensterpuppe im Salon passen, die – statt der verlangten griechischen Statue – die *Wahrheit* darstellt, für 174 DM inkl. Mehrwertsteuer übrigens, denn Dr. Koch hat sie in einer Fürther Puppenfabrik aufgetan, deren Fundus alte Stücke billig abgibt. Tourneetheater muß findig sein.

Schon wieder Lacher, die Leutchen tauen ja auf! Und dann sehe ich, wie Maria, die junge Wiener Anfängerin mit dem langen schwarzen Zopf, die als Souffleuse ein paar Tage mitreist, ehe auch sie mit einer Grabowsky-Produktion auf Tournee geht, vor Schreck fast mit ihrem Stuhl in den Vorhang kippt. Da hat sein Unterbewußtsein (»Boulevard darf nicht länger als zwei Stunden dauern«) dem Dr. Koch einen Streich gespielt, und er hat einen seiner Auftritte als Diener Urbain einfach vorverlegt, aber sie überspielen es, verzaubern es – und als er hinter die Kulisse kommt, lacht er nur: »Aber der Text hat gestimmt!« Und die ominöse Zweite geht weiter.

Irgendwie geht es ja immer weiter. Schauspieler haben ein reiches Repertoire an entsprechenden Schoten, und auch Hanns-Dieter Braun hat eine auf Lager. »Manchmal passiert's halt«, erzählte er in Bad Wiessee, »daß man mit dem Geld ein bißchen zurück ist. Wir reisten damals mit der *Fledermaus*. Ich spielte den Gefängnisdirektor Frank und den Tenor ein

Amerikaner, der Eisenstein, der hatte vor der Vorstellung angekündigt, wenn ich heute nicht das Geld habe in der Pause, gehe ich. Und tatsächlich ging er in der Pause zum Reiseleiter und sagte, haben Sie die 2 000 Mark? Nein, hat der gesagt, morgen. Daraufhin nahm Eisenstein sein Bündel und stieg in seinen Kleinbus und war zunächst mal verschwunden. Dann kam der Kapellmeister und sagte, so, das Stück ist zu Ende, und da habe ich den abenteuerlichen Satz gesagt: Wieso? Wir spielen ohne Eisenstein. Das mache alles ich.« Wie hat Herr Braun das gemacht?

»Es ging normal los mit dem Ballett, und dann kam ich rein mit meinem schönen Frack und sage: Meine Damen und Herren, unser Tenor mußte ins Krankenhaus, aber das ist weiter nicht gefährlich, ich werde Ihnen einfach jedesmal erzählen, was der gerade machen wird. Jetzt kommt die Sache mit der Adele, wo die ihn auf dem Ball wiedertrifft und das Lied singt: ›So, mein Herr Marquis‹, also kommt's mal heraus und singt! Und ich habe mich als Eisenstein hingesetzt, dem sie das vorsingt. Ich habe gesagt: Sehen Sie mal, meine Damen und Herren, der Mann ist total unwichtig. Jetzt kommt der große Csárdás und die Sängerin, das berühmte Uhren-Duett, da habe ich gesagt, das streichen wir, das ist sowieso eine schwache Nummer. Applaus. Und nun kommt es. Jetzt erschien der Tenor hinten im Saal. Weil der gedacht hat, er traut seinen Ohren nicht. Jetzt machen die ohne mich weiter. Alles umsonst gewesen. Kein Mensch nach Hause gegangen. Da stand der Mann in hysterischer Art und Weise im Kostüm, geschminkt, und erklärte den Leuten, er sei gar nicht krank, er hätte sein Geld nicht bekommen, und machte Terror im Publikum. Daraufhin haben wir die Polizei geholt. Da wurde der Mann abgeführt, saß im Streifenwagen und wehrte sich mit Händen und Füßen, eine Nummer wie für Dick und Doof. Am nächsten Tag mußte ich zur Presse und die Geschichte erklären. Zwei Leute aus einer ausverkauften Vorstellung sind gekommen und wollten das Geld zurückhaben. Zwei von 500.« Und die Abendkasse war gerettet.

Vorhang, Beifall, Umbaupause. Wo ich schon einmal dabei bin, sollte ich vielleicht auch zupacken, das machen sonst die Herrn Koch, Braun und Schuler, soll ich nur zusehen? Schon habe ich eine Zimmerpalme in der Hand, aber obwohl ich das Stück gestern dreimal gesehen habe, weiß ich immer noch nicht, wo sie hinkommt. Neben den Schreibtisch. Tempo. Die Umbauphase darf nur gerade so lang sein, daß Doris Kunstmann in ihr zweites Kostüm schlüpfen kann – den Traum aus Rosa mit weißer Spitze – und die Dekoration steht, sonst werden die Leute im Saal nervös, müde sind sie eh. Wieviel sind's denn heute? Das interessiert jetzt nicht. Rasch, den Spiegel an die Wand, und fertig, Kinder! Vorhang! Licht! Auf meinem Stuhl sitzt Doris Kunstmann und memoriert. Ich quetsche mich hinter Maria. Hoffentlich sieht mich keiner. Egal. Der Champagner ist Apfelcidre, der Portwein Traubensaft. Die Blumen sind aus Plastik, die Stühle wackeln, in der Kulisse ist ein Riß, alles Talmi! Das Publikum ist 24 000 Jahre alt, der mitreisende Journalist eine Charge und Doris Kunstmann die Göttliche.

»Kennen Sie Dinkelsbühl?« Ein Mann wie Michael Koch stellt diese Frage nicht, ohne auf ihren Zitatcharakter hinzuweisen – Thomas Bernhard in diesem Fall, *Minetti*. Unser Thema zwischen Bad Orb und Bad Wörishofen war das Tourneetheater; aber wie Koch in einer Monographie über das älteste deutsche Stadttheater, das in Konstanz, überaus fesselnd dargestellt hat, ist Theatergeschichte immer auch

Zeitgeschichte. Wenn er nicht über Theater schreibt oder wissenschaftliche Abhandlungen über die römische Besiedlung Hispaniens verfaßt, tingelt Michael Koch als Regisseur, Charge, Gouvernante, Reiseleiter und – wie er recht ernst sagt – fröhlicher Anarchist durch die Lande und meint gelassen: »Ich leide nicht ausgeprägt unter Minderwertigkeitskomplexen.«

Koch hatte sich für seine Rolle als Domestik einen Bart stehen lassen, der gut zu seiner Physiognomie paßte. Ich konnte ihn mir lebhaft vorstellen, wie er in der spanischen Provinz Murcia römische Inschriften entzifferte; und seine Stimme paßte auf eine große Bühne so gut wie auf ein Professorenkatheder, aber am besten zu einem römischen Prokonsul, der in ehern klingenden Sätzen vor dem Senat und dem römischen Volk die Eroberung einer neuen Provinz proklamiert. Koch hat von Kindesbeinen an Theater gespielt, bis ihm Friedrich Heer, sein Professor in Wien, klarmachte, er müsse sich zwischen der Wissenschaft und dem Theater entscheiden.

In Orientalistik, Alter Geschichte und Archäologie promoviert, ging Koch an die neue Universität in Konstanz, wo er rasch – »Ich habe immer alles gegeben, was beansprucht werden konnte, und noch etwas mehr« – eine Art Assistenzprofessur Berliner Zuschnitts ausfüllte. Aber gerade in dieser Konstanzer Zeit kam auch die Theaterleidenschaft wieder durch. Koch wurde Mitarbeiter des regionalen Feuilletons, schrieb über Theater, inszenierte auch selbst und stand Ende der 70er Jahre vor einem Kreuzweg, mit 39, auch eine Ehe ging zu Ende.

»Manches fängt ja an mit schicksalhaften Begegnungen«, ich fand, da untertrieb er noch. »Ich traf damals im Zusammenhang mit einer Tournee Grit Boettcher, und wir haben ganz schnell beschlossen, uns zusammenzutun. Ich habe also eine Art Doppelexistenz begonnen: ein halbes Jahr wissenschaftliche Arbeit, Theaterwissenschaft, antike Geschichte Spaniens – und ein halbes Jahr Tourneetheater mit Grit Boettcher. Diese Wanderung habe ich durchgehalten, solange unsere gemeinsame Firma in München und unsere Beziehung das ermöglichte.«

Grit Boettcher wurde in dieser Zeit dem ganz großen Publikum bekannt durch die Fernsehserie *Ein verrücktes Paar* mit Harald Juhnke, und zwischen Dinkelsbühl und Aalen versuchte ich mir das verrückte Paar Grit Boettcher und Dr. Michael Koch vorzustellen – Bühnenklamauk und Archäologie, Tingeltangel und der Corpus römischer Inschriften, Klatschspalten und wissenschaftliche Ausgrabungen. Vielleicht braucht es die Ungleichheit eigener Interessen, um die Ungleichheit von Personen auszuhalten. Und auszuleben. Michael Koch erinnerte daran, daß er noch während seiner Studienzeit mit Leidenschaft zunächst als Reiseleiter, dann als Geschäftsführer in einem Stuttgarter Reiseunternehmen arbeitete. Spannung brauchbar machen – wir redeten über Theater, indem wir über Hotelbetten in Istanbul und römische Inschriften redeten.

Über das Ende der Liaison mit Grit Boettcher – in den Spalten der Yellow Press zu Brei getreten – sagte Michael Koch nur: »Ich habe es abgelehnt, dazu Stellung zu nehmen, weder in Selbstverteidigung noch in Vorwürfen. Ich habe das als Tribut gezahlt für das Beenden einer Beziehung, die nicht mehr trug. Das Unstete, das ich ganz offensichtlich habe und das ich inzwischen auch angenommen habe als Lebensform, ist gewissermaßen der äußere Ausdruck dieser inneren Spannung.«

»Und nun arbeiten Sie für die Grabowskys und halten deren chaotische Arbeitsbedingungen aus.«

»Tatsache ist«, erklärte Koch, »daß der Betrieb dort administrativ steinzeitlich ist. Tatsache ist aber auch, daß von allen Tourneetheater-Unternehmungen das Scala-Theater/Basel die theaternächste ist. Es gibt in diesem Metier bessere Produktionsbedingungen mit scheinbar professioneller gemachten Unternehmungen, aber wenn alle diese Unternehmungen nicht mehr existieren, werden diese beiden Herren in Basel immer noch Tourneetheater machen.«

Irgendwo zwischen Ulm und Memmingen klang aus den Theaterkonfessionen Kochs so etwas wie eine Seelenverwandtschaft zu den beiden Herren in Basel durch.

»Wissen Sie, die Grabowskys machen noch richtig altmodischen Theaterbetrieb, mit dem Mut zum Risiko des freien Marktes. Wenn ich sehe, was die Regisseure und Intendanten mit den sicheren Pfründen der Millionensubventionen machen, dann wünsche ich mir, daß sie es einmal zu versuchen hätten unter solchen Bedingungen wie wir, mit 3 300 Mark am Tag. Glauben Sie mir, die könnten das gar nicht. Solange die Grabowskys mir künstlerische Freiheit geben, akzeptiere ich ihre Bedingungen, auch wenn mir manchmal die Haare zu Berge stehen mögen. Und außerdem schätze ich ihre praktische Intelligenz, diese spezifisch jüdische Intelligenz, mit der man, wenn man selbst bodenlos vernünftig bleibt, immer zu Ergebnissen kommt, solange man Tacheles reden kann. Diese Intelligenz, ihre persönliche Anspruchslosigkeit und ihre Liebe zu diesem Metier erlaubt ihnen ein Leben hart am Boden, das die anderen gar nicht überleben könnten.«

Ich erinnerte mich an die Premierenfeier in Bad Orb. Am Kopfende der Tafel Vincent Grabowsky, unter dem abgetragenen Anzug das gleiche Hemd mit dem Krokodil wie in Basel, im Diskurs mit dem Veranstalter, man kennt sich seit Ewigkeiten. Natürlich kam der Prinzipal an diesem Abend für die Getränke auf, auch später in der Hotelhalle noch für den Schlummertrunk, er selbst nippte Wein und bezahlte aus verschiedenen Umschlägen, die er im Jackett trug (und die genauso abgegriffen waren wie die roten Kladden seines Bruders), und erzählte von der Etagendusche in seinem Hotel, aber ihm mache das ja nichts aus. Ich sah ihn, den rastlosen Theaterjuden, seit 25 Jahren zwischen Bad Ragaz und Bad Oeynhausen, Bad Pyrmont und Bad Wörishofen, vom Bernhard-Theater bis zum Operettenhaus, von Zimmer ohne Dusche bis Zimmer mit Bad und – ging es gar nicht anders – Zelle mit fl. Wasser, unterwegs in alten Autos und D-Zügen: wonach jagte er? Heute Premierenfeier, morgen Banktermin, übermorgen die Pulver. Wer liebt die Impresarios? Der Mime und Soubretten-Tenor Hanns-Dieter Braun glaubt: »Überall wird nur mit Wasser gekocht. Aber wissen Sie, die Grabowskys, das sind noch richtige Theater-Zaren.«

Theater-Menschen wie ihnen haben im 19. Jahrhundert zwei andere Brüder, die Schönthans, ein Bühnendenkmal gesetzt, in der Figur des Theaterdirektors Striese im *Raub der Sabinerinnen*. Striese ist es, der die Tragödien-Gespinste eines dilettierenden Gymnasialprofessors als Klamotte auf die Bühne bringt, Grabowskys sind es, die Theater machen gegen den Zeitgeist, aber ganz im Sinne Molières: Für das Schauspiel gilt ein einziges Gesetz – es muß gefallen.

Vorhang – auf!

Dritter Akt. Trotz aller Textschwächen sind wir mit der ominösen Zweiten gut in der Zeit, schon acht Minuten schneller als in Bad Orb. Ich stehe jetzt auf der anderen Seite der Kulisse, hinter Herrn Schuler und seinem Tonband. Im Hause Nicoles läuft ein Maskenball, und jedesmal, wenn die Tür zum Salon aufgeht, muß Herr Schuler die vom Regisseur auf Band genommene Musik (von Edith Piaf bis Wiener Walzer) hochziehen, eine Aufgabe, die dem Wackeren heute abend alles abzuverlangen scheint. Aber den anderen geht es nicht viel besser – gerade hat sich Michael Koch das Tablett mit dem Cidre über den Frack gekippt. Überhaupt ist hier hinten für Unterhaltung gesorgt: Feuerwehrleute, Bühnengehilfen, Schauspieler zwischen ihren Auftritten, Zigaretten glimmen, Bierflaschen klirren, da kommt auch noch die Dame von der Kurverwaltung, in der Pause hat sie mit Dr. Koch abgerechnet, »Kunst geht nach Brot«, sagt gerade der Generalstaatsanwalt (Horst Wolff) auf der Bühne, wo die Herren jetzt Tiermasken tragen und Nicole – in einem Traum von golddurchwirktem Kleid – als Paradiesvogel glänzt. Doris Kunstmann zieht nervös an ihrer Zigarette Marke Eve, sucht einen Ascher, nimmt mit der leeren Bierflasche vorlieb, die ihr ein Feuerwehrmann reicht, der dann Mühe hat, die Zigarre, die der Bankier Chatillon (Harald Eggers) anpafft, auszudrücken. »Rauch sie doch zu Ende, ist eine achtziger«, sagt Herr Schuler, aber da ist nun wirklich die deutsche Bühnenordnung davor.

Die Kunstmann leidet. Noch unter der Schminke sieht sie angegriffen aus, die Hände flattern. Aber sie wäre nicht die Göttliche, gelänge es ihr nicht sogar im Gedränge hinter der Kulisse einer Kurhausbühne, mit einer Geste, einem Blick den Zauber aufblitzen zu lassen, der andere Geister als den mitreisenden Journalisten zu literarischen Glanztaten inspiriert hat. Man denke an Stendhal, der noch nach fast 40 Jahren den Namen einer Schauspielerin, die er als Knabe nur ein einziges Mal von nahem gesehen hatte, am Ufer des Albanersees in den Sand schrieb und der nach ebenso langer Zeit noch die Theaterzettel, mit denen ihre Wanderbühne warb, vor Augen hatte: »Ich machte mir das Vergnügen, den ganzen

Theaterzettel wieder zu lesen. Die etwas abgenutzten Lettern des schlechten Druckers, der den Theaterzettel druckte, wurden mir lieb und teuer, und lange Jahre habe ich sie lieber gehabt als schönere. Ja, ich erinnere mich, daß mir bei meiner Ankunft in Paris, im November 1799, die schönen Lettern der Anschlagzettel mißfielen. Es waren nicht mehr jene, die den Namen Cubly gedruckt hatten.«

Schon hat Anwalt Bozaine (Günther Eisel) – der einzige, der Nicole am Schluß durchschaut und ihr zur Flucht rät – seinen letzten Auftritt. Herr Schuler muß die Musik zurückspulen, »beim Applaus möchte ich Musik drüberhaben«, mahnt Dr. Koch, nun kommt eine junge Dame mit Blumen, ein Bukett für Frau Kunstmann, da war Bad Orb knickrig – und ein Star ohne Strauß ist wie eine Blume ohne Wasser.

Oder: wie das Tourneetheater ohne Stars – nur, wo sind sie? »Die großen Stars sterben aus«, vertraute mir Eynar Grabowsky in Zürich an, wo er mir das Bernhard-Theater zeigte gleich neben der Oper, an deren Fassade die Büsten Shakespeares und Schillers, Webers und Mozarts, Goethes und Lessings »Den Musen ein Heim – der Kunst eine Stätte« dekretieren (der Travestie-Show *Chez Nous* genügte nebenan ein anspruchsloses Plakat für volle Häuser). »Das Fernsehen«, klagte er, »hat ja nur wenige Stars erzeugt. Die öffentlich-rechtlichen Anstalten haben doch viel lieber austauschbare Schauspieler, die sie bewegen können wie auf dem Schachbrett. Das Fernsehen macht keine Namen, sondern Gesichter.«

Gewiß, Doris Kunstmann hat viele Filme gedreht, zum Beispiel *Trotta* mit Johannes Schaaf und *Hitler – Die letzten zehn Tage* als Eva Braun (mit Alec Guinness als Hitler), sie hat in Italien und Polen gefilmt, nur leider mehr Flops als Erfolge –, und das Fernsehen, wie Grabowskys sagen, nivelliert auch gute Schauspieler: Wer kennt die Rollen, erinnert sich an Namen? Aber in der Wüste ist der Kaktus auch die Rose, nach dieser Devise tingeln sie bei den Tourneetheatern, und deshalb ist Doris Kunstmann auf der Bühne von Bad Wörishofen ein Star, und der Beifall der Kurgäste klingt nach einem Tag mit Wassertreten und Wässerchenschlürfen vielleicht ein bißchen rheumatisch und auch ehrlich zurückhaltend (männerbetörende Gaunerinnen sind in Ordnung bei *Denver*, so hautnah vielleicht doch eher beunruhigend) – aber es ist Beifall, der solider ist als die Fiebercharts der Einschaltquoten. Und da sie nach Brot geht, geht Kunst nach Applaus.

Es ist weit nach Mitternacht. Bad Wörishofen schläft. Nur im Hotel Kreuzer brennt noch das Licht über einem Tisch im Restaurant, leuchtet ihn aus wie ein Bühnenscheinwerfer. Die Dame des Hauses hat den prominenten Gästen – und mit Frau Kunstmann und Herrn Dr. Koch darf sich sogar der mitreisende Journalist in dieser Nacht zu ihnen zählen – noch ein spätes Souper servieren lassen. Das Tatar ist schon lange verzehrt, die Käseplatte demoliert, aber noch immer wird der Portier nach Wein geschickt. Mimen sind Nachtschattengewächse.

Auch Erinnerungen sind Nachtschattengewächse. Doris Kunstmann – ungeschminkt und müde, fragil trotz stattlicher Proportionen – braucht nur ein Stichwort (»Deutsche Männer haben keine Gefühle«, so die Dame des Hauses), um weit zurückzuschweifen in ihre römischen Jahre, um Erinnerungen auszumalen, die verklärt sind von Männern, die auch als Liebhaber Künstler waren. Störend da die bodenlose Rationalität eines Dr. Koch; und der mitreisende Journalist? Das Stendhalsche *Quoi! n'est-ce que ça?* (Wie? Weiter ist es nichts?)

– Zynismus als Selbstschutz, Maxime freiberuflicher Chronisten – klänge denn doch zu selbstgerecht nach Tagen mit dem Tourneetheater.

Und doch muß diese Frau, bei aller berufs- und hormonbedingten Sentimentalität, eine sympathische Fähigkeit zur Selbstironie haben. Wie anders wäre es erklärbar, daß Doris Kunstmann für ihre Tournee ausgerechnet eine Gauner- und Hochstaplerkomödie ausgesucht hat – sie, die seit Jahren als Beteiligte an einer Betrugsaffäre durch die Gazetten geistert; freilich als besonderes Opfer, nicht als Täterin. Die Lektüre entsprechender Berichte ist so deprimierend wie die Welt, die sie abhandeln – eine künstliche Welt billiger Träume, denen zum Filmstoff vor allem eines fehlt: Format.

Daß ein deutsches Gericht die Wahnvorstellungen des Ex-Mannes von Doris Kunstmann – der seine durch nichts begründeten Ambitionen, im Filmgeschäft mitzumischen, nach einer Verurteilung wegen fortgesetzten Betrugs mit einer dreieinhalbjährigen Freiheitsstrafe büßt – nicht anders als mit dem Strafgesetzbuch zu beantworten wußte, belegt nur die Phantasielosigkeit unserer Rechtsprechung. Eine Verurteilung zu lebenslanger Fronarbeit mit Didi Hallervorden und/oder Hans-Jürgen Syberberg hätte den Möchtegernfilmer womöglich dauerhafter von seinen Ambitionen geheilt und ihn außerdem dazu befähigt, seine Schulden abzubezahlen, anstatt dies der Frau zu überlassen, die in ihrer Naivität Blankovollmachten unterschrieb.

Mimen sind Nachtschattengewächse. Aber die Welt da draußen arbeitet tags und führt tagsüber Buch. Und am Tag klagt sie an, und am Tag rechnet sie ab.

»Noch einen Wein, Herr Nachtportier!« Längst ist auch die Dame des Hauses zu Bett gegangen, aber die drei auf der

Bühne des Restaurants finden kein Ende. Alle drei der Generation der Vierzigjährigen zugehörig, im Krieg geboren; alle drei in Produktion und Reproduktion mit der Zeit über Kreuz und doch mit ihr eins. »Wo sind die Ziegen meiner frühen Kindheit?« ruft Doris/Nicole im Stück einmal aus, als sie dem Maître eine falsche Herkunft vorgaukelt, und merkwürdig – nachdem er es so oft gehört hat, will dem mitreisenden Journalisten scheinen, als enthalte nun ausgerechnet diese törichte Frage den tragischen Kern, der in der Komödie steckt, die Wunde der Komödianten: Man setze nur für die Ziegen die Unschuld, in die wir alle – ob auf Tour oder zur Kur – uns manchmal zurückversetzen möchten. Aber für diese Reise können selbst Grabowskys noch keine Bädertournee buchen.

Jörg Fauser in TransAtlantik *4/1986*

Showbusiness

TRANS ATLANTIK

Herbst 4/1986 Acht Mark B 5183 F

Adolf Holl:
Vatikan – die
größte Show
der Welt

Bernd Eichinger:
Keine Rose
ohne Dollars

Jörg Fauser:
Die Wunde der
Komödianten

»Der Rebell zieht weiter«

Im Juni 1987 sahen wir uns zweimal in Frankfurt, das letzte Mal am 19. Juni. An das Datum hätte ich mich nicht mehr erinnern können, aber in Jörg Fausers weinrotem Taschenkalender ist unser Treffen vermerkt. Was ich heute noch weiß, ist, daß wir nach Mitternacht im *Cooky's* Whisky getrunken haben und am sehr frühen Morgen auseinandergingen, er in sein Hotel, das *Interconti*, und ich nach Hause, begleitet von der Dame, die uns an der Bar für kleines Geld den Whisky serviert hatte (und die ich ein halbes Jahr später heiratete). Im *Interconti*, einem ziemlich luxuriösen Hotel, hatte er sich einquartiert, weil er hier recherchieren mußte für einen neuen Roman, der, wie ich wußte, mit Tourneetheater zu tun hatte und in dem auch das *Interconti* mit einigen Ingredienzien seinen Platz finden sollte.

Und jetzt erinnere ich mich an jenen 19. Juni, an das Grau des Morgens, die aufflatternden Tauben. Flugblätter lagen in den Rinnsteinen, mit rechtschaffenen Appellen, über die wir lächelten. Am Roßmarkt schliefen junge Leute in Schlafsäcken. In Frankfurt war Kirchentag.

Jörg Fauser kannte ich seit Ende der Siebzigerjahre, in den frühen Achtzigern wurden wir Freunde. Abgesehen davon, daß wir uns, trinkend, aber auch nicht trinkend, gut verstanden, uns gegenseitig besuchten und uns austauschten über das, was wir lasen und was uns begeisterte (nie werde ich vergessen, mit welcher Emphase er mir den *Krieg am Ende der Welt* von Mario Vargas Llosa ans Herz legte), kauten wir immer wieder, wie zwei Köter an einem Knochen, an einer Idee herum: Wie nur können wir es schaffen, arbeitend zusammenzukommen?

Von 1978 bis zum Herbst 1984 hatte ich als Lektor bei Piper

in München gearbeitet und Jörg in meinen ersten Piper-Jahren mehrfach angeboten, zu »meinem« Verlag zu wechseln. Aber seine Treue zu Thomas Landshoff, dem Verleger von Rogner & Bernhard, war mächtiger als mein Werben. (In seiner Treue war Fauser ganz eindeutig.) Und dies, obschon wir beide einen gemeinsamen Freund hatten, Ulf Miehe, Piper-Autor, dessen Lektor ich war, der Jörg Fauser gerne neben sich (und dem damals jungen Klaus Bädekerl) im Programm gesehen hätte. Der einzige Text Fausers, in dessen Genuß der Piper Verlag kam, war der Bericht einer Lesereise, *Ich klopfte die Memory-Hits*; diesen Text hatte Jörg als eine Art »Auftrag« für mich geschrieben, und ich brachte ihn in *Litfaß* heraus, einer literarischen Zeitschrift des Verlages, die ich seinerzeit verantwortete.

Als ich im April 1985 zu Suhrkamp ging, um mich in dem Verlag zu versuchen, auf den alle Buchmenschen meiner Generation mit Abwehr oder Bewunderung reagierten, war Jörg und mir klar: Nun würde es nichts werden mit unserer Zusammenarbeit. Die beiden Pole, Fauser und Suhrkamp, waren zu weit voneinander entfernt.

Und doch gab es, zwei Jahre später, eine Hoffnung, die zu einem Plan reifte, den wir beide geheimhielten; am 24. März 1987, auch dieses Datum ist im Taschenkalender des »Alltagsbegabten« (so Thomas Landshoff) verzeichnet, hatte Jörg Fauser mir erzählt, daß er nach seinen Tourneetheater-Recherchen und nach dem Abschluß des Romans *Die Tournee* endlich Theaterstücke schreiben wollte. Da war sie also, unsere Idee, unsere Hoffnung. Warum? Ende 1986 hatte ich, von Siegfried Unseld mehr überredet als überzeugt, die Leitung des Suhrkamp Theaterverlages übernommen; hier war ich nun autonom, konnte (fast) tun und lassen, was mir tun- und lassenswert erschien, war frei in der Akquisition von Autoren – und was lag näher, als endlich mit einem Dramatiker einig zu werden, der als Prosaautor nicht zu haben war? An jenem 24. März beschlossen wir, zunächst im *TAT-Café*, dann im *Eppsteineck* im Frankfurter Westend, bald richtige Partner zu werden, Jörg Fauser, der Stückeschreiber, und ich, der Theaterverleger.

Die Dramen hat Jörg Fauser, der früh Verstorbene, nicht geschrieben, und unsere Partnerschaft hat keine materielle Grundlage gefunden – es bleibt mir nur die Erinnerung an ihre Möglichkeit, an einen schönen Traum. Daß Fauser recht eigentlich Dramatiker war, was ich an besagtem 24. März nicht wußte, erfuhr ich freilich bald nach seinem Tod. Ich besuchte seine Eltern, Arthur und Maria Fauser, in der Frankfurter Römerstadt, und die Mutter zeigte mir ein ganzes Bündel mit Theaterstücken, die der Schüler Jörg Fauser für seine Mutter, die stadt- und hessenweit bekannte Schauspielerin, geschrieben hatte: Stücke, die ins Große gingen, riesenhafte Ensembles erfordert hätten, Stücke, die sich historisch populären Themen widmeten, Stücke vielleicht für Freilichtbühnen – wunderbare Zeugnisse eines Schriftstellers, der schon als Junge Tag für Tag mit Lust sich in die Welt seiner Charaktere verlor.

In Fausers veröffentlichtem Werk gibt es keine Stücke – wohl aber, als letzten Baustein eines erstaunlich umfangreichen und vielschichtigen Œuvres, wenngleich Fragment geblieben, einen Roman, in dem Theater (nun endlich) eine Rolle spielt. Und mehr noch: In der *Tournee* hat Fauser ein letztes Mal ein Szenario seiner Zeit und der bundesrepublikanischen Gesellschaft, an der er anders litt als andere, entworfen sowie ihm wichtige Figuren und Phänomene fokussiert.

Die Orte, an denen sich die Fauserschen Gestalten tummeln, sind real und noch heute »begehbar«: Das *Diener* zum

Beispiel ist jenes Lokal in Charlottenburg, in dem heute noch mit Leidenschaft über den FC Bayern (und nicht über die Berliner Hertha) gefachsimpelt wird, auch das *Café Roma* in München hat sich kaum verändert, ebensowenig das dortige Gärtnerplatzviertel wie das schon genannte *Interconti* in Frankfurt, die Freßgass und der Opernplatz, und es würde mich nicht wundern, wenn es das *Surabaya-Stüberl* noch gäbe, in dem man auf dem Heimweg vom *Ludwig's* (unschwer als *Schumann's* zu erkennen) ein letztes Bier nehmen und sich in eine Yasmin hinter dem Tresen verknallen könnte. Sicher scheint mir auch, daß sich hinter Knilli, dem »tollen Filmregisseur«, Bernhard Wicki verbirgt, den Fauser mochte (und dem er bereits in seiner Brando-Biographie ein liebevolles Denkmal gesetzt hatte), hinter Malenski einer der Grabowsky-Brüder, die in den achtziger Jahren berühmte und berüchtigte Tourneetheaterproduzenten waren (Eynar Grabowsky, der in die Schlagzeilen geriet, nahm sich achteinhalb Jahre nach Fausers Tod das Leben) – über andere Figuren möchte ich nicht spekulieren. Für sehr wahrscheinlich halte ich aber, daß die Schilderung der rundum peinlichen Galeristenszene mit den »Vernissage-Routiniers« eine Art Ehrenrettung für Fausers Vater Arthur war, der sich als Maler lebenslang nicht verbiegen ließ (»und die wirklich guten Maler«, heißt es in der *Tournee*, »sitzen in ihren winzigen unbeheizten Ateliers und können froh sein, wenn sie mal bei der Raiffeisenbank eine Filiale verschönern dürfen«), und daß das Porträt der Natascha Liebling auch eine Liebeserklärung an den Beruf der Mutter Maria war, die durch ihre Arbeit das Überleben der Familie Fauser in den Fünfzigern und Sechzigern des vergangenen Jahrhunderts sicherte. Insofern stecken in der *Tournee* eine ganze Reihe den Autor prägender Geschehnisse und Impressionen, und der Furor, mit dem der junge Dichter, der »Igelkopf im Ledermantel«, auftritt, ist einerseits der Furor Fausers, der im Literaturbetrieb fast immer nur die Schultern des Feuilletons zu sehen bekam, und andererseits das abschreckende Beispiel eines Dichtergestus, den er, Fauser, ablehnte: Von den ihm peinlichen Maskeraden und Selbstinszenierungen »angesagter« oder sich ansagender Autoren hielt er nichts.

Für Fauser zählte nur die Arbeit. Zählte das Beobachten der Menschen, die er beschrieb und denen er Leben verlieh, zählte das Publikum, das er erobern wollte, zählte die Recherche, das ganz besondere Detail, das ununterbrochene Unterwegssein zu seinen Stoffen und seinen Figuren – zählte das nächste Buch. »Ich bin Schriftsteller«, zitierte er in seiner Brando-Biographie den österreichischen Autor Peter Rosei, »ich bin Angehöriger einer Minorität, einer Randgruppe. Mir zunächst finde ich Schwindler, Gauner, Stromer, Wahnsinnige, Nutten, Weltverbesserer, Arbeitsscheue, Tippelbrüder etcetera. Man hört das nicht gern, aber da sind wir, da gehören wir hin …« Und setzte, seinen schriftstellerischen »Auftrag« definierend hinzu: »Der Rebell zieht weiter.«

Daß er jung blieb, weil er jung, im Alter von 43 Jahren, von uns ging, ersparte ihm ein Altern, von dessen Schrecklichkeit er eine Ahnung hatte. Blicken wir in *Die Tournee*: Seine Natascha Liebling öffnet die Balkontür des Kurhotels, in dem sie logiert, und was kommt ihr entgegen? »Im Pavillon immer noch das Kurkonzert, beliebte Melodien, Léhar, Offenbach, horch, was kommt von draußen rein, die alten Leutchen in ihren Zimmerchen, Pillen zählend und die Tage, die noch bleiben, und ringsum der schwarze Wald, im kalten Regen der deutsche Wald, mein Gott.«

Mein Gott, es ist eine Tragik, daß Fauser *Die Tournee* nicht vollenden konnte. Und all die anderen Projekte nicht anpacken konnte, an die er danach, mit seiner ganz eigenen Vitalität und Ernsthaftigkeit, gehen wollte. Pläne hatte er en masse, und wir, seine Leser, wären mit ihm, dem Rebellen, weitergezogen.

Rainer Weiss, 24. 4. 2007

Die Herausgeber

Jan Bürger wurde 1968 in Braunschweig geboren und lebt als Literaturwissenschaftler und Autor in Stuttgart. Er promovierte in Hamburg über Hans Henny Jahnn und gehörte zu den Gründungsredakteuren der Berliner Zeitschrift *Literaturen*. Seit 2002 ist er Wissenschaftlicher Mitarbeiter des Deutschen Literaturarchivs Marbach. Wichtige Veröffentlichungen: *Verlängerte Reise* (2000), *Der gestrandete Wal. Das maßlose Leben des Hans Henny Jahnn* (2003), *Benns Doppelleben oder Wie man sich selbst zusammensetzt* (2006).

Rainer Weiss, geboren 1949 in Karlsruhe, studierte Philosophie und Literaturgeschichte. 1978 bis 1984 beim Piper Verlag: zunächst als Werbeleiter, danach als Lektor für deutschsprachige Gegenwartsliteratur; 1985 bis 2006 beim Suhrkamp Verlag: ebenfalls als Lektor, dann als Leiter des Theaterverlags, als Pressesprecher, als Programmdirektor und schließlich Programmgeschäftsführer der Verlage Suhrkamp und Insel. Weiss lebt als freier Lektor und Publizist in Frankfurt am Main.

JÖRG-FAUSER-EDITION

Jörg-Fauser-Edition I
Marlon Brando.
Der versilberte Rebell
Eine Biographie
Mit einem Nachwort von Michael Althen

»Fausers Buch über Marlon Brando ist unübertroffen.«
Berliner Zeitung

Jörg-Fauser-Edition II
Rohstoff
Roman
Mit einem Nachwort von Benjamin von Stuckrad-Barre

»Wer heute in Deutschland das Wort erhebt und Jörg Fauser nicht gelesen hat, muß verrückt sein.«
Benjamin von Stuckrad-Barre

Jörg-Fauser-Edition III
Der Schneemann
Roman
Mit einem Nachwort von Feridun Zaimoglu

»Verdammt noch mal, was für eine Wahnsinnsgeschichte.«
Feridun Zaimoglu

Jörg-Fauser-Edition IV
Trotzki, Goethe und das Glück
Gesammelte Gedichte und Songtexte
Mit einem Nachwort von Franz Dobler

»Ein Gesangbuch, durchzogen von einem wummernden Blues.«
Franz Dobler

Jörg-Fauser-Edition V
Alles wird gut
Gesammelte Erzählungen I
Mit einem Vorwort von Helmut Krausser
und einem Nachwort von Jürgen Ploog

»Eine pelzig-betäubt-betrunkene Prosa. Naß. Naßforsch. Omnipotent. Paranoid. Gleitfähig. Geil. Majestätisch.« *Helmut Krausser*

Jörg-Fauser-Edition VI
Mann und Maus
Gesammelte Erzählungen II
Mit einem Bonustrack von Martin Compart »Der Tequila kommt heute gut. Eine Zechtour mit Jörg Fauser«, und einer Mini-DVD: Jörg Fauser liest beim Ingeborg-Bachmann-Wettbewerb in Klagenfurt, 1984

»Seine Erzählungen über Individuen, die den Anschluß an die große Welt versäumt und es noch nicht gemerkt haben, sind beste Literatur.« *Weltwoche*

Jörg-Fauser-Edition VII
Das Schlangenmaul
Roman
Mit einem Nachwort von Martin Compart und zwei Reportagen von Jörg Fauser

»Zunächst eine typische Genre-Geschichte: ein Mädchen ist verschwunden, und ein Mann soll es finden. Dieser Mann heißt Harder, nennt sich Bergungsexperte für außergewöhnliche Fälle und ist eine Mischung aus Journalist, Detektiv und Ritter. Die Geschichte spielt in Hannover und Berlin. Tatsächlich hatte Fauser den meisten deutschen Thriller-Autoren etwas voraus: er kannte unsere politische Wirklichkeit, und er konnte

schreiben. Fauser hatte Stil, im Leben und in seiner Literatur. Fauser hatte den Mythos. Er war der Champ.«
Ulf Miehe

Jörg-Fauser-Edition VIII
Der Strand der Städte
Gesammelte journalistische Arbeiten (1959–1987)
Mit einem Nachwort von Wiglaf Droste

Erstmals liegen mit diesem Band sämtliche zu Lebzeiten veröffentlichte Reportagen, Essays, Kritiken und Interviews vor – mit einem Namen- und Titelverzeichnis versehen.

Benjamin von Stuckrad-Barre liest aus »Rohstoff«
2 Cds, 104 Min., Audio-CD

Franz Dober liest »CUT CITY BLUES« und andere Gedichte aus »Trotzki, Goethe und das Glück«
26 Tracks, 58 Min., Audio-CD

»Mehr als bloßes Vorlesen: Mit Handballen und Fingerkuppen pocht und klopft Dobler auf den Tisch, überläßt es den im Beat verschleppten Worten, das zu tun, was sie bei Fausers Klartext-Gedichten so schön machen: Auf den Tisch hauen und/oder verhalten verklingen.« *Rolling Stone*

»Welchen toten Schriftsteller unserer Zeit, wenn ich die Wahl hätte, würde ich wieder zum Leben erwecken? Ich würde sagen: Fauser«. *Franz Josef Wagner* im *Spiegel*.

www.joergfauser.de

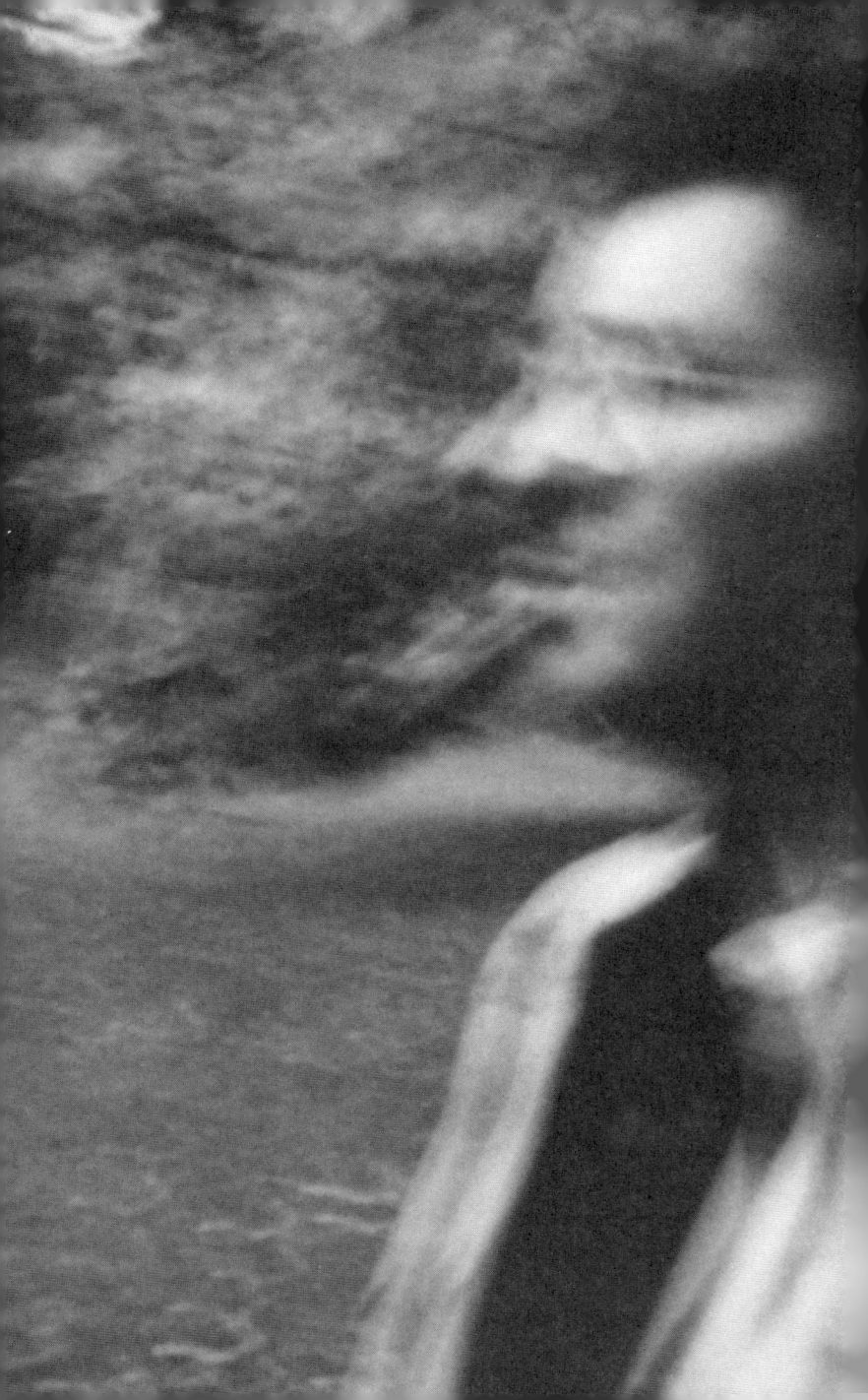